PETER ACKROYD

*Der
Golem
von
Limehouse*

DEUTSCH VON BERND RULLKÖTTER

Roman

ROWOHLT

Die Originalausgabe erschien 1994 unter dem Titel «Dan Leno and
the Limehouse Golem» bei Sinclair-Stevenson, London
Umschlaggestaltung Walter Hellmann
(Foto «London, Das Parlament, Sonne im Nebel»,
1900 / 01, Claude Monet; Archiv für Kunst und Geschichte, Berlin)

1. Auflage September 1998
Copyright © 1998 by Rowohlt Verlag GmbH,
Reinbek bei Hamburg
«Dan Leno and the Limehouse Golem»
Copyright © 1994 Peter Ackroyd
Alle deutschen Rechte vorbehalten
Satz ITC New Baskerville und Bell Gothic PostScript PageOne
Druck und Bindung Clausen & Bosse, Leck
Printed in Germany
ISBN 3 498 00047 0

Der
Golem
von
Limehouse

EINS

Am 6. April 1881 wurde eine Frau in den Mauern des Gefängnisses Camberwell gehängt. Die Zeremonie sollte, wie es Brauch war, um acht Uhr stattfinden, und kurz nach der Morgendämmerung begannen die anderen Gefangenen ihr rituelles Geheul. Die Totenglocke der Gefängniskapelle läutete, während sie aus der Todeszelle geführt wurde und sich einer Prozession anschloß, welcher der Direktor, der Gefängnisgeistliche, der Gefängnisarzt, der katholische Priester, der ihr am Abend zuvor die Beichte abgenommen hatte, ihr Anwalt und zwei vom Home Office ernannte Zeugen angehörten. Der Henker erwartete sie in einem Holzschuppen auf der anderen Seite des Hofes, wo ein Galgen errichtet worden war. Noch ein paar Jahre vorher hätte die Frau gleich außerhalb der Mauern des Gefängnisses Newgate gehängt werden können – zum Entzücken der riesigen Menschenmenge, die sich dort im Laufe der Nacht versammelt hätte –, aber die Möglichkeit eines so großen Auftrittes war ihr durch die fortschrittliche Gesetzgebung des Jahres 1868 verwehrt worden. Also mußte sie in mittelviktorianischer Zurückgezogenheit sterben, in einem Holzschuppen, der nach dem Schweiß der Arbeiter roch, die ihn zwei Tage zuvor gebaut hatten. Das einzige Zugeständnis an die Sensationslust war ihr Sarg, den man strategisch geschickt im Gefängnishof plaziert hatte, damit sie auf ihrem Weg zum Tode daran vorbeikam.

Der Trauergottesdienst wurde abgehalten, und es fiel auf, daß sie mit großer Inbrunst daran teilnahm.

Man erwartet, daß die Verurteilten zu diesem ernsten Zeitpunkt stumm bleiben, doch sie hob den Kopf, starrte durch das kleine Glasdach in die dunstige Luft hinaus und bat laut um die Rettung ihrer Seele. Dann war die vertraute Anrufung zu Ende, und der Scharfrichter stellte sich hinter sie, als sie auf den Holzblock kletterte; er wollte das grobgewobene Tuch über sie legen, aber sie schüttelte es mit einer Kopfbewegung ab. Die Hände waren ihr bereits mit Lederriemen auf den Rücken gefesselt worden, doch war es nicht schwer, die Geste zu deuten. Während sie auf die offiziellen Zeugen hinunterschaute, wurde ihr das Seil um den Hals gelegt (der Henker, der ihre genaue Größe und ihr genaues Gewicht kannte, hatte den Strick exakt bemessen). Sie sprach nur ein einziges Mal, bevor er an dem Hebel zog, der die hölzerne Falltür unter ihr öffnete. Sie sagte: «Auf ein neues!» Noch im Sturz fixierte sie die Zeugen. Die Frau hieß Elizabeth Cree. Sie war einunddreißig Jahre alt.

Sie hatte im Moment ihrer Erlösung ein weißes Hemd oder Kleid getragen. Zur Zeit der öffentlichen Hinrichtungen war es Brauch gewesen, das Gewand der Toten zu zerreißen und die Fetzen als Mementos oder magische Talismane an die versammelte Menge zu verkaufen. Aber nun war eine Epoche privaten Besitzstrebens eingekehrt, und das weiße Kleid wurde mit großer Sorgfalt von der Leiche der Gehängten entfernt. Noch am selben Tag wurde es dem Gefängnisdirektor Mr. Stephens in seinem Büro von einer Wärterin überreicht, und er nahm es ohne ein Wort entgegen. Er brauchte sich nicht nach der Leiche selbst zu erkundigen, denn er hatte bereits zugestimmt, sie dem Chirurgen der Limehouse Division übersenden zu lassen, der darauf spezialisiert war, die Gehirne von Mördern auf jegliche Zeichen von Abnormität zu untersuchen. Sobald die Wärterin die Tür hinter sich geschlossen hatte, faltete Mr. Stephens das weiße Kleid sehr vorsichtig und legte es in die Reisetasche, die er hinter seinem Schreibtisch verwahrte. An jenem Abend nahm er es in seinem kleinen Haus in Hornsey Rise behutsam aus der Tasche, hob es über den Kopf und schlüpfte hinein. Er trug nichts anderes. Seufzend legte er sich im Kleid der Gehängten auf den Teppich.

ZWEI

Wer entsinnt sich heute noch des Golems von Limehouse, oder wer möchte an die Geschichte jener mythischen Kreatur erinnert werden? «Golem» ist das mittelalterliche jüdische Wort für ein künstliches Wesen, geschaffen von einem Zauberer oder Rabbiner; es bedeutet wörtlich «Ding ohne Gestalt» und entsprang vielleicht den gleichen Ängsten, die sich um die im fünfzehnten Jahrhundert aufgekommene Idee des «Homunkulus» rankten, der in den Laboratorien von Hamburg und Moskau eine materielle Form angenommen haben sollte. Er war ein Gegenstand des Grauens, von dem es zuweilen hieß, er sei aus rotem Ton oder Sand, und Mitte des achtzehnten Jahrhunderts brachte man ihn mit Gespenstern und Sukkuben in Verbindung, denen eine Vorliebe für Blut nachgesagt wird. Die geheimnisvolle Schilderung dessen, wie er in den letzten Jahrzehnten des neunzehnten Jahrhunderts wiederbelebt wurde und die gleichen Befürchtungen und Schrecken wie sein mittelalterliches Gegenstück erregte, ist in den Annalen der Londoner Vergangenheit zu finden.

Der erste Mord ereignete sich am 10. September 1880 am Limehouse Reach. Dies war ein alter Weg, der von einer kleinen Durchgangsstraße mit ärmlichen Häusern zu einer Steintreppe knapp oberhalb des Themseufers führte. Er war viele Jahrhunderte lang von Schauerleuten benutzt worden, die durch ihn einen vorteilhaften, wenn auch etwas beengten Zugang zur Fracht der dort ankernden kleineren Schiffe erhielten, aber wegen des Hafenumbaus in den dreißiger Jahren lag der Weg nun isoliert am Rand des schlammigen Ufers. Er stank nach Feuchtigkeit und altem Stein, doch hinzu kam ein seltsamerer und flüchtiger Geruch, den ein Bewohner der Gegend zutreffend als den «von toten Füßen» beschrieb. Hier wurde die Leiche von Jane Quig im ersten Licht eines Septembermorgens entdeckt. Jemand hatte sie in drei Teilen auf der alten Treppe zurückgelassen; ihr Kopf ruhte auf der oberen Stufe, ihr Rumpf, wie eine Parodie der menschlichen Gestalt, lag darunter, und einige ihrer inneren Organe waren auf einen Holzpfahl am Flußufer gespießt worden. Sie war eine Prostituierte gewesen, die ihre Kunden unter den Matrosen der Umgebung gefunden hatte, und obwohl sie erst Anfang Zwanzig war, hatten ihre Nachbarn ihr den Spitznamen «Old Salty» gegeben. Die Stimme des Volkes, angestachelt von schauerlichen Artikeln in den *Daily News* und dem *Morning Advertiser*, erklärte natürlich, daß ein «Teufel in Menschengestalt» am Werk sei – eine Vermutung, die sechs Nächte später bekräftigt wurde, als in derselben Gegend ein weiterer Mord stattfand.

Das jüdische Viertel von Limehouse bestand aus drei Straßen jenseits des Highway; sowohl seine Bewohner als auch die der näheren Umgebung nannten es «Old Jerusalem». Hier, in der Scofield Street, lag eine Pension, in der ein alter Gelehrter namens Salomon Weil Quartier bezogen hatte. Er besaß zwei Zimmer im Obergeschoß, die mit alten Bänden und Manuskripten chassidischer Lehrwerke gefüllt waren. Von hier aus machte er sich an Werktagen jeden Morgen zum Lesesaal des Britischen Museums auf; er ging stets zu Fuß, verließ sein Haus um acht Uhr und traf vor neun in der Great Russell Street ein. Am Morgen des 17. September kam er jedoch nicht aus seiner Behausung. Sein unter ihm wohnender Nachbar, ein Angestellter des Ausschusses für Gesundheitswesen und hauptstädtische Verbesserungen, wurde unruhig und klopfte leise an Weils Tür. Er hörte keine Antwort und betrat im Glauben, daß Salomon Weil vielleicht krank geworden sei, beherzt das Zimmer. «Na, das ist ja eine schöne Bescherung!» rief er, als er sich einer unbeschreiblichen Unordnung gegenübersah. Aber er fand bald heraus, daß die Szene nichts Schönes an sich hatte. Der alte Gelehrte war auf ganz fürchterliche, absonderliche Art verstümmelt worden: Man hatte ihm die Nase abgeschnitten und sie auf einen kleinen Zinnteller plaziert, und sein Penis und seine Hoden lagen auf der offenen Seite eines Buches, das er gelesen haben mußte, als er so brutal überfallen worden war. Oder hatte der Mörder den Band zurückgelassen, um einen Hinweis auf seine Gelüste zu liefern? Der abgetrennte Penis zierte einen langen Eintrag über den Golem, wie die Kriminalbeamten der Abteilung «H» ordnungsgemäß notierten, und innerhalb einiger Stunden wurde diese Kunde im Flüsterton in ganz Old Jerusalem und Umgebung verbreitet.

Die Wahrscheinlichkeit, daß ein solcher böser Geist tatsächlich sein Unwesen trieb, wurde durch die Umstände erhöht, die den Mord in Limehouse zwei Tage später begleiteten. Man fand eine andere Prostituierte, Alice Stanton, an die kleine weiße Pyramide vor der Kirche St. Anne's gelehnt. Ihr Genick war gebrochen und ihr Kopf auf unnatürliche Weise verdreht, so daß sie ein wenig über die Kirche hinwegzublicken schien; man hatte ihr die Zunge herausgeschnitten und in die Vagina gesteckt und ihren Körper auf eine Art verstümmelt, die an die Ermordung von Jane Quig nur ein paar Tage zuvor erinnerte. Auf die Pyramide selbst war mit dem Blut der toten Frau das Wort «Golem» gemalt worden.

Mittlerweile waren die Bewohner des gesamten Eastends von London äußerst besorgt und aufgebracht über die seltsame Mordserie. Die Tageszeitungen berichteten über sämtliche Praktiken des «Golems» oder «Golems von Limehouse», wobei sie gewisse Einzelheiten ausschmückten oder bisweilen erfanden, um ihren ohnehin grausigen Artikeln noch mehr trauriges Aufsehen zu verschaffen. War es zum Beispiel der Reporter des *Morning Advertiser,* der meldete, daß eine «wütende Menge» den «Golem» gejagt und beobachtet habe, wie er in die Wand einer Bäckerei in der Hayley Street «eingedrungen und verschwunden» sei? Aber vielleicht war dies kein Fall von redaktioneller dichterischer Freiheit, denn sofort nach Erscheinen des Artikels bestätigten mehrere Bewohner von Limehouse, sie seien inmitten der Horde gewesen, die das Geschöpf verfolgt und sein Verschwinden miterlebt habe. Eine alte Frau, die am Limehouse Reach wohnte, beteuerte, sie habe einen «durchsichtigen Gentleman» wahrgenommen, der am Flußufer entlanggehuscht sei. Und ein arbeitsloser Kerzenmacher teilte der Welt auf den Seiten der *Gazette* mit, er habe eine Gestalt über dem Limehouse Basin in die Luft aufsteigen sehen. So wurde die Legende des Golems noch vor der letzten und empörendsten Mordtat geboren. Vier Tage nach der Tötung von Alice Stanton bei St. Anne's fand man eine ganze Familie, die in ihrem Haus am Ratcliffe Highway hingemetzelt worden war.

Und was tat die Polizei nach alledem? Sie hielt sich an ihr gewohntes Verfahren. Bluthunde wurden auf die Fährte des mutmaßlichen Mörders gesetzt; man ging in ganz Limehouse von Tür zu Tür und holte detaillierte Auskünfte ein; man zog jedesmal den Bezirkschirurgen hinzu, der die Überreste der Opfer gründlich inspizierte, und die Obduktionen im Polizeirevier selbst wurden mit beispielloser Sorgfalt durchgeführt. Man befragte eine Reihe von Verdächtigen sehr eingehend, doch da niemand den Golem wirklich in Menschengestalt zu Gesicht bekommen hatte, lagen höchstens Indizien gegen sie vor. Deshalb wurde niemand angeklagt, und die Abteilung «H» wurde zur Zielscheibe für häufige und verletzende Zeitungskritik. Die *Illustrated Sun* druckte sogar einen Limerick, worin der für den Fall zuständige höchste Beamte angegriffen wurde:

Oberinspektor Kildare
Entkäm' ein zahmer Bär.
Geschwind,
Sagt er, den Golem ich find',
Doch das war bloß eine Mär.

DREI

Alle Auszüge aus dem Protokoll der Verhandlung gegen Elizabeth Cree wegen Ermordung ihres Ehemannes entstammen den ausführlichen Berichten im ILLUSTRATED POLICE NEWS COURTS AND WEEKLY RECORD vom 4. bis 12. Februar 1881.

MR. GREATOREX   Kauften Sie am Morgen des 23. Oktober letzten Jahres Arsenpulver bei Hanways in der Great Titchfield Street?
ELIZABETH CREE   Jawohl, Sir.
MR. GREATOREX   Aus welchem Grund, Mrs. Cree?
ELIZABETH CREE   Im Keller war eine Ratte.
MR. GREATOREX   Im Keller war eine Ratte?
ELIZABETH CREE   Jawohl, Sir. Eine Ratte.
MR. GREATOREX   Es muß doch Firmen in der Gegend von New Cross gegeben haben, wo man sich Arsenpulver beschaffen konnte. Warum fuhren Sie zur Great Titchfield Street?
ELIZABETH CREE   Ich hatte vor, eine Freundin zu besuchen, die in der Nähe wohnte.
MR. GREATOREX   Und taten Sie es?
ELIZABETH CREE   Sie war nicht zu Hause, Sir.
MR. GREATOREX   Also kehrten Sie mit Ihrem Arsenpulver, aber ohne Ihre Freundin besucht zu haben, nach New Cross zurück. Trifft das zu?
ELIZABETH CREE   Jawohl, Sir.
MR. GREATOREX   Und was geschah mit der Ratte?
ELIZABETH CREE   Oh, sie ist tot, Sir. *(Gelächter)*
MR. GREATOREX   Sie töteten sie?
ELIZABETH CREE   Jawohl, Sir.
MR. GREATOREX   Lassen Sie uns nun zu jenem anderen

und ernsteren Todesfall zurückkehren. Ihr Mann erkrankte kurz nach Ihrem Besuch in der Great Titchfield Street, wenn ich mich nicht irre.
ELIZABETH CREE Er hatte immer Magenbeschwerden gehabt, Sir. Seit unserer ersten Begegnung.
MR. GREATOREX Und wann genau war das?
ELIZABETH CREE Wir begegneten einander, als ich sehr jung war.
MR. GREATOREX Gehe ich recht in der Annahme, daß Sie damals als «Lambeth Marsh Lizzie» bekannt waren?
ELIZABETH CREE Das war früher mein Name, Sir.

VIER

Ich war das einzige Kind meiner Mutter und stets ungeliebt. Vielleicht hatte sie einen Sohn gewollt, der für sie sorgen würde, aber gewiß kann ich mir dessen nicht sein. Nein, sie wollte niemanden. Gott behüte sie, ich glaube, sie hätte mich vernichtet, wenn sie die Kraft dazu besessen hätte. Ich war die bittere Frucht ihres Schoßes, das äußere Zeichen ihrer inneren Verderbtheit, der Beweis ihrer Wollust und das Symbol ihres Sturzes. Immer wieder erzählte sie mir, mein Vater sei tot, nachdem er sich in einem Bergwerk in Kent schreckliche Verletzungen zugezogen habe; sie stellte seine letzten Momente für mich dar, indem sie so tat, als wiege sie seinen Kopf in den Armen. Aber er war nicht tot. Durch einen Brief, den sie unter der Matratze unseres gemeinsamen Bettes versteckte, fand ich heraus, daß er sie verlassen hatte. Er war nicht der Ehemann, sondern irgendein Schwerenöter, irgendein Liebhaber, der ihr ein Kind gemacht hatte. Das Kind war ich, und ich mußte ihre Schande auf mich nehmen. Manchmal kniete sie die ganze Nacht hindurch auf dem Boden und flehte Jesus und alle Heiligen an, sie vor der Hölle zu bewahren. Heute nacht wird sie dort braten, wenn es eine Gerechtigkeit jenseits des Grabes gibt. Soll sie doch brennen.

Unsere Unterkunft war in der Peter Street in Lambeth Marsh. Wir verdienten uns unseren Lebensunterhalt dadurch, daß wir die Segeltuche für die Fischer an der Pferdefähre flickten; es war eine überaus schwere Arbeit, und nicht einmal meine Lederhandschuhe konnten verhindern, daß das Tuch und die Nadel meine Hände wund scheuerten. Wie abgenutzt und rissig sie nun sind! Wenn ich sie ans Gesicht lege, kann ich die Furchen darin wie Wagenspuren fühlen. Große Hände, sagte meine Mutter immer. Keine Frau sollte große Hände haben. Und keine, dachte ich immer, sollte ein so großes Mundwerk haben wie du. Wie sie betete und stöhnte, während wir arbeiteten. Wie sie all den Unsinn wiederholte, den sie von Reverend Style, der einer Kirche an der Lambeth High Road vorstand, gelernt hatte. In einem Moment hieß es: «Gott vergib mir meine Sünden!» und im nächsten: «Wie erhöht ich bin!» Sie nahm mich immer mit in die Kirche, aber ich kann mich nur an den Regen erinnern, der auf das Dach klopfte, während wir Hymnen aus dem Wesley-Gesangbuch schmetterten. Dann ging es wieder zurück zur Näharbeit. Wenn wir ein Segeltuch geflickt hatten, brachten wir es hinunter zur Pferdefähre. Einmal versuchte ich, eines auf dem Kopf zu tragen, aber sie gab mir eine Ohrfeige und sagte, so etwas sei ordinär. Natürlich wußte sie genau, was ordinär ist; eine bekehrte Hure ist immer noch eine Hure. Und wer, wenn nicht eine Hure, hätte ein Kind ohne einen Mann? Die Fischer nannten mich «Little Lizzie» und wollten mir nichts Schlechtes, aber es gab Gentlemen, die mir am Flußufer Dinge zuflüsterten, über die ich lächeln mußte. Ich kannte Wörter, die mir die schlimmsten Lehrer der Welt beigebracht hatten, und nachts sprach ich sie in mein Kissen.

Unsere beiden Zimmer waren so gut wie kahl, mit Ausnahme der Bibelseiten, die meine Mutter an die Wände geklebt hatte. Zwischen den Seiten war kaum ein Zentimeter Tapete zu erkennen, und von meiner frühesten Kindheit an konnte ich nichts als Wörter sehen. Mit ihrer Hilfe brachte ich mir das Lesen bei, und ich kann die Passagen, die ich in jenen Tagen lernte, noch heute auswendig: «Und nahm alles Fett am Eingeweide, das Netz über der Leber und die zwei Nieren mit dem Fett daran, und zündete es an auf dem Altar.» Eine andere lautete: «Es soll kein Zerstoßener noch Verschnittener in die Gemeinde des Herrn kommen.» Ich wiederholte die Texte morgens und abends, ich sah sie vor mir, sobald ich mich aus meinem Bett erhob, und betrachtete sie, bevor ich die Augen zum Einschlafen schloß.

Zwischen meinen Beinen ist eine Stelle, die meine Mutter verabscheute und verfluchte. Als ich noch klein war, kniff sie diese Stelle heftig oder stach mit ihrer Nadel hinein, um mir beizubringen, daß hier der Ort des Schmerzes und der Bestrafung sei. Aber später, beim Anblick meiner ersten Monatsblutung, wurde sie wahrhaft zum Dämon. Sie versuchte, ein paar alte Fetzen in mich hineinzustopfen, und ich stieß sie weg. Ich hatte schon vorher Angst vor ihr gehabt, doch als sie mich nun anspuckte und mir ins Gesicht schlug, überwältigte mich das Entsetzen. Drum nahm ich eine unserer Nadeln und bohrte sie ihr ins Handgelenk. Als sie das Blut fließen sah, legte sie die Hand an ihr Gesicht und lachte. «Blut für Blut», sagte sie. «Neues Blut für altes.» Danach wurde sie krank. Ich kaufte ein paar Abführtabletten und Linderungsmittel in der Apotheke in der Orchard Street, aber nichts schien ihr zu helfen. Sie wurde so bleich wie die Tuche, die wir flickten, und so schwach, daß sie der Arbeit kaum noch gewachsen war. Da sie sich tagsüber und nachts dauernd erbrach, kann man sich vorstellen, welche Last nun auf meinen Schultern ruhte.

Ein junger Arzt vom Wohlfahrtshospital in der Borough Road kam manchmal in unsere Gegend, und ich überredete ihn, unsere Unterkunft aufzusuchen. Er fühlte meiner Mutter den Puls, musterte ihre Zunge und roch dann ihren Atem, bevor er rasch zurücktrat. Er sagte, es sei eine langsame Zersetzung der Nieren, worauf sie ihrem Gott ein weiteres jammervolles Stoßgebet sandte. Er nahm meine Hände, riet mir, ein braves Mädchen zu sein, und gab mir eine Flasche Arzneiwasser aus seinem Täschchen.

»Sei still, Mutter», sagte ich, sobald er uns verlassen hatte. «Meinst du etwa, daß sich dein Gott durch dein Kreischen rühren läßt? Ich frage mich, wie du eine solche Närrin sein kannst.» Natürlich war sie nun zu schwach, um die Hand gegen mich zu erheben, drum hielt ich es nicht für nötig, sie noch länger zu trösten. «Er muß wirklich ein sehr seltsamer Bösewicht sein, wenn er dich so elend zugrunde gehen läßt. Von Lambeth Marsh in die Hölle geschleudert zu werden – ist das die Antwort auf all deine Gebete?»

«O Gott, meine Hilfe in vergangenen Zeiten. Sei nun das Wasser, mich in meinem Kummer zu erquikken.» Dies waren nichts als die Worte, die sie mechanisch aus dem Gesangbuch gelernt hatte, und ich lachte, während sie sich mit der Zunge über die Lippen fuhr. Ich konnte die offenen Wunden darauf sehen.

«Ich werde dir Erquickung bringen, Mutter. Und zwar durch richtiges Wasser.» Ich goß ein wenig von dem Stärkungsmittel des Doktors auf einen Löffel und zwang sie, es zu trinken. Dabei schaute ich hoch und bemerkte einen Text, den sie an die Decke geklebt hatte. «Sieh mal, Mutter», sagte ich. «Hier ist noch ein Zeichen für dich. Kannst du es jetzt nicht mehr lesen, du unartiges Mädchen? ‹Vater Abraham, erbarme dich mein und sende Lazarus› – du kennst Lazarus, Mutter? –, ‹daß er das Äußerste seines Fingers ins Wasser tauche und kühle meine Zunge; denn ich leide Pein in dieser Flamme.› Ist das deine Pein, Mutter? Oder wird sie es werden?»

Sie konnte kaum sprechen, drum beugte ich mich über sie und lauschte ihrem übelriechenden Flüstern. «Nur Gott kann das Urteil fällen.»

«Aber sieh dich doch jetzt an. Er hat sein Urteil schon gefällt.» Darauf brach sie wieder in ein solches Geheul aus, daß ich den Lärm nicht mehr ertragen konnte. Drum ging ich hinunter auf die Straße und spazierte in Richtung des Flußufers. Die Frauen von Lambeth Marsh gelten zwar als leicht zu haben, doch als mich ein fremd wirkender Gentleman auf solche Weise musterte, machte ich ihm keine Freude, sondern lachte nur und ging hinunter zum Wasser. Ich sah, daß die Fähre gleich ablegen würde, drum hob ich den Rock, sprang über den Graben und rannte auf sie zu. Meine Mutter sagte zwar, es sei ordinär, wenn junge Frauen rannten, aber wie sollte sie mich nun jemals dabei ertappen? Der Fährmann kannte mich recht gut und wollte meinen Penny nicht annehmen – drum erreichte ich das Mill Bank mit mehr Münzen als erwartet.

Ich hatte nur einen einzigen Wunsch im Leben, nämlich den, die Music-Hall zu sehen. Curry's Varieté lag neben dem Obelisken in der Nähe unserer Unterkunft, aber Mutter warnte mich, es sei die Behausung des Teufels, die ich nie betreten dürfe. Ich hatte die Plakate bemerkt, auf denen die Komödianten und Duos angekündigt wurden, aber ich wußte nicht mehr über sie als über die Cherubim und Seraphim, an die meine Mutter ihre lauten Klagen richtete. Für mich waren diese Plauderer und Sandtänzer ebenfalls Fabelwesen: wunderbar hehre und anbetungswürdige Geschöpfe.

Ich ließ das Mill Bank so rasch wie möglich hinter mir und ging hinunter zur neuen Brücke. In jenen Tagen kannte ich London noch nicht so gut, es kam mir so riesig und wild vor, daß ich einen Moment lang zu meinem alten Flecken in Lambeth zurückblickte. Aber dort lag sie und verfaulte, und ich schritt leichteren Herzens weiter, vorbei an den Läden und Häusern. Ich brannte vor Neugier, und keine Sekunde lang dachte ich daran, daß ein junges Mädchen auf diesen Straßen in irgendeiner Gefahr sein könne. Ich kam an der Strand heraus und bog direkt neben der Wasserpumpe in die Craven Street ein, als ich ein Schmierentheater entdeckte, vor dem ein paar Menschen herumlungerten. Jedenfalls schien es ein Schmierentheater zu sein, aber als ich ein wenig näher kam, merkte ich, daß es ein richtiger Varietésalon war, dessen Buntglas und gemalte Figuren einen starken Kontrast zu den schlichten alten Häusern an beiden Seiten bildeten. Das Theater hatte auch einen eigenen Duft: eine Mischung aus Gewürzen und Orangen und Bier – ein bißchen wie der Geruch der Lagerhäuser unten in Southwark, aber viel üppiger und kräftiger. Ein Plakat mit leuchtendgrünen Buchstaben war schräg an die Theaterfassade geklebt worden. Der Geschäftsführer hatte es wahrscheinlich gerade erst dort anbringen lassen, denn die Menge hatte sich darum geschart, um es zu lesen. Ich betrachtete es verwundert, denn bis dahin hatte ich noch nie von «Dan Leno, Dreikäsehoch, Schlangenmensch und Akrobat» gehört.

FÜNF

Elizabeth schlenderte durch die Straßen, bis es recht dunkel wurde, aber sie wollte sich nicht zu weit von dem kleinen Theater entfernen. Deshalb verweilte sie in dem Gewirr von Seitenstraßen und Gassen, die auf der Strand mündeten. Ein- oder zweimal hörte sie ein sanftes, leises Pfeifen und hatte den Eindruck, daß ihr jemand folgte. An der Ecke Villiers Street winkte ihr ein Mann zu, aber sie beschimpfte ihn wütend, und als sie die großen, rauhen, von den dicken Segeltuchfasern gezeichneten Hände hob, zog er sich stumm zurück. Nur einmal, als sie an dem alten Friedhof in Mitre Court vorbeikam, dachte sie an ihre Mutter, aber der Zeitpunkt von Dan Lenos Auftritt war nähergerückt, und sie eilte zurück zur Craven Street. Es kostete Twopence für den Olymp und Fourpence für das Parterre, aber sie wählte letzteres.

Die Besucher saßen an mehreren alten Holztischen mit ihren Speisen und Getränken vor sich, und drei Kellner mit schwarzweiß karierten Schürzen wurden durch ständige Rufe nach mehr eingelegtem Lachs oder Käse oder Bier auf Trab gehalten. Eine alte, sehr rotgesichtige Frau mit erstaunlichen Löckchen aus Kunsthaar, die ihr über Stirn und Wangen fielen, nahm neben Elizabeth Platz. «Nur der Abschaum hier, Kindchen», sagte sie, sobald sie sich niedergelassen hatte. «Ich weiß nicht, wieso ich mich damit abgebe.» Elizabeth konnte sie durch all den Lärm und Tumult hindurch kaum hören. Die Frau streckte die Hand aus, kaufte einem kleinen Kind, das seinen Obstkorb nur mit Mühe tragen konnte, eine Orange ab und stopfte sie sich zwischen die Brüste. «Die ist für später.» Dann schnitt sie eine Grimasse und fächelte sich das Gesicht mit einem der Teller, die auf dem Tisch zurückgeblieben waren. «Riecht das nicht widerlich?»

Aber Elizabeth war an den menschlichen Geruch gewöhnt – oder sich vielmehr der scharfen Ausdünstung von Fleisch kaum bewußt, weil sie sich völlig auf den fadenscheinigen Bühnenvorhang konzentrierte. Man half einem sehr großen Mann in einem höchst auffälligen gestreiften Mantel auf die erhöhten Holzbretter, und es gelang ihm, aufrecht stehen zu bleiben und die Arme zu heben, obwohl er betrunken zu sein schien. Er rief mit sehr strenger Stimme: «Ruhe, wenn ich bitten darf!», und Elizabeth bemerkte zu ihrer Überraschung, daß ein ganzer Strauß Geranien an seinen Aufschlag geheftet war. Schließlich begann er unter viel Jubel und Gelächter zu sprechen. «Ein scharfer Ostwind hat mir die Stimme verdorben», brüllte er und mußte dann warten, bis die Jubel- und Buhrufe abklangen. «Ich bin überwältigt von Ihrer Großzügigkeit. Noch nie bin ich so vielen lieben Jungs mit so perfekten Manieren begegnet. Ich komme mir vor wie bei einer Teegesellschaft.» Der Lärm war nun so laut geworden, daß Elizabeth sich die Hände vor die Ohren schlagen mußte. Die rotgesichtige Alte wandte den Kopf, blinzelte ihr zu und hob dann den kleinen Finger ihrer rechten Hand wie zu einer Ehrenbezeigung. «Es liegt nicht in der Macht der Sterblichen, über den Erfolg zu gebieten», fuhr er fort, «aber ich werde mein möglichstes tun. Ich werde mich bemühen, ihn mir zu verdienen. Bitte beachten Sie, daß der Ochsenschwanz in Aspik heute abend nur Threepence kostet.»

Allerlei Bemerkungen im selben Stil folgten, was Elizabeth sehr ermüdend fand, doch schließlich wurde der Vorhang von einem jungen Mädchen mit einer großen altmodischen Haube zur Seite gezogen. Er enthüllte eine Londoner Straßenszene, die – im flackernden Gaslicht – Elizabeth den wunderbarsten Anblick der Welt zu bieten schien. Die einzigen Gemälde, die sie je gesehen hatte, waren die groben Klecksereien an den Booten am Fluß, und nun hatte sie ein Bild der Strand vor sich, die sie gerade entlanggegangen war – aber wieviel prächtiger und schillernder sie nun wirkte, mit ihren roten und blauen Ladenfassaden, ihren hohen Laternenpfählen und ihren Verkaufsständen mit den aufgehäuften Waren. Es war besser als jede Erinnerung.

Ein Junge kam aus den Seitenkulissen, und sofort begannen die Zuschauer, erwartungsvoll zu pfeifen und mit den Füßen zu stampfen. Er hatte das seltsamste Gesicht, das sie je gesehen hatte; es war so schmal, daß sich sein Mund gleichsam von einer Seite zur anderen dehnte, und sie zweifelte nicht daran, daß er sich um seinen Hinterkopf herum fortsetzte. Der Junge war so blaß, daß seine großen dunklen Augen zu leuchten und etwas jenseits der Welt zu betrachten schienen. Er trug einen Zylinder, der fast so groß war wie er selbst, und eine eigenartige Mischung aus Flicken, die sich zu einer Jacke zusammenfügten. Elizabeth begriff sofort, daß er die Rolle eines italienischen Leierkastenjungen spielte, und das gesamte Publikum schwieg, während er mit getragener, lieblicher Stimme «Schade um den armen Italiener» sang. Sie war kurz davor, über seinen Kummer zu weinen, als er sein Leben in Armut und Elend beschrieb, doch dann, nach ein paar Versen, schlenderte er mit den Händen in den Taschen von der Bühne. Ein paar Sekunden später erschien eine alte Frau – aber sie war, soweit Elizabeth feststellen konnte, in Wirklichkeit überhaupt nicht alt. Sie war ohne Alter und jeden Alters und trug ein schlichtes Kleid mit einer Schürze darüber. «Gestern abend ging's mir schlecht», erklärte sie dem Publikum, das zu Elizabeths Erstaunen bereits lachte. «Ganz schlecht. Meine Tochter ist nämlich zu mir zurückgekommen.» Plötzlich wurde Elizabeth an ihre Mutter erinnert, die mit ihrer verfaulenden Niere zu Hause lag, und sie fiel in das Gelächter ein. Gleichzeitig erkannte sie, daß dies derselbe Junge war, nur in Frauenkleidung. Nun war von Schmerz und Leid nicht mehr die Rede. «Oh, das ist 'ne geizige, meine Tochter. Sie ist so geizig, daß sie sich ein halbes Dutzend Austern kauft und sie vor dem Spiegel ißt, damit sie wie ein Dutzend aussehen. Oh, ihr *müßt* meine Tochter kennen. Ach du meine Tüte. Stellt euch doch nicht so blöde. Jeder kennt meine Tochter.» Der Junge in der Kleidung einer alten Frau hob nun den Rock und vollführte einen Holzschuhtanz, wobei das kleine Theater unter der Kraft seiner Persönlichkeit gleichsam aufglühte. Elizabeth wurde klar, daß dies der Dan Leno sein mußte, den sie auf den Plakaten gesehen hatte. Sie wußte nicht, wie lange sein Auftritt dauerte, aber danach nahm sie die Gesangsduos, die Akrobaten und die schwarzgeschminkten Musikanten kaum mehr zur Kenntnis. Sie dachte nur noch an die seltsame Komödie, durch die Leno die Trübsal ihres Lebens gelindert hatte.

Es war vorbei. Als sie mit den anderen auf die Straße hinausdrängte, fühlte sie sich aus einer Welt des Lichtes verbannt. Sie ging durch die Craven Street und überquerte dann langsam die Hungerford Bridge – selbst in der Dunkelheit kannte sie den Weg nach Lambeth Marsh gut genug –, und sie wanderte gemächlich am Flußufer vorbei, wo die Ratten und die Gassenjungen hausten. Drei von ihnen zerrten etwas aus dem Wasser, aber nicht einmal dieses Schauspiel konnte sie nach dem Zauber des Theaters in der Craven Street zufriedenstellen. Als sie die Unterkunft in der Peter Street erreichte, war sie völlig erschöpft von den Aufregungen des Abends und warf nur einen flüchtigen Blick auf ihre Mutter, die auf dem Bett lag. Aus ihrem Mundwinkel floß etwas weißer und grüner Speichel, und ihr Körper zitterte unter einem Anfall oder im Delirium. Schließlich brachte Elizabeth ihr ein Stärkungsmittel, das sie mit eigenen Händen zubereitet hatte, und zwang sie, es zu trinken. «Stell dich doch nicht so blöde an, Mutter», flüsterte sie. «Es geht dir danke, stimmt's?» Dann riß sie die an die Wände geklebten Bibelseiten herunter.

Zwei Tage später erhielt ihre Mutter ein Armenbegräbnis, und am Abend nach der Beerdigung kehrte Elizabeth zu dem Theater in der Craven Street zurück. Dort hörte sie Dan Leno eines jener Liedchen singen, die ihm den Ruf einbrachten, «der witzigste Mann auf Erden» zu sein:

Ich bin sicher, Jim ist mir gewogen,
Obwohl er nie gesagt ein Wort.
Doch grad am Bauplatz ging vorbei ich,
Und er 'nen Ziegel warf mir nach zum Sport.

SECHS

Dan Leno galt weithin als der witzigste Mann seiner – oder jeder anderen – Zeit, doch die beste Beschreibung von ihm liefert wahrscheinlich Max Beerbohm in der Saturday Review: «Ich möchte den sehen, der Dan Leno nicht beim ersten Anblick liebte. Sobald er mit jener Miene wilder Entschlossenheit auf die Bühne hüpfte – wobei sich seine Gliedmaßen unter einem tiefen Groll krümmten, dem er Luft machen mußte –, gehörten ihm alle Herzen... jene arme kleine, lädierte Persönlichkeit, so niedergeschlagen, doch so tapfer, mit ihrer piepsenden Stimme und ihren ausholenden Gesten, gebeugt, doch nicht gebrochen, schwach, doch zielstrebig, Verkörperung des Willens, in einer Welt zu leben, die so gar nicht lebenswert ist...»

Er wurde im Eve Court Nummer 4 geboren, in der Gegend um die alte Kirche von St. Pancras, bevor die Midland Railway Company dort ihren Bahnhof errichtete. Sein Geburtstag, der 20. Dezember 1850, war kurioserweise auch der Geburtstag von Elizabeth Cree. Seine Eltern waren bereits Theatermenschen und zogen als «Mr. und Mrs. Johnny Wilde, das singende und schauspielernde Duo», durch die Music-Halls und Varietés (Dan Lenos wirklicher Name war George Galvin, aber er ließ ihn rasch fallen, genau wie Elizabeth Cree anscheinend niemals den Familiennamen ihrer Mutter benutzte). Ihr Sohn erschien zum erstenmal im Alter von vier Jahren auf der Bühne: in der Cosmotheka Music Hall in Paddington; er trug ein Kostüm, das seine Mutter aus der Seide eines alten Kutschenverdecks geschneidert hatte. Zu diesem frühen Zeitpunkt seiner Karriere wurde er auf den Plakaten als «Schlangenmensch und Akrobat» angekündigt. Tatsächlich vollführte er einige sehr gelungene Verrenkungen und Tricks – am bemerkenswertesten war vielleicht seine Imitation eines Korkenziehers, der eine Weinflasche öffnet. Im Alter von acht Jahren wurde er als «Der große kleine Leno» angekündigt (sein Leben lang blieb er von sehr schmächtiger Gestalt), und ein Jahr später nannte man ihn den «großen kleinen Leno, den Inbegriff der Cockney-Komiker», oder gelegentlich den «Darstellenden Cockney-Charaktersänger». Im Herbst 1864, als Elizabeth ihn zum erstenmal sah, hatte er bereits jenen Humor entwickelt, für den er wahrhaft berühmt werden sollte. Aber wie kam es dazu, daß die Polizeibeamten der Limehouse Division Dan Leno weniger als zwanzig Jahre später verdächtigten, der mörderische Golem von Limehouse zu sein?

SIEBEN

Diese Auszüge entstammen dem Tagebuch von Mr. John Cree aus New Cross Villas, Südlondon, das heute in der Manuskriptabteilung des Britischen Museums unter der Signatur Add. Ms. 1624/566 verwahrt wird.

6. September 1880 Es war ein schöner klarer Tag, und ich spürte, wie mir nach einem Mord zumute wurde. Ich mußte dieses Feuer löschen, deshalb nahm ich eine Droschke nach Aldgate und ging dann nach Whitechapel hinunter. Ich könnte sagen, daß ich darauf erpicht war anzufangen, denn ich plante etwas völlig Neues: den Atem eines sterbenden Kindes auszusaugen und zu erforschen, ob sich sein ganzer jugendfrischer Geist mit dem meinen vermischen würde. Oh, in dem Fall könnte ich ewig leben! Aber warum sage ich «ein Kind», wenn ich jedwedes Leben meine? Da, ich zittere wieder.

Ich hatte erwartet, mehr Menschen um den Gammon Square anzutreffen, aber in diesen schäbigen Wohnhäusern sind sie froh, den ganzen Tag schlafen und so den Hunger fliehen zu können. In früheren Jahren hätte man sie im Morgengrauen auf die Straße befördert, doch heutzutage gilt kein Maßstab mehr – wie weit ist es mit uns gekommen, wenn die Arbeiter nicht mehr zu arbeiten brauchen? Ich bog in die Hanbury Street ein, und überall lag ein hübscher Gestank in der Luft. Da war das scheußliche Aroma einer Pastetenbude, wo man Katzen- und Hundefleisch gewiß so reichlich verwendete wie eh und je, und alle möglichen jüdischen Händler riefen: «Wohin so eilig?»

oder: «Wie geht's Ihnen an einem schönen Tag wie heute?» Ich kann den Geruch der Juden ertragen, doch der Geruch der Iren, dicht und schwer wie der alten Käses, ist nicht auszuhalten. Zwei von ihnen lagen sturzbetrunken vor einer Kneipe, und ich überquerte die Straße, um den Gestank aus meinen Nüstern zu vertreiben. Ich betrat ein heruntergekommenes Süßwarengeschäft auf jener Seite und erstand Lakritz für einen Penny, um meine Zunge zu schwärzen. Wer weiß, wohin ich sie in jener Nacht stecken mußte?

Dann kam mir ein anderer prächtiger Gedanke. Ich hatte noch ein oder zwei Stunden Zeit bis zum Anbruch der Dämmerung, und ich wußte sehr gut, daß in der Nähe, etwas weiter hinunter zum Fluß, das Haus stand, in dem sich 1812 die unsterblichen Morde am Ratcliffe Highway abgespielt hatten. An einem Ort, der dem Gedächtnis so heilig ist wie Golgatha oder die Londoner Galgenstätte Tyburn, war eine ganze Familie auf rätselhafte und lautlose Art in die Ewigkeit befördert worden – von einem Künstler, dessen Taten für immer auf den Seiten Thomas de Quinceys festgehalten sind. John Williams war über den Haushalt der Marrs gekommen und hatte ihn von der Erde gefegt, wie andere den Fußboden fegen. Was also hätte ein angenehmerer Ausflug sein können als ein Spaziergang zum Highway hinunter?

Offen gesagt, es war ein kümmerliches Gebäude für ein so erlesenes Verbrechen – nicht mehr als eine schmale Ladenfassade mit ein paar Zimmern darüber. Familienvater Marr, dessen Blut im Namen der Glorie vergossen worden war, hatte ein Strumpfwarengeschäft besessen. Nun war ein Altkleiderladen an seiner Stelle. So, wie uns die Bibel verkündet, werden heilige Tempel geschändet. Ich trat sofort ein und fragte den Besitzer, wie er zurechtkomme. «Ziemlich schlecht, Sir», sagte er. «Ziemlich schlecht.» Ich betrachtete die Stelle, direkt hinter dem Tresen, wo Williams einem Kind den Schädel gespalten hatte.

«Dies ist doch eine gute Geschäftslage, nicht wahr?»

«Angeblich, Sir. Aber alle Zeiten am Highway sind schwere Zeiten.» Er beobachtete mich, während ich mich bückte und den Boden mit dem Zeigefinger berührte. «Ein Gentleman wie Sie will hier bestimmt nichts kaufen, Sir. Habe ich recht?»

«Meine Frau hat ein Dienstmädchen, das nichts Elegantes benötigt. Haben Sie so etwas wie ein altmodisches Kleid?»

«Oh, wir haben viele Kleider und Gewänder, Sir. Fühlen Sie die Qualität dieser hier.» Er fuhr mit der Hand über eine Reihe muffiger Stoffe, und ich verharrte in der Nähe, um sie riechen zu können. Welches schmutzige Fleisch hatte sich an dieses Tuch gepreßt? In diesem Raum – vielleicht auf denselben Dielen – hatte der Künstler mehr Blut ersehnt und die Frau des Hauses aufgespürt.

«Haben Sie eine Frau und eine Tochter?»

Er schaute mich einen Moment lang an und lachte. «Oh, ich weiß, was Sie meinen, Sir. Nein. Sie tragen die Waren nie. Wir gehören nicht zu den Ärmsten.»

John Williams war jene Stufen hinaufgestiegen und hatte die Frau niedergeschlagen, als sie sich über das Gitter beugte. «Wundert es Sie also, daß sich diese Stücke nicht für mich oder mein Dienstmädchen eignen? Einen guten Tag. Ich muß anderswo noch eine kleine Angelegenheit erledigen.» Damit ging ich hinaus auf den Ratcliffe Highway, aber ich konnte mir einen Blick nach oben zu den Zimmern über dem Geschäft nicht versagen. Welche Wundertaten waren auf jenem engen Raum vollbracht worden? Und wenn sie sich wiederholten? Das wäre eine Vollendung, wie sie diese Stadt noch nicht erlebt hatte.

Aber ich mußte etwas anderes ins Netz bekommen – vielleicht eine kleine Sprotte zum Braten. Mittlerweile wurde es dunkel, und als ich in Limehouse eintraf, gingen die Gaslaternen an. Es war die Stunde, meine Karten aufzudecken, aber vorerst war ich ein bloßer Neuling, ein Anfänger, eine Zweitbesetzung, die nicht ohne Probe auf der großen Bühne erscheinen konnte. Zunächst mußte ich meine Arbeit in einer geheimen, dem Tumult der Stadt entrungenen Stunde vervollkommnen. Wenn ich nur einen abgeschiedenen Hain finden und wie ein pastorales Wesen Londoner Blut im grünen Schatten vergießen könnte. Aber es sollte nicht sein. Ich befand mich noch immer in meinem Privattheater, an diesem grellen Ort unter den Gaslaternen, und hier mußte meine Vorführung stattfinden. Wenngleich zuerst noch hinter dem Vorhang...

Ein freches kleines Ding lungerte vor der Gasse am Laburnum Playhouse herum: ein Mädchen von höchstens achtzehn oder neunzehn Jahren, aber gemessen an ihrer Straßenerfahrung war sie bereits alt. Sie kannte die Bibel der Welt, denn der Text hatte sich ihrem Herzen eingeprägt. Und was für ein Herz mochte es sein, wenn es liebevoll und behutsam entfernt würde? Ich beschattete sie, während sie auf das Seemannsheim an der Ecke der Globe Lande zu ging. Und wie ich die Straßen studiert hatte! Ich hatte mir Murrays *New Plan of London* gekauft und alle Möglichkeiten für meinen Auftritt und Abgang ermittelt. Sie blieb dort stehen, und kurz darauf kam ein Arbeitsmann, noch mit dem Ziegelstaub auf seiner Kleidung, herbei und flüsterte ihr ein paar Worte zu. Sie erwiderte etwas, und danach ging alles rasch vonstatten. Sie führte ihn durch die Globe Lane zu einer Hausruine. Sie hatte seinen Staub an sich, als sie wieder ans Licht trat.

Ich wartete, bis er verschwunden war, bevor ich sie ansprach. «Na, mein Hühnchen, du mußt da ja schöne Sachen getrieben haben, sonst wärst du nicht so verstaubt.»

Sie lachte, und ich roch den Gin in ihrem Atem. Schon jetzt wurden ihre Organe konserviert, als lägen sie im Glas eines Chirurgen. «Ich nehm's, wie's kommt», sagte sie. «Haben Sie Geld?»

«Hier.» Ich holte eine glänzende Münze hervor. «Aber sieh mich an. Bin ich ein Gentleman? Kannst du erwarten, daß ich mich auf die Straße lege? Ich brauche ein gutes Bett und vier Wände.»

Sie lachte wieder. «Also gut, Gentleman, dann auf zum ‹Schulterknochen›.»

«Wo ist dein Schulterknochen?»

«Wir brauchen Gin, Sir. Mehr Gin, wenn Sie Freude an mir haben wollen.»

Der «Schulterknochen» war eine Gastwirtschaft in der Nähe der Wick Street; sie sah aus wie eine Lasterhöhle der übelsten Sorte und war mit dem Abschaum von London gefüllt. Als einfacher Mann hätte ich den Gestank genießen können – ich hätte die Arme erhoben und an dem tobenden Aufruhr gegen den Himmel teilgenommen –, aber als Künstler mußte ich Bedenken haben. Ich durfte vor meinem ersten großen Werk nicht gesehen werden. Sie bemerkte, daß ich zögerte, und schien zu lächeln. «Mir ist klar, daß Sie ein Gentleman sind, und Sie brauchen mich nicht zu begleiten. Ich bin hier geboren und finde mich zurecht.» Sie ließ sich ein paar Münzen von mir geben und kehrte einige Minuten später mit einem Nachttopf voll Gin zurück. «Er ist sauber», sagte sie, «ganz sauber. Wir benutzen ihn nie dafür. Schließlich haben wir die Straße, oder?» Sie führte mich in einen nahegelegenen Hof, der kaum größer als ein Taschentuch war. Als sie die wurmzerfressene Treppe hinaufkletterte, stolperte sie, und ein wenig Gin schwappte über den Topfrand. Jemand sang in einem der Zimmer, an denen wir vorbeikamen. Ich kannte den Text des alten Music-Hall-Liedchens so gut, als hätte ich ihn selbst geschrieben:

Als grad niemand guckte,
Nahm ich die Jungfer mild,
Und da es mich sehr juckte,
Ward ich wohl ziemlich wild.

Dann war alles still. Wir stiegen zur obersten Etage hinauf und betraten ein Zimmer, das nicht mehr als ein Loch oder Verschlag zu sein schien. Eine beschmutzte Matratze lag auf dem Boden, und an die Wände waren Photographien von Walter Butt, George Byron und anderen Bühnenidolen geklebt.

Es roch nach schalem Alkohol, und ein zerfleddertes Laken war nachlässig vor ein winziges Fenster gehängt. Dies also sollte mein Künstlerzimmer oder, besser gesagt, mein Proberaum sein. Von hier aus würde ich die Bühne der Welt betreten. Sie hatte eine fleckige Tasse genommen, sie in den Nachttopf getaucht und den Gin mit einem Schluck hinuntergestürzt. Mir kam der Gedanke, daß sie das Vergnügen verpassen könnte, aber ich wußte jedenfalls, daß sie – auf die eine oder andere Weise – von dieser traurigen Welt befreit werden wollte. Wer war ich, sie davon abzubringen oder sie eines Besseren zu belehren? Ich rührte mich nicht, sondern sah zu, wie sie eine weitere Tasse Gin trank. Dann, nachdem sie sich aufs Bett gelegt hatte, beugte ich mich über sie und wischte den Schmutz und Ziegelstaub von ihrem Kleid. Sie schien nun fast das Bewußtsein zu verlieren, aber es gelang ihr, meinen Arm zu packen, als ich sie berührte. «Was haben Sie jetzt mit mir vor, Sir?» Sie lag benommen auf dem Bett, und mir kam der Gedanke, daß sie meinen Plan durchschaute und sich meinem Messer willig darbot. Es gibt arme Teufel, die nach dem Ausbruch einer Choleraepidemie in die betroffene Gegend eilen, weil sie hoffen, sich mit der Krankheit anzustecken. Gehörte sie zu diesen Menschen? Dann wäre es ein Verbrechen gewesen, sie im ungewissen zu lassen, nicht wahr?

Ich wollte nicht, daß auch nur ein Tropfen ihres Blutes auf meine Kleidung geriet, deshalb zog ich Ulster, Jackett, Weste und Hose aus. An der Rückseite ihrer Tür hing ein verschlissener, mit einem dünnen Pelz umsäumter Mantel, den ich um mich wickelte, bevor ich mein Messer hervorholte. Es ist ein herrlicher Gegenstand mit einem geschnitzten Elfenbeingriff; ich hatte es bei Gibbon's auf dem Haymarket für fünfzehn Shilling gekauft, und es tat mir leid, daß es seinen Glanz für immer verlieren würde, nachdem ich in sie eingedrungen war. Ich weiß noch, wie ich in meiner Schulzeit trauerte, wenn meine erste Tintenzeile

die Reinheit eines neuen Übungsheftes befleckte –
nun würde ich meinen Namen von neuem schreiben,
aber mit einem anderen Gerät. Sie begann sich erst zu
rühren, als ich ein Stück Darm herausgelöst und sanft
darauf geblasen hatte. Ein Seufzen oder Stöhnen entrang sich ihr, aber wenn ich die Szene im Rückblick
vor meinem inneren Auge vorbeiziehen lasse, glaube
ich, es könnte ihr Geist gewesen sein, der die Erde verließ. Ihre Augen hatten sich geöffnet, und ich mußte
sie mit meinem Messer entfernen, weil ich fürchtete,
mein Bild könnte sich ihnen eingebrannt haben. Ich
tauchte die Hände in den Nachttopf und wusch ihr
Blut mit dem Gin ab. Dann schiß ich aus reinem Entzücken hinein. Es war vorbei. Die Welt war ihrer ledig,
und ich war dessen ledig – beides nun hohle Gefäße,
die auf das Erscheinen Gottes warteten.

7. September 1880   Darf ich Thomas de Quincey zitieren? Durch seinen Essay «Der Mord als eine schöne
Kunst betrachtet» erfuhr ich von den Toden im Ratcliffe Highway, und seitdem ist seine Arbeit eine
Quelle ständiger Freude und Verblüffung für mich.
Wer wäre nicht gerührt durch seine Beschreibung des
Mörders John Williams, der seine Taten nur «aus lustvollem Schwelgen» begangen und eine Middletons
oder Tourneurs würdige Ausrottungstragödie inszeniert habe? Der Vernichter der Familie Marr sei «ein
einzigartiger Künstler» gewesen, «der sich im Bewußtsein seiner Größe geruhsam in London aufhielt» – ein
Künstler, der London als «Atelier» benutzte, um seine
Werke zur Schau zu stellen. Und welch eine wunderbare Nuance, daß de Quincey andeutete, Williams'
«rötlichblondes» Haar sei absichtlich gefärbt worden,

um einen Kontrast zur «geisterhaften, blutleeren Blässe» seines Gesichts herzustellen. Ich schlug mir begeistert die Arme um den Leib, als ich zum erstenmal las, wie er sich für jeden Mord ankleidete, als hätte er einen Bühnenauftritt vor sich: «Wir haben Grund zu der Annahme, daß Mr. Williams bei seinen großangelegten Metzeleien stets als Grandseigneur auftrat, nämlich in Pumps und schwarzseidenen Strümpfen. Sein Stilempfinden würde den Dressinggown zum Blutbad als schweren Fauxpas abgelehnt haben. Dem einzigen Menschen, der, wie wir hören werden, gezwungenermaßen und zitternd vor Todesangst von einem Versteck aus das zweite Werk und seine Scheußlichkeiten mit ansehen mußte, fiel es besonders auf, daß Mr. Williams die Tat in einem langen, auf Seide gearbeiteten Gehrock ausführte.» Aber damit genug. Ich kann diese Arbeit aufrichtig empfehlen. Ist das nicht die übliche Wendung?

8. September 1880 Den ganzen Tag Regen. Habe meiner lieben Frau Elizabeth etwas Tennyson vorgelesen, bevor wir uns zurückzogen.

ACHT

ELIZABETH CREE Ich dachte, mein Mann sei an Gastritis erkrankt. Deshalb riet ich ihm, einen Arzt kommen zu lassen.

MR. GREATOREX War seine Gesundheit normalerweise gut?

ELIZABETH CREE Er hatte immer Magenbeschwerden, die wir auf Blähungen zurückführten.

MR. GREATOREX Und wurde er an jenem Abend medizinisch betreut?

ELIZABETH CREE Nein. Er lehnte es ab.

MR. GREATOREX Er lehnte es ab? Warum?

ELIZABETH CREE Er hielt es nicht für nötig und bat mich statt dessen um einen Limonensaft.

MR. GREATOREX War das nicht eine sehr ungewöhnliche Bitte für einen Mann, der so starke Schmerzen litt?

ELIZABETH CREE Ich glaube, er wollte sich damit die Stirn und die Schläfen anfeuchten.

MR. GREATOREX Können Sie dem Gericht sagen, was als nächstes geschah?

ELIZABETH CREE Ich war nach unten gegangen, um den Saft zuzubereiten, als ich ein plötzliches Geräusch aus seinem Zimmer hörte. Ich kehrte sofort zu ihm zurück und sah, daß er aus dem Bett gefallen war und auf dem türkischen Teppich lag.

MR. GREATOREX Sagte er in jenem Moment etwas zu Ihnen?

ELIZABETH CREE Nein, Sir. Ich konnte sehen, daß es ihm recht schwer fiel zu atmen und daß er so etwas wie Bläschen um die Lippen hatte.

MR. GREATOREX Und was taten Sie dann?

ELIZABETH CREE Ich rief nach unserem Hausmädchen Aveline, damit sie ihn im Auge behielt, während ich den Arzt holte.

MR. GREATOREX Sie verließen also das Haus?

ELIZABETH CREE Ja.

MR. GREATOREX Und sagten Sie nicht zu einer Nachbarin, an der Sie vorbeikamen: «John hat sich umgebracht»?

ELIZABETH CREE Ich war in einer solchen Eile, Sir, daß ich nicht weiß, was ich gesagt haben könnte. Ich hatte sogar meinen Hut vergessen.

MR. GREATOREX Und weiter?

ELIZABETH CREE Ich kehrte so schnell wie möglich mit unserem Arzt zurück, und wir gingen gemeinsam ins Zimmer meines Mannes. Aveline war über ihn gebeugt, aber ich konnte erkennen, daß er entschlafen war. Der Arzt roch an seinen Lippen und sagte, wir müßten die Polizei oder den Leichenbeschauer oder eine ähnliche Person benachrichtigen.

MR. GREATOREX Und warum sagte er das?

ELIZABETH CREE Er schloß aus dem Geruch, daß mein Mann Arsen oder ein anderes Gift zu sich genommen haben müsse und daß eine Obduktion erforderlich sei. Ich war natürlich sehr entsetzt darüber und soll in Ohnmacht gefallen sein.

MR. GREATOREX Aber warum hatten Sie ein paar Minuten vorher auf der Straße aufgeschrien und Ihrer Nachbarin mitgeteilt, daß Ihr Mann sich umgebracht habe? Wie hätten Sie zu dieser Schlußfolgerung kommen können, wenn Sie immer noch dachten, daß er bloß an einer gastritischen Beschwerde litt?

ELIZABETH CREE Wie ich Inspektor Curry erklärt habe, Sir, hatte er schon früher mit Selbstmord gedroht. Er war von einer sehr krankhaften Veranlagung, und in meiner Besorgnis mußte ich an jene Drohungen zurückgedacht haben. Ich weiß, daß auf seinem Nachttisch ein Buch von Mr. de Quincey über Laudanum lag.

MR. GREATOREX Ich glaube, Mr. de Quincey ist in diesem Zusammenhang unerheblich.

NEUN

Ein junger Mann saß im Lesesaal des Britischen Museums, und während er die Seiten der *Pall Mall Review* jenes Monats öffnete, merkte er, daß seine Hand ein wenig zitterte. Er hob sie an seinen buschigen Schnurrbart, roch die schwachen Schweißspuren an ihr und sammelte sich dann, um zu lesen. Er wollte diesen Moment genießen und in seiner Erinnerung festhalten, denn es war das erste Mal, daß er seine eigenen Worte zwischen den dicken Umschlagseiten einer intellektuellen Londoner Zeitschrift gedruckt sah. Es war, als spreche ihn eine andere, erhabenere Person aus den Zeilen an, doch er hatte wirklich seinen eigenen Essay vor sich: «Romantik und Verbrechen». Nachdem er die einführenden Bemerkungen über die schauerliche Melodramatik der populären Presse, geschrieben auf Verlangen des Herausgebers, überflogen hatte, vollzog er seine eigene Argumentation mit großem Vergnügen nach:

«Ich erlaube mir, auf eine bedeutungsvolle Analogie zu Thomas de Quinceys Essay ‹Der Mord als eine schöne Kunst betrachtet› hinzuweisen, der zu Recht wegen seines Nachtrags zu dem außergewöhnlichen Thema der Ratcliffe-Highway-Morde von 1812 – als eine ganze Familie in einem Strumpfwarengeschäft abgeschlachtet wurde – gerühmt wird. Die Veröffentlichung dieses Essays in *Blackwood's* löste Kritik bei jenen Angehörigen der Leserschaft aus, die meinten, daß er eine besonders brutale Mordserie zum Gegenstand der Sensationslust – und dadurch der Bagatellisierung – gemacht habe. Es stimmt zwar, daß de Quincey, wie gewisse andere Essayisten aus dem früheren Teil unseres Jahrhunderts (Charles Lamb und Washington Irving sind augenfällige Beispiele), gelegentlich frivole oder sogar schrullige Passagen in die ernstesten Überlegungen einschob; es gibt in seinem Essay zum Beispiel Momente, in denen er die kurze Laufbahn des Mörders John Williams allzusehr verherrlicht und wenig Mitgefühl für das Leid der unglücklichen Opfer des Mannes aufzubringen scheint. Aber es ist wohl kaum gerechtfertigt, nur anhand dieser Indizien zu vermuten, daß die bloße Tendenz, die blutigen Ereignisse sensationell aufzumachen, sie auf merkliche Weise bagatellisiert oder herabgewürdigt habe. Genau das Gegenteil könnte gefolgert werden: Die Morde von 1812 an der Familie Marr erreichten ihre Apotheose in dem Text von Thomas de Quincey, dem es gelungen ist, sie mit glänzender Metaphorik und edlen Rhythmen unsterblich zu machen. Mehr noch, die Leser von *Blackwood's* dürften knapp unter der Oberfläche von de Quinceys schmuckvoller Prosa Überzeugungen und Ideen entdeckt haben, die offenkundig jeglichem Wunsch widersprechen, die Tode am Ratcliffe Highway zu bagatellisieren.» Er hielt inne und steckte den Finger zwischen seinen Hals und den steifen Kragen seines Hemdes; irgend etwas scheuerte ihn, aber dann las er weiter und vergaß die Reizung.

«Es ist wohlbekannt, daß Morde – und Mörder – in unterschiedlichen Epochen unterschiedlich beurteilt werden. Es gibt, was den Mord angeht, Moden wie in jeder anderen Form des menschlichen Ausdrucks. In unserer eigenen Epoche des Privatlebens und der häuslichen Abgeschlossenheit zum Beispiel ist die Vergiftung das bevorzugte Mittel dafür, jemanden in die

Ewigkeit zu befördern, während im sechzehnten Jahrhundert die Erstechung als eine männlichere und kämpferischere Rachemethode galt. Aber es gibt unterschiedliche Formen des kulturellen Ausdrucks, wie Hookham in seiner kürzlich erschienenen Arbeit andeutet, und dieser Essay von Thomas de Quincey sollte vielleicht zweckmäßiger in einem ganz anderen Rahmen untersucht werden. Es mag angebracht sein zu erwähnen, daß der Autor mit jener Generation englischer Dichter verbunden war, die mit allgemeiner Zustimmung als ‹die Romantiker› bezeichnet werden – Coleridge und Wordsworth galten als seine engen Freunde. Der Begriff scheint kaum geeignet für einen Mann zu sein, der von Mord und Gewalt besessen war, und doch werden die abscheulichen Metzeleien von Limehouse durch ein Netz höchst eigenartiger Assoziationen mit der Welt des *Präludiums* oder von ‹Frost um Mitternacht› verknüpft. Beispielsweise hat Thomas de Quincey aus den Morden an der Familie Marr eine Erzählung geschaffen, in welcher der Mörder selbst als ein wunderbarer romantischer Held auftritt. John Williams wird als Geächteter dargestellt, der eine geheime Macht besitzt, ein Paria, dessen Ausschluß von gesellschaftlichen Gepflogenheiten und von der Zivilisation als solcher ihm frische Kraft verleiht. In Wahrheit war der Mann ein unscheinbarer früherer Matrose, der sich gezwungen sah, in einer schäbigen Pension zu wohnen, und dessen absurde Dummheit zu seiner späteren Festnahme führte, aber in de Quinceys Interpretation wird er in einen Rächer verwandelt, dessen leuchtendblondes Haar und kreidebleiche Miene ihm die Bedeutung einer urzeitlichen Gottheit verleihen. Im Mittelpunkt der romantischen Bewegung stand der Glaube, daß die Früchte des isolierten Selbstausdrucks von größter Wichtigkeit seien und die Entdeckung der höchsten Wahrheiten ermöglichen könnten; deshalb war Wordsworth in der Lage, ein ganzes episches Gedicht aus seinen privaten Beobachtungen und Überzeugungen aufzubauen. In de Quinceys Darstellung wird John Williams zu einem städtischen Wordsworth, einem Dichter mit sublimen Impulsen, der die natürliche Welt so umgestaltet (oder man könnte sagen, hinrichtet), daß sich seine eigenen Interessen in ihr widerspiegeln. Schriftsteller wie Coleridge und de Quincey wurden zudem stark vom deutschen Idealismus beeinflußt, wie alle Vertreter der Kultur zu Beginn unseres Jahrhunderts. Folglich waren sie fasziniert von der Idee des ‹Genies› als Inbegriff des tätigen, isolierten Geistes. Deshalb wird John Williams in ein Genie seines Faches verwandelt – mit dem Vorteil, daß er auch den Ideen des Todes und des ewigen Schweigens nahesteht. Man braucht sich nur das Beispiel von John Keats in Erinnerung zu rufen, der zur Zeit der Ratcliffe-Highway-Morde siebzehn Jahre alt war, um zu verstehen, wie machtvoll jenes Bild des Vergessens werden kann.» Ein Bibliotheksdiener brachte zwei Bücher herüber an seinen Schreibtisch; der junge Mann dankte ihm nicht, schaute jedoch auf die Titel hinunter, bevor er sich das Haar mit der Handfläche glättete. Dann legte er die Hand wieder an die Nase, schnupperte an seinen Fingern und las weiter.

«Es gibt noch andere sehr gehaltvolle Strömungen, die an der Oberfläche von de Quinceys Prosa herumwirbeln. Er befaßt sich natürlich in erster Linie mit der unseligen Gestalt von John Williams, aber er ist auch darauf bedacht, seine Schöpfung (denn dazu wird der Mörder im Grunde) vor die Szenerie einer gewaltigen und gräßlichen Stadt zu stellen. Nur wenige Autoren besaßen ein so eindringliches, von Schrecken geprägtes Gefühl für die Stadt, und er beschwört in diesem relativ kurzen Essay ein unheimliches, zwielichtiges London herauf, eine Zuflucht für seltsame Mächte, eine Stadt der heimlichen Schritte und der flackernden Lichter, der eng zusammengedrängten Häuser, der tränenreichen Gassen und der blinden Türen. London wird zu einer brütenden Kulisse hinter den Morden oder vielleicht sogar zu einem Teil von ihnen; es ist, als wäre John Williams ein Racheengel der Stadt. Die Intensität von de Quinceys Besessenheit ist nicht schwer zu verstehen. In seiner berüchtigtsten Arbeit, *Bekenntnisse eines englischen Opiumessers*, erzählt er von einem seiner Lebensabschnitte (bevor er anfing, Laudanum zu nehmen) als Geächteter auf den Straßen von London. Damals war er gerade siebzehn Jahre alt und hatte sich aus einer Privatschule in Wales davongemacht. Er begab sich in die Stadt und wurde sogleich zur Beute ihres unbarmherzigen, machtvollen Lebens. Er hungerte und übernachtete in einem baufälligen Haus unweit der Oxford Street. Dort fand er ‹ein armes, verlassenes Mädchen, das zehn Jahre alt sein mochte› und ‹schon einige Zeit hier gewohnt und geschlafen hatte›. Sie hieß Anne und war von einer ständigen, unauslöschlichen Angst vor den Gespenstern erfüllt, die sie in jenem zerbröckelnden Haus umgeben mochten. Aber es ist die große Hauptstraße, die Oxford Street selbst, die de Quinceys Phantasie nicht ruhen läßt. In seinen *Bekenntnissen* wird sie zu einer

Straße, die von traurigen Geheimnissen, dem ‹Traumlicht der Laternen› und den Klängen einer Drehorgel erfüllt ist. Er entsinnt sich des Säulengangs, in dem er vor Hunger das Bewußtsein verlor, und der Ecke, wo er sich mit Anne traf, damit sie einander ‹im großen Labyrinth von London› trösteten. Daher wurden die Stadt und das Leid in ihr – wenn wir eine Wendung des großen modernen Dichters Charles Baudelaire übernehmen dürfen – zur Landschaft seiner Phantasie. Diese Innenwelt stellt er in ‹Der Mord als eine schöne Kunst betrachtet› dar – eine Welt, in der Leid, Armut und Einsamkeit die hervorstechenden Elemente sind. Zufällig war es auch in der Oxford Street, wo er zum erstenmal Laudanum kaufte. Man könnte sagen, daß die alte Straße ihn direkt zu jenen Alpträumen und Hirngespinsten führte, die London in eine ungeheure, an Piranesi gemahnende Vision verwandelten, in ein Steinlabyrinth, eine Wildnis aus kahlen Wänden und Türen. Jedenfalls waren dies die Visionen, die er viele Jahre später schilderte, als er in der York Street am Covent Garden logierte.

Zwischen den Morden und der romantischen Bewegung besteht eine weitere eigenartige und zufällige Verbindung. De Quinceys *Bekenntnisse* wurden zuerst anonym veröffentlicht, und einer derjenigen, die sich fälschlich als Verfasser ausgaben, war Thomas Griffiths Wainewright. Dieser war ein Kritiker und Journalist von hoher Bildung; beispielsweise gehörte er zu den wenigen Männern seiner Zeit, die das Genie des obskuren William Blake erkannten. Er lobte sogar Blakes letztes episches Gedicht *Jerusalem*, obwohl all seine Zeitgenossen es für das Werk eines Wahnsinnigen hielten, der Jerusalem ausgerechnet in die Oxford Street verlegt hatte! Wainewright war auch ein lautstarker Bewunderer von Wordsworth und den anderen ‹Dichtern des Lake District›, und er zeichnete sich durch ein weiteres Merkmal aus, das von Charles Dickens in ‹Zur Strecke gebracht› und von Bulwer-Lytton in *Lucretia* gefeiert wurde: Er war ein geschickter und böswilliger Mörder, ein heimlicher Giftmischer, der Angehörige seiner eigenen Familie umbrachte, bevor er seine Aufmerksamkeit auf Zufallsbekanntschaften richtete. Er las bei Tage Poesie und vergiftete bei Nacht.»

George Gissing legte die Zeitschrift nieder. Er hatte den Artikel noch nicht beendet, aber ihm waren bereits drei syntaktische Fehler und mehrere stilistische Schnitzer aufgefallen, die ihn stärker beunruhigten, als er hätte erwarten können. Wie konnte sein erster Essay so lahm auf die Welt kommen? Nach dem ersten großen Ansturm von Enthusiasmus und Optimismus setzte sich seine Neigung zur Melancholie wieder durch, und er schloß die *Pall Mall Review* mit einem Seufzer.

ZEHN

MR. GREATOREX Können Sie erklären, warum Ihr Mann, zwei Tage nachdem Sie das Arsen bei dem Apotheker in der Great Titchfield Street gekauft hatten, Selbstmord beging?

ELIZABETH CREE Ich teilte ihm an jenem Abend nach meiner Rückkehr mit, daß ich etwas gegen die Ratten gekauft hatte.

MR. GREATOREX Also, diese Ratten. Ihr Hausmädchen Aveline Mortimer hat bereits ausgesagt, daß es keine Ratten gab. Ihr Haus ist doch neu gebaut worden, nicht wahr?

ELIZABETH CREE Aveline ging fast nie hinunter in den Keller, Sir. Sie ist nervös veranlagt, deshalb sagte ich ihr nichts von meiner Entdeckung. Und was das Haus...

MR. GREATOREX Ja?

ELIZABETH CREE Auch ein neues Haus kann Ratten beherbergen.

MR. GREATOREX Würden Sie mir nun verraten, wohin Sie die Flasche mit dem Arsen stellten?

ELIZABETH CREE In die Küche, neben die Bügeleisen.

MR. GREATOREX Und unterrichteten Sie Mr. Cree darüber?

ELIZABETH CREE Das nehme ich an. Wir führten an jenem Abend beim Dinner ein allgemeines Gespräch.

MR. GREATOREX Wir werden später auf das Gespräch zurückkommen, aber ich möchte Sie nun an eine Bemerkung erinnern, die Sie früher gemacht haben. Sie sagten, Ihr Mann sei von krankhafter Veranlagung gewesen. Können Sie mir das etwas ausführlicher erläutern?

ELIZABETH CREE Na ja, Sir, er dachte zu gründlich über gewisse Dinge nach.

MR. GREATOREX Über was für Dinge?

ELIZABETH CREE Er glaubte, daß er verdammt sei. Und daß Dämonen ihn pausenlos beobachteten. Er glaubte, sie würden zunächst seinen Geist und dann seinen Körper vernichten, und danach werde er in der Hölle verbrennen. Er war Katholik, Sir, und das war seine Sorge.

MR. GREATOREX Gehe ich recht in der Annahme, daß er erhebliche Privateinkünfte hatte?

ELIZABETH CREE Ja, Sir. Sein Vater hatte mit Eisenbahnaktien spekuliert.

MR. GREATOREX Aha. Und würden Sie mir mitteilen, wie es einem Mann mit ungewöhnlichen Ängsten gelang, die Tage zu überstehen?

ELIZABETH CREE Er ging jeden Morgen in den Lesesaal des Britischen Museums.

ELF

Der Frühherbst des Jahres 1880, in den Wochen kurz vor dem Auftauchen des Golems von Limehouse, war außergewöhnlich kalt und feucht. Die berüchtigten «Waschküchen» jener Epoche, die Robert Louis Stevenson und Arthur Conan Doyle so meisterhaft festhielten, waren genauso dunkel, wie ihr literarischer Ruf vermuten läßt. Aber am heftigsten setzten den Londonern der Geruch und der Geschmack des Nebels zu. Ihre Lungen schienen mit ungefiltertem Kohlenstaub gefüllt zu sein, und ihre Zungen und Nasenschleimhäute waren von einer Substanz überzogen, die man im Volksmund «Bergmannsschleim» nannte. Vielleicht hatte der Lesesaal des Britischen Museums deshalb an jenem rauhen Septembermorgen, als John Cree mit seiner Reisetasche und seinem säuberlich über den Arm gefalteten Ulster eintraf, ungewöhnlich viele Besucher. Er hatte den Mantel wie gewohnt unter dem Säulengang ausgezogen, doch bevor er in die Wärme des Museums trat, schaute er mit einer seltsam kummervollen Miene in den Nebel zurück. Ein paar Nebelkränze hafteten noch an ihm, als er in das riesige Foyer schritt, und einen Augenblick lang ähnelte er einem plötzlich auf die Bühne emporsteigenden Theaterdämon. Aber sonst hatte er mit einer solchen Erscheinung nichts gemein. Cree war von mittlerem Wuchs, wie man damals gern sagte, und hatte gepflegtes braunes Haar. Er war vierzig Jahre alt, kräftig, vielleicht eine Spur untersetzt, und sein rundes, höfliches Gesicht trug dazu bei, die ungewöhnliche Blässe seiner blauen Augen zu betonen. Auf den ersten Blick hätte man ihn für blind halten können, so blaß wirkten sie, aber ein zweiter Blick rief den Eindruck hervor, daß er irgendwie in andere *hinein*starrte.

Sein gewohnter Platz im Lesesaal – C4 – war an diesem Morgen bereits von einem bleichen jungen Mann eingenommen worden, der nervös mit der Hand auf den grünen Lederschreibtisch pochte, während er ein Exemplar der *Pall Mall Review* las. Neben ihm war ein leerer Platz, und da es im Lesesaal schon sehr geschäftig zuging, stellte John Cree seine Tasche behutsam auf den Stuhl. An seiner anderen Seite saß ein alter Mann mit einem für jene Zeit überraschend langen Bart. Die Tatsache, daß er zwischen George Gissing und Karl Marx saß, wäre für John Cree, wenn er darum gewußt hätte, völlig belanglos gewesen. Er kannte keinen der beiden, weder dem Namen noch dem Renommee nach, und sein Hauptgefühl an jenem Morgen war Ärger darüber, «so eingeengt zu werden», wie er es im stillen nannte. Aber Marx und Gissing würden sehr bald eine Rolle in seiner Lebensgeschichte spielen.

Welche Bücher hatte sich John Cree an diesem nebligen Herbsttag zur Lektüre ausgewählt? Er hatte jeweils ein Exemplar von Plumsteads *Geschichte der Londoner Armen* und von Moltons *Ein paar Seufzer aus der Hölle* vorbestellt. Beide Bücher befaßten sich mit dem Leben der Bedürftigen und Obdachlosen in der Hauptstadt, weshalb sie ihm besonders interessant erschienen; er war fasziniert von der Armut – und von den Verbrechen und Krankheiten, die sie hervorbrachte. Es mochte eine unerwartete Beschäftigung für einen Mann seiner Schicht und seiner Herkunft sein; Crees Vater war ein vermögender Strumpfwarenhändler in Lancaster, doch er selbst hatte zur großen Enttäuschung seiner Familie keinen Erfolg im Geschäftsleben gehabt. Er war nach London gekommen, um aus dem Schatten seines Vaters zu treten und um eine literarische Karriere einzuschlagen: als Journalist für *The Era* und als Dramatiker. Bisher hatte er auf diesen Gebieten nicht mehr vollbracht als auf jedem anderen, aber nun glaubte er, im Leben der Armen sein großes Thema gefunden zu haben. Häufig dachte er an eine Bemerkung des Verlegers Philip Carew, daß «ein grandioses Buch über London geschrieben werden könnte». Warum sollte er sein persönliches Elend nicht mit Hilfe der allgemeinen Leiden so vieler Menschen überwinden? Zu seiner Rechten teilte Karl Marx seine Aufmerksamkeit zwischen Tennysons *In Memoriam* und *Bleakhaus* von Charles Dickens. Das mochte wie eine sonderbare Lektüre für den Philosophen anmuten, aber am Ende seines Lebens war er zu seiner ersten Passion, der Dichtung, zurückgekehrt. In seinen frühen Jahren hatte er eifrig schöne Literatur gelesen und war insbesondere von Eugène Sues Romanen gerührt worden; er selbst hatte sich in der Regel durch das Medium epischer Gedichte ausgedrückt. Nun sann er wieder über die Abfassung eines neuen Gedichts nach, das in den turbulenten Straßen von Limehouse spielen und den Titel *Die geheimen Sorgen von London* tragen sollte. Deshalb hatte er so viele Stunden in der Umgebung des East End verbracht, häufig in Gesellschaft seines Freundes Salomon Weil.

Zu John Crees Linken hatte George Gissing die *Pall Mall Review* niedergelegt und begonnen, eine Reihe von Büchern und Heften über mathematische Maschinen durchzublättern. Der Chefredakteur der *Review* war hingerissen von den Arbeiten von Charles Babbage, der neun Jahre zuvor gestorben war, und er hatte den ehrgeizigen jungen Autor beauftragt, einen Essay über das Leben und die Arbeit des Erfinders zu schreiben. Unzweifelhaft würden etliche technische Einzelheiten Gissings Fassungsvermögen übersteigen, aber der Chefredakteur, John Morley, hatte eine sehr hohe Meinung von «Romantik und Verbrechen» gehabt und war überzeugt, daß der junge Mann einen weiteren «gescheiten» Artikel für seine Zeitschrift vorlegen könne. Außerdem zahlte Morley gut: fünf Guineen für fünftausend Wörter – ein Betrag, von dem Gissing wenigstens eine Woche leben konnte. Daher hatte er sich bereitwillig in Berichte über Rechenmaschinen, in Differentialgleichungen und moderne Integraltheorie vertieft.

In diesem Moment las er gerade Charles Babbages Abhandlung über künstliche Intelligenz, während John Cree einen Bericht über Robert Withers studierte. Withers war ein freischaffender Schuster aus Hoxton, den die Armut so niedergedrückt hatte, daß er seine gesamte Familie mit Hämmern und Meißeln, den Werkzeugen seines kümmerlichen Gewerbes, umbrachte. Cree war verstört über die Einzelheiten der Unterernährung und Entwürdigung, aber wahrscheinlich hätte er nicht einmal sich selbst eingestehen können, daß er sich beim Lesen über solches Elend lebendiger fühlte als je zuvor.

Unterdessen machte sich Karl Marx Aufzeichnungen. Er las den letzten Teil von *Bleakhaus* und war an der Stelle angelangt, wo Richard Carstone auf seinem Totenbett fragt: «Es war alles ein böser Traum?!» Marx schien die Frage interessant zu finden und schrieb auf ein Blatt linierten Papiers: «Es war alles ein böser Traum.» Gleichzeitig übertrug George Gissing den folgenden eindrucksvollen Passus in sein Notizheft: «Die Suche nach einer Maschinenintelligenz muß selbst im konventionellsten Geist frische Mutmaßungen auslösen: Man denke an all die Berechnungen, die wir vielleicht auf dem Gebiet der statistischen Untersuchung – mit vielen sehr raffinierten Deduktionen – durchführen könnten.» Karl Marx hatte die Seiten von *Bleakhaus* umgeblättert – in seinem Alter ermüdeten Romane ihn allzu rasch – und war auf die Stelle gestoßen, an der es hieß: «Als spät abends alles still war, kam die arme, verrückte Miss Flite weinend zu mir und sagte, daß sie ihren Vögeln die Freiheit geschenkt habe.»

So saßen die drei Männer an diesem Herbsttag Seite an Seite, aber sie nahmen so wenig Kenntnis voneinander, als hätte man sie alle in separate Kammern eingeschlossen. Sie waren in ihren Büchern verloren, und das Murmeln der Besucher des Lesesaals stieg zur mächtigen Kuppel empor und schuf ein flüsterndes Echo wie das der Stimmen im Nebel von London.

ZWÖLF

MR. GREATOREX Sie haben gesagt, Ihr Mann sei von krankhafter Veranlagung gewesen. Aber er war doch konstant in seinen Gewohnheiten, nicht wahr?

ELIZABETH CREE Ja, Sir. Er kehrte stets um sechs Uhr, rechtzeitig zum Dinner, aus dem Lesesaal zurück.

MR. GREATOREX Und in den Monaten vor seinem Tod bemerkten Sie keine Änderung in diesen Gewohnheiten?

ELIZABETH CREE Nein. Nachdem er aus dem Lesesaal zurückgekommen war, ging er in sein Arbeitszimmer und ordnete seine Papiere. Um halb acht rief ich ihn herunter.

MR. GREATOREX Und wer bereitete das Essen zu?

ELIZABETH CREE Aveline. Aveline Mortimer.

MR. GREATOREX Und wer servierte es?

ELIZABETH CREE Dieselbe. Sie ist ein gutes Hausmädchen und versorgte uns ausgezeichnet.

MR. GREATOREX Ist es nicht ungewöhnlich, in einem Haushalt wie Ihrem nur eine einzige Bedienstete zu haben?

ELIZABETH CREE Wir wollten Aveline nicht zu nahetreten. Sie hatte einen etwas eifersüchtigen Charakter.

MR. GREATOREX Würden Sie uns jetzt bitte sagen, welche Gepflogenheiten Sie nach dem Dinner übten?

ELIZABETH CREE Mein Mann trank jeden Abend eine Flasche Portwein – seit einer Reihe von Jahren und ohne jede schädliche Wirkung. Er sagte immer, der Wein beruhige ihn. Oftmals spielte ich Klavier und sang ihm vor. Er hörte gern die alten Liedchen aus dem Varieté, und manchmal fiel er in den Gesang ein. Er hatte einen guten Tenor, Sir, wie Aveline bestätigen wird.

MR. GREATOREX Sie selbst waren früher in der Music-Hall tätig, nicht wahr?

ELIZABETH CREE Ich... Ja, Sir. Ich war eine Waise, als ich zur Bühne ging.

DREIZEHN

Meine Mutter fuhr endlich zur Hölle, nachdem ihr das Fieber auf den Weg geholfen hatte. Ich rannte aus der Wohnung und kaufte einen Krug Gin; dann goß ich alles über ihren Mund und ihr Gesicht, um den Geruch zu überdecken. Der junge Arzt schalt mich deswegen, aber ich erwiderte, ein Leichnam sei ein Leichnam, wie man ihn auch betrachte. Sie wurde in die Erde des Armenfriedhofs am St. George's Circus gelegt; einer der Fischer gab mir ein Segel, in das ich ihren Körper hüllte, und die Fährmänner stellten aus ein paar alten Schiffsplanken eine Holzkiste für sie her. Sie hatten keine Ahnung, wohin dieses neue Boot segeln würde. Ich hätte ihnen gern bei der Arbeit geholfen, aber ich war für sie immer noch «Little Lizzie» oder «Lambeth Marsh Lizzie». Ich lächelte beim Gedanken an die Namen, mit denen mich meine Mutter belegt hatte, als sie ihrem Gott berichtete, daß ich eine ihrer Sünden sei. Ich sei das Zeichen des Teufels, das Tier aus der Hölle, der auf ihr lastende Fluch.

Nach der Beerdigung wurden zehn Shilling für mich gesammelt, als wir in der Hercules Tavern zusammenkamen, und ich weinte der Form halber ein wenig. Dazu bin ich jederzeit imstande. Ich verließ die anderen, sobald ich konnte, und brachte das Geld zurück zur Peter Street, wo ich es unter einem Dielenbrett versteckte. Doch vorher hatte ich drei Shilling herausgenommen und auf den Tisch gelegt. Oh, was für einen Tanz ich dann zwischen den Fetzen der Bibelseiten vollführte, die ich von den Wänden gekratzt hatte. Und als ich nicht mehr tanzen konnte, spielte ich die Szene aus der Craven Street nach. Ich war Dan Leno, der seine ungezogene Tochter verspottete; danach packte ich das fleckige Kissen meiner Mutter, wiegte und küßte es und schleuderte es auf den Boden. Wenn ich mich nicht beeilte, würde ich den Anfang der Show verpassen, drum schnappte ich mir den alten Mantel meiner Mutter vom Türhaken. Ich wußte, daß er mir gut passen würde, denn ich hatte ihn bereits anprobiert, als sie noch sterbend auf dem Bett lag.

Das Theater in der Craven Street war so hell erleuchtet, als sähe ich es in einem Traum vor mir; all die Gaslampen loderten um mich herum, und in der Helligkeit wirkte der Mantel meiner Mutter so zerschlissen und fadenscheinig, daß ich ihn mit Freuden noch gegen das ausgefallenste Bühnenkostüm eingetauscht hätte. Draußen bestaunte eine kleine Menschenmenge – vermutlich Blumenmädchen, Droschkenschlepper, Höker und ähnliche Gewerbetreibende – ein Plakat, und ein Junge erklärte seinem Vater den Text. «Es ist Jenny Hill», sagte er, als ich zu ihnen trat. «Der Lebensfunke. Und dann noch Tommy ‹Mach Platz für deinen Onkel› Farr. Er tanzt mit einem Springseil.» Der Vater schüttelte befriedigt den Kopf. «Und dann verwandelt es sich in einen Henkerstrick. Aber wo ist der Kleine mit den Holzschuhen?» Er war dabei, an diesem Abend angekündigt als «Der kindliche Leno, der Winzling mit einer Million Gesichtern und einer Million Lachern! Jedes Lied ein Spaß! Jedes Lied im Einklang mit seiner Rolle!» Ich hätte mich genausowenig davon abhalten können, auf die Lichter zuzugehen, wie ich hätte aufhören können zu atmen. Alle

Gedanken an Lambeth Marsh und an meine Mutter verschwanden, als ich meine Karte entgegennahm und zum Olymp hinaufstieg. Hier war ich zu Hause – hier, umringt von den goldenen Engeln.

Die Tanzenden Quäkerinnen traten als erste mit einem Schleifer auf, und jemand bewarf sie aus dem Parterre mit Orangenschalen. Dann folgten ein oder zwei großspurige Lieder des Lion Comique und zwei Dampfplauderer, genannt die Nervensägen, denen einige Zugaben und «neue Vorträge» abverlangt wurden, bevor Dan Leno erschien. Er war als Melkerin gekleidet samt kleiner Schürze und einer Haube mit blauen Rüschen, und er tanzte mit einem Milcheimer an jedem Arm über die Bühne. Hinter ihm prangte wieder ein herrliches Bild der Strand, und diesmal gelang es mir, einige der Schilder und Schaufenster zu erkennen, die hier viel prächtiger waren als in Wirklichkeit. In meinem alten Leben waren mir die Dinge finster vorgekommen, doch nun wirkten sie klar und strahlend. Sogar der Staub auf der Bühne schien zu glänzen, und die gemalte grüne Tür an der Ecke der Villiers Street war so einladend, daß ich am liebsten angeklopft hätte und eingetreten wäre. Aber dann ließ Dan Leno seine Milcheimer fallen und begann zu singen:

Die Läden! Die Läden!
Unsres Jahrhunderts Läden!
Es gibt Schokoladen
Und alte Marmeladen
In unsres Jahrhunderts Läden.

Er trat tänzelnd vor, krümmte sich, lächelte affektiert, schob einen zierlichen Fuß nach vorn und zog ihn dann zurück, näherte sich dem Parterre und entfernte sich wieder – und das alles mit so wehmütiger, kläglicher, bedrückter Miene, daß man einfach lachen mußte. «Heute morgen kam eine Dame rein und fragte: ‹Wie verkaufen Sie Ihre Milch, meine Liebe?› Ich sagte: ‹So schnell wie möglich.›» Wer hätte gedacht, daß er noch ein Junge war? «‹Und wie kommen Sie mit diesen großen Eimern zurecht?› fragt sie. ‹Na, ob Sie's glauben oder nicht›, sag ich, ‹links genausogut wie rechts.›» So machte er noch eine Weile weiter, danach stimmte das kleine Orchester eine Melodie an, und er taumelte über die Bühne und sang: «Ich hol jetzt Milch für die Zwillinge.» Später erschien er als Lord Nelson wieder und dann als Indianersquaw; unbändiges Gelächter ertönte, als er versehentlich seinen Zopf anzündete, während er zwei Stöcke aneinanderrieb. «Gönnen Sie mir freundlicherweise ein paar Sekunden, damit ich mich umziehen kann», sagte er und teilte unser Vergnügen, obwohl wir alle wußten, daß der Unfall zu seiner Nummer gehörte. «Nur ein paar wenige Sekunden.» Dann kehrte er mit einem zerbeulten alten Hut zurück und sang ein Cockney-Solo.

Ich hatte seit dem Tod meiner Mutter keinen Bissen gegessen, aber ich fühlte mich so erquickt und munter, daß ich ewig auf dem Olymp hätte bleiben können. Als alles zu Ende und die letzte Kupfermünze auf die Bühne geflogen war, konnte ich mich kaum zwingen, das Theater zu verlassen. Ich glaube, ich würde immer noch dort sitzen und ins Parkett hinunterstarren, wenn mich die Menge nicht auf die Straße hinausgeschoben hätte. Es war, als wäre ich aus einem wunderbaren Garten oder Palast vertrieben worden, und nun sah ich nichts anderes als die schmutzigen

Ziegel der Häuserfassaden, den Unrat auf der schmalen Straße und die Schatten, die von den Gaslaternen auf der Strand geworfen wurden. Das Kopfsteinpflaster der Craven Street war voller Stroh, und ein paar Seiten aus einer Illustrierten lagen in einer Schlammpfütze. Eine Frau oder ein Kind weinte in einem der oberen Zimmer, aber als ich hinaufblickte, konnte ich kaum die Silhouetten der Schornsteine in der Nachtluft erkennen. Alles war dunkel, der Himmel und die Dächer verschmolzen miteinander. Wieder sehnte ich mich mit aller Kraft ins Theater zurück.

An der Ecke dicht am Fluß funkelte eine Öllampe, um die sich einige Menschen versammelt hatten. Offenbar war es eine Pastetenbude, und ich ging hin, um mir eine Cervelatwurst zu kaufen. Es war ein bitterkalter Abend, und auch die heißen Kohlen boten mir etwas Trost. Ich mußte ein oder zwei Minuten dort gestanden haben, wobei ich mir die Füße auf den Pflastersteinen vertrat, als ein bierselig wirkender Mann in einem hellgelben karierten Anzug angelaufen kam. «Harry», sagte er zu dem Verkäufer, «alle brauchen dringend Pasteten. Sei so nett und wärme ein paar auf.» Ich wußte sofort, daß er aus dem Theater gekommen war, und stand ehrfürchtig vor diesem glücklichen Wesen, das in seinem Glanze lebte. Der Mann merkte wohl, daß ich ihn anstarrte, und zwinkerte mir zu. «Sei ein braves Mädchen», sagte er, «und hilf dem Onkel mit diesen Pasteten. Aber paß auf. Zum Fallenlassen sind sie zu schade, wie die Schwangere zur Hebamme sagte.» Nachdem ich ihm einige Pasteten abgenommen hatte, folgte ich ihm über die Craven Street. Obwohl sie heiß gewesen sein dürften, spürte ich sie kaum, und es fiel mir schwer, mein Zittern zu unterdrücken, als wir durch eine enge Gasse neben dem Theater gingen und dann über eine eiserne Treppe zum Gebäude selbst hinaufstiegen. Er stieß eine mit grünem Boi überzogene Tür auf, und wir betraten einen Korridor, in dem es nach Bier und Schnaps roch. Ich riß die Augen so weit auf, daß ich alles bemerkte: sogar den verschossenen purpurnen Teppich, der sich an den Rändern hochkräuselte, und das Springseil, das wohl einer der Kulissenschieber an der Wand hatte liegen lassen. «Hier ist was, das du gern magst», sagte mein «Onkel» nun zu einer Tänzerin, die beim Geräusch seiner Schritte eine Tür geöffnet hatte. «Schön heiß und saftig, wie du's am liebsten hast, Emma, mein Schatz. Bloß vielleicht nicht dick genug.»

Sie schien mich mißbilligend zu mustern und wandte sich zurück in ihr Zimmer. «Immer rein mit dem Eselfleisch.» Ich erkannte die Stimme als die des prahlerischen Lion Comique, der unter großem Applaus «Nur durch ein Stückchen Speck» gesungen hatte. Dann wurde eine andere Tür aufgerissen, und wir betraten einen Raum voller Menschen. Zwei große Spiegel waren an die Wände gestützt, und auf einige Holzstühle und -hocker hatte man in einem heillosen Durcheinander Kostüme und sonstige Kleidungsstücke verstreut. Ich streckte die Hände aus, und weg waren die Pasteten. Der Gesangskomiker, der «Entweder ganz oder gar nicht» dargeboten hatte, nahm eine, die Tanzenden Quäkerinnen schnappten sich drei (da sie von der Bühne gepfiffen worden waren, dürften sie nicht gerade bester Stimmung gewesen sein), und dann holten sich die Nervensägen zwei weitere. Nur eine blieb übrig. Vielleicht war sie für mich selbst be-

stimmt, aber plötzlich bemerkte ich Dan Leno, der auf seinem Hocker in einer Zimmerecke saß; er hatte den Kopf zur Seite geneigt und warf mir einen so strahlenden, lustigen Blick zu, daß ich sofort zu ihm hinüberging. Noch während ich ihn ansprach, staunte ich über meine Kühnheit. «Hier, die letzte ist für Sie, Mr. Leno.»
«*Mr.* Leno, tatsächlich?» Eine der Tanzenden Quäkerinnen hatte mich gehört. «Gebt ihr'n Handtuch, die ist noch feucht hinter den Ohren.»
«Na, na», tadelte mein neuer Onkel. «Ist es denn so schlimm, uns einen Gefallen zu tun, wie der Kannibale zum Missionar sagte?» Unterdessen schwieg Dan Leno weiter; er kaute bloß auf seiner Pastete und musterte mich. «Hör zu, mein Kind», sagte der Onkel, der hergekommen war und mir den Arm tätschelte. «Wie schimpfst du dich?»
«Bitte?»
«Dein Name, Kindchen.»
«Lizzie, Sir.» Aber als ich in die Runde sah, hatte ich plötzlich das Gefühl, ebenfalls eine Rolle übernehmen zu müssen. «Lambeth Marsh Lizzie.»
Die boshafte Tanzende Quäkerin kicherte erneut und machte einen Knicks vor mir. «Bei dir herrscht wohl Ebbe im Oberstübchen, was, Lizzie?»
«Gemach. Zur Ordnung, Ladies und Gents.» Aber mein Onkel hätte sie gar nicht zu ermahnen brauchen. Mit einemmal schienen alle mich vergessen zu haben, setzten ihre Gespräche fort und aßen weiter. Da kam Dan Leno auf mich zu.
«Laß dich nur nicht von denen auf den Arm nehmen», sagte er vertraulich. «Die sind eben so. Hab ich nicht recht, Tommy?» Mein Onkel drückte sich noch in der Nähe herum, und Dan Leno bedachte ihn mit

einem strengen Blick, bevor er ihn mir vorstellte. «Gestatte mir, dich mit Tommy Farr bekannt zu machen: Agent, Autor, Schauspieler, komischer Akrobat und Direktor.» Der Onkel verbeugte sich vor mir. «Er ist derjenige, der die Schekel austeilt.»

«Das gute Mädel versteht dich nicht, Dan. Weißt du, Kindchen, er meint das Bakschisch.«

«Bitte, Sir?»

«Die Kohle. Den Zaster. Das Geld.»

«Nebenbei gesagt, wir schulden dir 'ne Kleinigkeit.» Dan holte einen Shilling aus der Tasche. «Um mit Tommy zu sprechen, du hast uns eine helfende Hand gereicht.» Als ich die Münze annahm, bemerkte er meine Hände – so rauh, so narbig und so groß, daß ich ihm wohl schon damals leid tat. «Morgen abend sind wir im Washington», sagte er mit einer sehr sanften Stimme, ganz im Gegensatz zu seinem Bühnengebrüll. «Dort könnte es ein bißchen Arbeit für dich geben. Falls du zu einer Zugabe bereit bist.»

Ich erkannte diesen Ausdruck aus der Show und lachte. «Wo ist das Washington, Sir?»

«In Battersea. Ganz in deiner Nachbarschaft. Und wenn du nichts dagegen hast, möchte ich lieber, daß du Dan zu mir sagst.»

Kurz darauf kehrte ich durch die abendlichen Straßen nach Hause zurück. Ich hätte nicht schlafen können, weil ich mich bereits wie im Traum fühlte. Ich schwebte unter den Gaslaternen dahin und sang dabei so leise wie möglich die Worte, die ich in dem Theater an der Craven Street gehört hatte:

O Mutter, liebe Mutter, komm heim mit mir nun,
Die Uhr auf dem Turm schlägt gleich eins.

An den Rest des Textes konnte ich mich nicht erinnern, aber diese Zeilen reichten aus, um mir vorzustellen, ich tanzte mit dem schönen Bild von London hinter mir über die Bühne.

VIERZEHN

9. September 1880 Nach dem Dinner sang mir meine Frau vor. Es war ein altes Lied aus den Music-Halls, und als sie das Ganze auf ihre übliche amüsante Art vortrug, rief es jene Tage in uns so wach, daß wir beide hätten weinen können.

10. September 1880 Zum erstenmal im Jahr sehr kalt und neblig. Verbrachte den Tag im Lesesaal, wo ich mir zahlreiche Notizen zu Mayhews *Die Arbeiter und die Armen von London* machte. Was für ein Moralprediger der Mann ist! Ich hatte seit meiner ersten Eskapade unablässig die Zeitungen gelesen, obwohl ich wußte, daß der Tod eines solchen Hühnchens keine großen Wellen schlagen würde. Dann sah ich einen Absatz im *Morning Herald* – «Selbstschlachtung einer jungen Frau» –, und mir wurde sofort klar, daß man die Angelegenheit vertuscht hatte. Die Freudenmädchen in jenem Viertel wollten sich nicht das Geschäft verderben lassen, und meine kleine Unternehmung hätte die Freier abschrecken können. Doch ich muß zugeben, daß ich mich etwas gedemütigt fühlte. Soviel Arbeit für nichts! Angesichts dieser Mißachtung gelobte ich mir, beim nächsten Mal ein für jeden erkenntliches Zeichen zu hinterlassen. Wirklich, in solchen Dingen verstehe ich keinen Spaß.

An jenem Abend verließ ich das Museum und wartete in der Great Russell Street am Droschkenstand, obwohl der Nebel immer noch so dicht war, daß ich kaum damit rechnete, jemals einen Kutscher zu finden. Aber dann sah ich zwei runde Lampen, die sich aus der Ferne näherten, und schwenkte meine Reisetasche. Ich rief: «Limehouse», doch meine Stimme konnte den Nebel nicht durchdringen. Während die Droschke näher kam, tippte mir jemand auf die Schulter. Ich wirbelte herum – es hätte ja ein Dieb sein können, der mich ausrauben wollte, aber es war der alte bärtige Gentleman, der manchmal im Lesesaal neben mir sitzt.

«Wir haben den gleichen Weg», sagte er. «Und es gibt nur eine einzige Droschke. Wollen wir zusammen fahren?» Er hatte einen ausländischen Akzent, und zuerst hielt ich ihn für einen Hebräer; ich habe große Ehrfurcht vor deren Belesenheit, deshalb willigte ich sofort ein. Es reizte mich, ein wenig Zeit mit einem solchen Gelehrten zu verbringen, bevor ich meine eigenen Recherchen fortsetzte. Die Droschke hielt, und wir kletterten hinein. Im Innern roch es nicht gesünder als in einem Hundekarren, aber an einem solchen Abend wäre ich sogar bereitwillig mit einem Häftlingswagen gefahren.

«Dieser Nebel», sagte ich zu meinem Gefährten, «ist dichter, als ich ihn je erlebt habe. Er könnte direkt aus der Hölle kommen.»

«Aus den Hochöfen und Fabriken, Sir. Noch vor zwanzig Jahren gab es nichts dergleichen. Aber nun sind wir buchstäblich von all der Kohle umgeben, die wir verbrauchen.»

Er hatte eine scharfe Stimme, was mir an einem Mann seines Alters interessant vorkam. «Sie sind aus Deutschland, Sir?»

«Ich bin in Preußen geboren.» Er schaute in den Nebel hinaus, während wir langsam durch die Theobalds Road rollten. «Aber ich wohne seit über dreißig

Jahren in dieser Stadt.« Er hatte eine edle Stirn, und als wir an einer Gaslaterne vorbeifuhren, sah ich, wie energisch seine Augen im Licht funkelten. Genau in diesem Moment überraschte ich mich durch einen wunderbaren Einfall. Warum sollte ich mein ganzes Genie an diejenigen verschwenden, die seiner nicht würdig waren, wo es doch ohne weiteres in meiner Macht lag, einen trefflichen Gelehrten zu vernichten? Wir ruhmreich, einen brillanten Mann zu töten! Und was, wenn ich ihm, frohlockend nach dem Akt, die Schädeldecke abtrennte und sein von den Anstrengungen noch warmes Gehirn untersuchte?

«Ich habe Sie im Lesesaal gesehen», sagte ich nach einiger Zeit zu ihm.

«Ja. Es gibt immer noch etwas zu lernen. Mehr Bücher zu verschlingen.» Er verfiel wieder in Schweigen, und ich begriff, daß er nicht an allgemeine Konversation gewöhnt war. Trotzdem schien er geneigt, sich an einem solchen Abend mit einem Fremden zu unterhalten. «Ich kam schon früher immer ins Museum, bevor der Lesesaal gebaut wurde. Wir hatten uns alle so sehr an die alte Bibliothek gewöhnt, daß wir dachten, wir würden uns niemals mit dem neuen Etablissement abfinden. Aber wir haben es geschafft.»

«Sie kamen regelmäßig ins Museum?»

«Jeden Tag. Damals wohnte ich in der Dean Street, und ich ging jeden Morgen zu Fuß dorthin. In meinem Haus herrschten oft Krankheiten, und das Museum wurde zu meiner Zuflucht.»

«Es tut mir leid, das zu hören.»

«Nicht nötig, diese Dinge sind uns vorbestimmt.»

Wir hatten die City Road erreicht, bevor wir nach Süden zum Fluß abbogen, und im Licht der Fassade des Salmon Vaudeville nutzte ich die Gelegenheit, seinen Schädel nach rein wissenschaftlichen Maßstäben zu inspizieren. Wenn ich ihn mit einem einzigen Schlag aufbrechen könnte, würde die angesammelte Weisheit seiner Jahre vielleicht in einer greifbaren Gestalt entfleuchen. «Sie sind also Fatalist?» fragte ich.

«Nein. Im Gegenteil, ich warte ungeduldig auf den Wandel.»

Ich blickte in den Nebel hinaus und dachte bei mir, daß der Wandel rascher eintreten mochte, als er erwartete. «Ein schöner Abend für einen Mord», sagte ich.

«Wenn Sie die Bemerkung erlauben, Sir, Mord ist ein bourgeoises Unterfangen.»

«Oh? Tatsächlich?»

«Wir konzentrieren uns auf das Leid eines einzelnen und vergessen das Leid der vielen. Wenn wir einem einzigen Urheber Schuld zuweisen, können wir die Verantwortung aller leugnen.»

«Da kann ich Ihnen nicht folgen.»

«Was ist ein Mord hier oder dort, verglichen mit dem historischen Prozeß? Und doch, wenn wir eine Zeitung in die Hand nehmen, was finden wir außer individuellen Morden?»

«Sie werfen ohne Zweifel ein neues Licht auf das Thema.»

«Es ist das Licht der Weltgeschichte.»

Wir näherten uns dem Ende unserer Fahrt, und ich konnte den von Nebel umwirbelten Turm der Kirche St. Anne's, Limehouse, erkennen. Welch ein Glück für mich, daß dieser preußische Philosoph in meinem Operationsbereich wohnte; ihn hier, unter den Huren, ins Jenseits zu befördern wäre ein sehr hübscher kleiner Streich. «Gestatten Sie mir, Sie zu Ihrer Unterkunft zu bringen», sagte ich. «Es ist ein zu abscheulicher Abend, um sich zu Fuß weit fortzubewegen.»

«Mein Ziel ist die Scofield Street. Sie ist in der Nähe dieser Hauptstraße.»

«Ja, ich kenne sie sehr gut.» Außerdem wußte ich, daß sie im hebräischen Viertel war, was mich noch mehr erfreute. Einen Juden zu ermorden – das hatte den herrlichen Beigeschmack eines reißerischen Dramas, obwohl das Stück auf der Bühne, wie ich in der Vergangenheit feststellen konnte, manchmal nicht mehr ist als die Verstärkung der Rituale in unserem eigenen Herzen. Apropos Herz, ich sehne mich danach, das des alten Mannes mit den glänzenden Augen zu betrachten. Ich könnte es in der Hand halten und liebkosen. Und es mir dann vielleicht einverleiben? Wie lauten noch die Zeilen jenes zu Unrecht vernachlässigten Dichters Robert Browning?

Wär ich zu zweit, ein andrer und ich selbst,
Unser Werk die ganze Welt würd' krönen.

Der Droschkenkutscher pochte an die Klappe und bat um Anweisungen; er hatte uns nur widerwillig in diese Gegend gefahren, die für ihre Lasterhöhlen und Absteigen bekannt war, und nun beabsichtigte er, uns so schnell wie möglich loszuwerden. «Scofield Street!» rief ich zu ihm hinauf. «Biegen Sie an der nächsten Ecke links ein, und sie ist zu Ihrer Rechten.» Ich war so vertraut mit Limehouse, daß ich es als mein eigenes «Feld der vierzig Schritte» ansah. So hieß das berüchtigte Feld hinter Montague House, wo so viel Blut vergossen worden war, daß dort nie wieder Gras wachsen würde. Während wir uns der Straße meines deutschen Gelehrten näherten, erklärte ich ihm, daß jenes unheilvolle Fleckchen Erde durch ein seltsames Zusammentreffen direkt unter dem Lesesaal des Britischen Museums liege. Er fand diese Mitteilung nicht sonderlich interessant und schickte sich an, aus der Droschke zu steigen. Schön, mein lieber Freund, dachte ich, während ich zusah, wie er seinen Mantel zusammenraffte und sich den Schal um den Hals schlang, bald wirst du selbst erfahren, wie zart sich Bücher und Blut vereinen können. Wir hielten an der dunklen Seite der Straße, und ich drückte dem Kutscher eine halbe Krone in die Hand, bevor ich meinen Gefährten zur Tür von Nummer 7 begleitete. Ich wollte in der Lage sein, sie zu gegebener Zeit wiederzuerkennen. Wir verabschiedeten uns voneinander, und dann drehte ich mich auf dem Absatz zum Fluß um. Es herrschte Ebbe, und die Luft war von einem solchen Gestank erfüllt, daß der Nebel selbst zu einer Kloake aus Schmutz und Abwässern zu werden schien. Aber die Freudenmädchen waren noch im Geschäft, und ich suchte nach einer, die sich abseits von den anderen aufhielt. Ich überquerte Limehouse Reach in Richtung der Seemannsmission, als ich eine Gestalt vor mir ausmachte – ob Frau oder Mann oder etwas anderes, konnte ich nicht sagen. Aber ich preßte meine Reisetasche an die Brust und eilte hinterher. Es war eine vor Feuchtigkeit und Kälte zitternde Frau, die mich recht dankbar anschaute.

«Wie heißt du, mein Vögelchen?»
«Jane.»
«Gut, Jane, wohin bist du unterwegs?»
«Ich habe ein Zimmer in dem Haus da, Sir, mit der gelben Tür.»

«In diesem Nebel sieht alles gelb aus, Jane. Du wirst mich hinführen müssen.» Ich nahm sie am Arm, doch dann drehte ich sie zum Fluß hin um. «Wollen wir einen Spaziergang machen, bevor wir uns zurückziehen? Ob wir wohl das Ufer von Surrey erkennen können?» Natürlich konnten wir überhaupt nichts erkennen, und als wir schließlich ein paar alte Stufen erreichten, herrschte eine tiefe Stille, die ein Bestandteil des Nebels zu sein schien. «Wie hättest du es denn gern, Jane?»

«Wie Sie wollen, Sir.»

«Und du sagst mir, wenn's dir reicht?»

«Wie Sie möchten.»

«Laß uns ein bißchen die Stufen hinuntergehen. Ich wohne nämlich dort unten.» Sie zögerte, mir zu folgen, aber ich redete ihr gut zu. «Ich habe etwas in meiner Tasche, das dir gefallen könnte. Hast du von der neuen Schutzhülle gehört? Sieh her.» Ich öffnete die Tasche, holte mit einer raschen Bewegung mein Messer hervor und schnitt ihr von links nach rechts die Kehle durch. Es war ein beeindruckender Beginn, wie ich selbst sagen muß, und sie lehnte sich mit einem verblüfften Gesichtsausdruck zurück an die Mauer; sie stöhnte und schien noch mehr zu wollen, deshalb war ich ihr mit ein paar tiefen Schnitten gefällig. Dann, im Nebel verloren, schuf ich ein solches Schauspiel, daß jeder Betrachter gerührt sein mußte. Der Kopf löste sich zuerst, und der Darmtrakt wurde zu einer hübschen Verzierung neben dem Schoß. Auf dieser Höhe des Flusses waren vor zweihundert Jahren Übeltäter angekettet worden, so daß sie in den Gezeiten verrotteten – welch seltene Gelegenheit für einen Londoner Historiker wie mich, die alten Bräuche wiederzubeleben. Welch eine Schöpfung ist doch der Mensch, mit wie subtilen Gaben und mit wie unendlichen Eingeweiden! Ihr Kopf lag auf der obersten Stufe wie der des Souffleurs, vom Theaterparterre aus gesehen, und ich muß gestehen, daß ich meinem eigenen Werk applaudierte. Aber dann ertönte ein Geräusch aus den Kulissen, und ich entfernte mich rasch am Ufer entlang, bis ich nach Ludgate kam.

FÜNFZEHN

John Cree hatte sich geirrt, als er annahm, daß der deutsche Gelehrte in der Scofield Street wohnte. An jenem nebligen Abend Anfang September wollte Karl Marx einfach nur bei einem Freund vorsprechen. Er besuchte Salomon Weil einmal in der Woche abends, um mit ihm über Philosophie zu diskutieren. Sie hatten einander achtzehn Monate zuvor im Lesesaal des Britischen Museums kennengelernt, als sie zufällig Seite an Seite saßen: Marx hatte bemerkt, daß sein Nachbar Frehers *Periodische Erhellung der Kabbala* studierte, und sich plötzlich daran erinnert, daß er selbst das Werk als Student an der Universität Bonn gelesen hatte. Sie waren auf deutsch ins Gespräch gekommen, vielleicht weil sie sich irgendeiner Familienähnlichkeit bewußt wurden (Salomon Weil war in Hamburg geboren, und zwar, wie es sich traf, im selben Monat und Jahr wie Marx), und sehr bald entdeckten sie ein gemeinsames Interesse an theoretischen Untersuchungen und feinsinnigen gelehrten Disputen. Gewiß, in seinen Schriften, besonders in den frühesten, hatte Marx das verurteilt, was er als einen verderbten Judaismus bezeichnete. In einer seiner ersten Abhandlungen, «Zur Judenfrage», war er zu dem Schluß gekommen, daß «der Jude unmöglich geworden» sei. Doch Marx selbst konnte auf eine lange Ahnenreihe von Rabbinern zurückblicken und war tief vom Wortschatz und von den Gedanken des Judaismus durchdrungen. Nun, am Ende seines Lebens, genügte ein plötzlicher Blick auf einen Kommentar zur Kabbala, um ihn ein überschwengliches Gespräch mit Salomon

Weil beginnen zu lassen und um in ihm eine fast unerklärliche Zuneigung zu diesem Gelehrten zu wekken, der eines der Bücher seiner Jugend studierte. Er hatte den größten Teil seines Lebens hindurch sämtliche Formen des religiösen Glaubens beharrlich geschmäht, aber während er nun unter der großen Kuppel des Lesesaals saß, war er seltsam gerührt und aufgeregt. Sie verließen das Museum an jenem Abend gemeinsam und verabredeten sich für den folgenden Tag. Man muß erwähnen, daß Salomon Weil ein wenig verdutzt war. Er hatte durch andere deutsche Emigranten von Marx gehört und war überrascht darüber, daß sich dieser Atheist und Revolutionär als ein so charmanter und belesener Gefährte erwies. Vielleicht war er sogar zu höflich; aber Salomon Weil vermutete zu Recht, daß Marx versuchte, Abbitte für seine rachsüchtigen Angriffe auf seinen alten Glauben zu leisten.

Im Laufe ihres zweiten Gesprächs, das sie in einem kleinen Eßlokal in der Nähe der Coptic Street führten, erwähnte Weil, daß er sich eine große Bibliothek des kabbalistischen und esoterischen Wissens zugelegt habe: Er verwahre in seiner Wohnung ungefähr vierhundert Bände. Marx bat sofort, sich die Bücher ansehen zu dürfen. So kam es zu ihrem regelmäßigen wöchentlichen Abendessen in Limehouse, wo die beiden Männer Theorien und Mutmaßungen austauschten, als wären sie wieder junge Gelehrte. Weils Bibliothek war bemerkenswert – viele der Bücher in seiner Sammlung hatten einst dem Chevalier d'Eon gehört, dem berühmten französischen Transsexuellen, der in der zweiten Hälfte des achtzehnten Jahrhunderts in London lebte. Der Chevalier hatte sich besonders für die kabbalistische Lehre interessiert, hauptsächlich wegen ihrer Betonung einer ursprünglichen göttlichen Androgynie, aus der beide Geschlechter hervorgegangen seien. D'Eon vererbte seine Sammlung einem Künstler und Freimaurer, William Cosway, der sie seinerseits einem Mezzotinto-Graveur hinterließ, mit dem er bei gewissen okkulten Experimenten zusammengearbeitet hatte. Dieser Graveur konvertierte dann zum Judentum, und aus Dankbarkeit über seinen neuerwachten Glauben vermachte er seine gesamte Bibliothek Salomon Weil. Die alten Bücher standen nun also auf Regalen in dessen Wohnung in der Scofield Street 7, zusammen mit etlichen von Weils eigenen Anschaffungen wie *Eine zweite Warnung an die Welt durch den Geist der Prophezeiung* und *Zeichen der Zeit* oder *Eine Stimme für Babylon, die große Stadt der Welt, insonderheit für die Juden.* Weil hatte außerdem eine Sammlung von Materialien über das Leben und die Schriften von Richard Brothers gekauft, dem Visionär und britischen Israeliten, der überzeugt war, daß die englische Nation den verlorenen Stamm Israel repräsentierte. Aber es gab auch ein weniger berechenbares Element in seiner Bibliothek: Er war von einer Passion für das populäre Londoner Theater erfüllt und hatte eine Sammlung Notenblätter von einer Druckerei in der Endell Street erworben, die sich auf die neuesten Lieder aus den Music-Halls spezialisierte.

Weil hatte sich an jenem nebligen Septemberabend gerade den Text des Liedes «Das ist's, was mich erstaunt» angesehen, das durch die Männerdarstellerin Bessie Bonehill berühmt geworden war, als er die Schritte von Karl Marx auf der Treppe hörte. Sie begrüßten einander mit einem festen Händedruck, und Marx entschuldigte sich, weil er nicht zur gewohnten Stunde eingetroffen sei, doch an einem Abend wie diesem...

Die beiden bedienten sich einer angenehmen Mischsprache aus Deutsch und Englisch und verwendeten gelegentlich lateinische oder hebräische Begriffe, um eine genaue oder spezielle Bedeutung zu vermitteln; deshalb gehen einige schwer faßbare Strukturen und atmosphärische Merkmale ihres Gesprächs in einer englischen oder deutschen Wiedergabe zwangsläufig verloren. Ihre Mahlzeit war recht einfach – etwas Aufschnitt, Käse, Brot und Flaschenbier –, und während des Essens beschrieb Marx sein Unvermögen, Fortschritte mit dem langen epischen Gedicht über Limehouse zu machen, das er kurz zuvor begonnen habe. Dabei habe er als junger Mann nichts als Gedichte geschrieben. Es sei ihm, noch an der Universität, sogar gelungen, den ersten Akt eines Versdramas fertigzustellen.

«Wie nannten Sie es?» fragte Weil.
«*Oulanem.*»
«Es war ein deutscher Text?»
«Natürlich.»
«Aber es ist kein deutscher Titel. Ich dachte, er sei vielleicht mit *Elohim* und *Hule* verwandt. Zusammengenommen stehen sie für den Zustand der gestrauchelten Welt.»
«Das war mir damals nicht eingefallen. Aber, wissen Sie, wenn wir nach verborgenen Entsprechungen und Zeichen Ausschau halten...»
«Ja. Sie sind überall. Sogar hier in Limehouse kön-

nen wir die Merkmale der unsichtbaren Welt erkennen.»

«Sie werden es mir gewiß verzeihen, aber für mich ist das Sichtbare und Materielle weiterhin wichtiger.» Marx trat ans Fenster und schaute in den gelben Nebel hinunter. «Für Sie ist das alles nicht mehr als die *Klippoth,* aber wir sind gezwungen, in diesen harten, trockenen Schalen aus Materie zu leben.» Er konnte eine Frau durch die Scofield Street eilen sehen, und irgend etwas an ihrer nervösen Hast beunruhigte ihn. «Selbst Sie», sagte er, «selbst Sie empfinden Zuneigung zur niedrigeren Welt. Sie besitzen eine Katze.»

Salomon Weil lachte über den plötzlichen metaphysischen Sprung seines Freundes. «Aber sie lebt in ihrer eigenen Zeit, nicht in meiner.»

«Oh, hat sie eine Seele?»

«Natürlich. Und wenn man so sehr in Vergangenheit und Zukunft lebt wie ich, ist es gut, eine Wohnung mit einem Geschöpf zu teilen, das ausschließlich für die Gegenwart existiert. Es ist erfrischend. Hier, Jessica, komm her.» Die Katze streckte sich zwischen ein paar verstreuten Büchern und Papieren und lief dann langsam auf Weil zu. «Und es beeindruckt meine Nachbarn. Sie halten mich für einen Zauberer.»

«In gewissem Sinne sind Sie das auch.» Marx kam vom Fenster zurück und nahm erneut am Kamin Weil gegenüber Platz. «Also, wie Böhme uns gelehrt hat, ist die Gegensätzlichkeit die Quelle aller Freundschaft. Nun sagen Sie mir: Was haben Sie heute gelesen?»

«Sie würden es mir nicht glauben.»

«Oh, Sie meinen irgendeine verschlossene Schriftrolle, die lange vor den Augen der Menschen verborgen war?»

«Nein. Ich habe Liedtexte aus den Music-Halls gelesen. Manchmal höre ich, wie sie auf den Straßen gesungen werden, und sie erinnern mich an die alten Lieder unserer Vorväter. Kennen Sie ‹Mein Schatten ist mein einz'ger Freund› oder ‹Als diese alten Kleider neu waren›? Es sind wunderbare Liedchen. Gesänge der Armen. Gesänge der Sehnsucht.»

«Wenn Sie meinen.»

«Aber sie enthalten auch einen ungewöhnlichen Frohsinn. Sehen Sie sich das an.» Auf der Vorderseite eines Blattes war eine Photographie von Dan Leno, verkleidet als «Witwe Twankey, eine Dame der alten Schule». Er hatte eine riesige Perücke aus braunem Lockenhaar auf dem Kopf, trug ein Kleid, das ihm bis über die Knöchel hinabwirbelte, und hielt eine große Feder in den Händen, die in straffen Handschuhen steckten. Seine Miene war gebieterisch und mitleiderregend zugleich; mit seinen hochgewölbten Augenbrauen, seinem breiten Mund und seinen großen dunklen Augen sah er so komisch und doch so verzweifelt aus, daß Marx das Notenblatt mit einer Art Stirnrunzeln niederlegte. Dann zog Salomon Weil aus dem Blätterstapel eine weitere Photographie von Leno hervor; er war neben einem Lied mit dem Titel «Isabella mit der Mortadella» abgebildet und als «Schwester Anne» aus *Blaubart* kostümiert. «Man sagt, er sei zum Schreien», erklärte Weil, während er das Blatt säuberlich an seinen Ort im Papierstapel zurücklegte.

«Ja, ich könnte allerdings schreien. Es ist die *Schechina*.»

«Glauben Sie? Nein. Es ist nicht die Schattenfrau, sondern die Vereinigung des Männlichen und des

Weiblichen. Es ist Adam Kadmon. Der universelle Mensch.»

«Wie ich sehe, kennt Ihre Weisheit kein Ende, Salomon – sogar aus der Music-Hall können Sie eine Kabbala machen. Bestimmt werden die Gaslampen in der Galerie zur *Sefiroth* Ihrer Vision.»

«Aber begreifen Sie denn nicht, weshalb die Leute die Music-Hall so lieben? Für sie ist sie so heilig, daß sie ihr einen Olymp und einen ‹Abgrund›, das Parterre, zuordnen. Ich habe sogar ganz zufällig herausgefunden, daß viele dieser Varietés und kleinen Theater einst Kapellen und Kirchen waren. Schließlich hatten Sie doch von verborgenen Beziehungen geredet.» So setzten Karl Marx und Salomon Weil ihr Gespräch bis in die Nacht hinein fort, und während Jane Quig verstümmelt wurde, diskutierten die Gelehrten über das, was Weil die materielle Hülle der Welt nannte. «Sie kann jegliche Form annehmen, die wir ihr geben möchten. In dieser Hinsicht ähnelt sie dem Golem. Sie wissen von dem Golem?»

«Ich erinnere mich vage an die alten Erzählungen, aber es ist so lange her...»

Salomon Weil war bereits an seinen Bücherschrank getreten und hatte ein Exemplar von Hartlibs *Wissen um heilige Dinge* heruntergenommen. «Unsere Ahnen stellten sich den Golem als einen Homunkulus vor, ein materielles Wesen, geschaffen durch Zauberei, ein Stück roten Ton, das im Laboratorium des Hexenmeisters zum Leben erweckt wurde. Es ist ein furchtbares Ding, und der alten Legende zufolge bleibt es dadurch am Leben, daß es den Geist oder die Seele eines Menschen zu sich nimmt.» Weil öffnete eine Seite mit der Beschreibung dieses Geschöpfes – neben dem großen Kupferstich einer Puppe oder Marionette, die anstelle der Augen und des Mundes Löcher hatte. Er brachte das Buch zu Marx hinüber und kehrte dann an seinen Platz zurück. «Natürlich brauchen wir uns Golems nicht im buchstäblichen Sinne vorzustellen. Gewiß nicht. Deshalb sehe ich darin eine Allegorie: der Golem als Symbol der *Klippoth* und als Hülle entarteter Materie. Aber was tun wir? Wir geben ihm Leben nach unserem Bilde. Wir hauchen seiner Gestalt unseren eigenen Geist ein. Und genau das, begreifen Sie, muß die sichtbare Welt sein – ein Golem von gigantischer Größe. Kennen Sie Herbert, den Garderobenmann im Museum?»

«Natürlich kenne ich ihn.»

«Herbert hat nicht allzuviel Phantasie. Darin stimmen Sie doch mit mir überein?»

«Nur, wenn es um die Erwartung von Trinkgeldern geht.»

«Er versteht im Grunde nur etwas von Mänteln und Regenschirmen. Aber vor kurzem hat mir unser Freund eine seltsame Geschichte erzählt. Eines Nachmittags ging er mit seiner Frau durch die Southwark High Street – sein Verdauungsspaziergang, wie er sich ausdrückte –, und sie kamen an dem alten Armenhaus vorbei, das dort von der Straße zurückgesetzt ist. Herbert und seine Frau schauten zufällig hinüber, und beide sahen – nur einen Moment lang, wissen Sie – eine verhüllte Gestalt, die sich zur Erde niederbeugte. Und dann war sie verschwunden.»

«Und was wollen Sie mir mit Herberts Geschichte sagen?»

«Die Gestalt war tatsächlich dort. Die beiden bildeten sich die Sache nicht ein. Sie können sich nichts für ein mittelalterliches Gebäude so angemessenes ausgedacht haben.»

«Sie, Salomon Weil, behaupten also, daß es sich um ein Gespenst handelte?»

«Keineswegs. Sie und ich glauben genausowenig an Gespenster wie an Golems. Es war etwas Interessanteres.»

«Nun ergehen Sie sich in einem Paradox, wie es sich für einen guten hebräischen Wissenschaftler gehört.»

«Die Welt selbst nahm für einen Augenblick jene Form an, weil es von ihr erwartet wurde. Sie schuf die Gestalt auf dieselbe Art, wie sie Sterne für uns schafft – und Bäume und Steine. Sie weiß, was wir benötigen, erwarten oder erträumen, und also erzeugt sie diese Dinge für uns. Verstehen Sie mich?»

«Nein. Überhaupt nicht.» Der Nebel hatte während ihres Gesprächs begonnen, sich aufzulösen, und Marx erhob sich von seinem Platz am Kamin. «Wie spät es schon ist», sagte er und trat von neuem ans Fenster. «Sogar der Nebel hat beschlossen, sich zurückzuziehen.» Sie tauschten einen Händedruck und verabschiedeten sich – auf deutsch – zum letztenmal auf dieser Welt voneinander. Marx knöpfte seinen Mantel zu, während er auf die Straße hinausging und vergeblich nach einer Droschke Ausschau hielt. Ein oder zwei Bewohner des Viertels begegneten ihm; sie sollten sich später an den kleinen, ausländisch wirkenden Gentleman mit dem ungestutzten Bart erinnern.

SECHZEHN

MR. LISTER Nun denn, Elizabeth. Darf ich Elizabeth zu Ihnen sagen?

ELIZABETH CREE Ich weiß, daß Sie mich verteidigen, Sir.

MR. LISTER Erklären Sie mir, Elizabeth, welchen denkbaren Grund könnten Sie gehabt haben, Ihren eigenen Mann zu ermorden?

ELIZABETH CREE Keinen, Sir. Er war mir ein guter Ehemann.

MR. LISTER Hat er Sie jemals verprügelt oder auf irgendeine andere Art geschlagen?

ELIZABETH CREE Nein, Sir. Er ging immer sanft mit mir um.

MR. LISTER Aber Sie profitieren doch finanziell von seinem Tod, nicht wahr? Erzählen Sie mir davon.

ELIZABETH CREE Es gab keine Lebensversicherung, Sir, wenn Sie das meinen. Wir bezogen Einkünfte aus den Eisenbahnaktien, die er von seinem Vater geerbt hatte. Außerdem gab es ein Strumpfwarenunternehmen, das wir verkauften.

MR. LISTER Er war ein treuer Ehemann?

ELIZABETH CREE Oh, ein sehr treuer.

MR. LISTER Es fällt mir leicht, das zu glauben, wenn ich Sie ansehe.

ELIZABETH CREE Verzeihung, Sir? Möchten Sie, daß ich noch etwas aussage?

MR. LISTER Wenn Sie mir den kleinen Gefallen tun könnten, Elizabeth. Ich möchte, daß Sie dem Gericht schildern, wie Sie und Ihr Mann einander zum erstenmal begegneten.

SIEBZEHN

Ich fand das Washington direkt neben den alten Cremorne Gardens, wie Dan Leno mir erklärt hatte. Ich hätte es kaum verfehlen können, denn die Wände waren mit lebensgroßen Bildern von Schauspielern, Clowns und Akrobaten bemalt, und ich stellte mir vor, einer von ihnen zu sein, in meinem blauen Kleid und mit meinem gelben Regenschirm an dem Fresko entlangzuschreiten und mein ganz besonderes, eigenes Lied zu singen, für das die Welt mich liebte. Aber welches Lied konnte das sein?

«Du mußt die glorreiche Godiva sein», sagte jemand hinter mir. «Die Dame, die in Coventry verkohlt wurde.» Es war mein neuer Onkel Tommy Farr, aber nun trug er nicht mehr die protzige karierte Jacke, die mich so beeindruckt hatte. Vielmehr kam er in einem prächtigen schwarzen Mantel mit vollständigem Pelzbesatz und einem Seidenhut daher. Er mußte meinen erstaunten Blick bemerkt haben, denn er schob den Hut ein wenig nach hinten und blinzelte mir zu. «Im Washington müssen wir alle ein bißchen künstlerischer aussehen. Es ist nicht so freizügig. Kannst du die englische Sprache lesen, Kindchen?»

«Ja, Sir. Wie eine Einheimische.» Meine Mutter mit ihren Jeremias und Hiobs und Jesajas hatte es mir beigebracht, und nun konnte ich so gut lesen wie jeder andere auf der Welt. Aber es wurde mir bald langweilig, ihren Unsinn nachzubeten, und ich las Nummern von *Woman's World*, die mir eine Nachbarin aufhob.

Onkel hatte meinen kleinen Scherz mit der «Einheimischen» zu schätzen gewußt und klopfte mir auf die Schulter. «Dann lies mal das hier.»

An der Wand hinter mir hing ein Plakat. Ich drehte mich um und sprach mit klarer, fester Stimme. «In diesem unübertroffenen...»

«In deiner Stimme sind keine Großbuchstaben, Kindchen. Laß die Großbuchstaben hören.»

«In diesem UNÜBERTROFFENEN ETABLISSEMENT wird am Montag, dem neunundzwanzigsten, MISS CELIA ‹SIE IST KEINE FEE› DAY auftreten. Nach der BEGEISTERTEN PUBLIKUMSREAKTION auf ihr Lied ‹Ein Hoch auf den Hund der Feuerwehr› wird sich ihr der LION COMIQUE, DER WEISSÄUGIGE PERSÖNLICH, zum Refrain jener BERÜHMTEN KONFABULATION anschließen.»

«Das habe ich alles selbst geschrieben», sagte Onkel. «Im bestmöglichen Stil. Aus mir hätte ein neuer Hamlet werden können. Oder meine ich Shakespeare?» Er schien den Tränen nahe zu sein, ich machte mir Sorgen um ihn. «Ach, arme Celia, ich kenn sie gut.» Er seufzte und hob den Hut. «Sie ist eine alte Dame. Sie sollte nicht all das schlüpfrige Zeug vortragen.» Dann schlug seine Stimmung jäh um. «Sag mir, Kindchen, was steht ganz unten auf dem Plakat?»

«Heute abend: eine Benefizvorstellung für die Philanthropische Gesellschaft der Freunde in Not.»

«Das sind nämlich wir. Wir sind die Freunde in Not. Und wir sind sehr philanthropisch, wenn du weißt, was ich meine.» Er zog die Augenbrauen hoch wie ein altmodischer Harlekin und packte mich am Arm. «Laß uns auf die Bühne schreiten.»

Wir betraten das Washington, und im Foyer bot

sich mir ein ganz wundervoller Blick – noch viel schöner als der im Theater an der Craven Street. Um mich herum waren so viele Spiegel und gläserne Lampen, daß ich seinen Arm fester umklammerte. Ich hätte in einem Lichtdom stehen können und fürchtete, mich in dieser Helligkeit zu verlieren. «So ist's gut», sagte er und tätschelte mir die Hand. «Schießt das nicht den Ofen ab?» Wir gingen ein paar Stufen hinauf und betraten die Bühne. Sie war nicht gefegt worden, und ich entdeckte winzige Glitzerstäubchen zwischen den Holzbrettern. Jemand hatte drei Stühle und einen Tisch daraufgestellt, aber sie waren so bunt bemalt, daß sie keinem mir bekannten Möbelstück ähnelten; sie wirkten wie Kinderspielzeug, und ich hätte Angst gehabt, mich auf einen der Stühle zu setzen, denn bestimmt hätte er sich in etwas anderes verwandelt. Plötzlich wurde ich hochgehoben und herumgewirbelt: Onkel drehte mich immer schneller, bis sein Seidenhut von der Bühne fiel und er mich auf dem bemalten Tisch absetzte. Mir war so schwindelig, daß ich kaum sprechen konnte, und ich blickte zu den Seilen und dem Segeltuch hinauf, die über mir schwebten. «Ich mußte dein Gewicht spüren», sagte er keuchend, während er von der Bühne kletterte, um seinen Hut zu holen. «Für den Fall, daß ich dich mal bei einem Seiltanz einsetzen kann. Außerdem tut einem ein solcher Schwung sowieso gut. Er treibt das Blut an, wie der Arzt zum Jockey sagte.»

«Laß dich nicht von ihm aufziehen.» Ich schaute ins Theater hinunter und sah zu meiner Überraschung Dan Leno, der ganz hinten stand. «Er zieht die Damen manchmal schrecklich auf, stimmt's, Onkel?»

«Schon richtig, Dan. Aber so wird's auf der Bühne nun mal gemacht.» Er schien vor dem Jungen schüchtern zu werden, und ich begriff schon damals, daß Dan derjenige war, auf den es in dieser Truppe ankam. Dabei war er ein so kleiner Kerl – noch winziger, als ich ihn am Vorabend in Erinnerung hatte, und mit einem so breiten Mund, daß er wie eine Marionette oder ein jugendlicher Punch wirkte.

«Wir haben gestern abend über dich gesprochen», sagte er und trippelte durch den Gang auf mich zu. «Bist du kaltgestellt?»

«Sir?»

«Gehst du zur Zeit keiner Beschäftigung nach? Bist du arbeitslos?»

«O ja, Sir.»

«Ich heiße Dan.»

«Ja, Dan.»

«Kannst du lesen?»

«Genau das wollte ich ihr auch schon entlocken, Dan.»

«Ich weiß schon, was du ihr am liebsten entlocken würdest, Onkel.» Nach diesen Worten ignorierte ihn Dan und sprach, an mich gewandt, auf seine energische, eindringliche Art weiter. «Unsere Souffleuse ist kürzlich mit einem Plapperkünstler durchgebrannt, und manchmal brauchen wir auf diesem Gebiet ein bißchen Hilfe. Verstehst du mich? Damit wir nicht von der Bühne gejagt werden.» Ich verstand zumindest, daß ich aufgefordert wurde, mich der Truppe anzuschließen, aber ich hatte keine Ahnung, was eine Souffleuse sein mochte. Dan Leno mußte das Entzücken in meinem Gesicht bemerkt haben, denn er setzte jenes ansteckende Lächeln auf, das ich so gut kennenlernen sollte. «Es ist nicht alles Lavendel», sagte er. «Du wirst auch als allgemeine Handlangerin herhalten müssen. Ein bißchen Hilfe bei der Garderobe. Ein bißchen dies und das. Hast du eine säuberliche Handschrift?» Er errötete, sobald er das gesagt hatte, und bemühte sich, nicht auf meine großen, rauhen Hände zu starren. «Du kannst nämlich ein paar Stücke für uns abschreiben. Und nun wollen wir uns ein bißchen amüsieren, in Ordnung?» Er trug einen Mantel, der ihm fast bis zu den Knöcheln reichte, und aus einer der vielen Taschen zog er ein kleines Notizheft und einen Bleistift, die er mir mit einer kunstvollen, tiefen Verbeugung übergab. «Schreib alles auf, was mir jetzt einfällt.»

Er stemmte die gespreizten Beine auf die Bühnenbretter, steckte die Daumen in die Taschen seiner Weste und zwirbelte dann einen imaginären Schnurrbart. «Ich werd dir sagen, wer ich bin, Onkel. Ich bin ein Rekrutierungsfeldwebel. Vor kurzem stand ich an der Straßenecke, Onkel, als ich dich wie üblich bemerkte.» Der Onkel nahm eine stramme Haltung an, während Dan mit riesenhaftem Ingrimm auf ihn zuschritt. «Willst *du* Soldat werden?»

«Nein. Ich warte nur auf meinen Bus.»

«Oje! Oje! Sieh an! Was für ein Leben! Aber es erinnert mich an eine sehr hübsche kleine Geschichte, die mit meinem Beruf zu tun hat. Ein feiner junger Bursche kam vor ein paar Tagen auf mich zu und fragte: ‹Chef, eigne ich mich zum Soldaten?› Ich sagte: ‹Ich glaube schon, mein Junge›, und ging um ihn herum. Aber dann fiel mir auf, daß er gleichzeitig um *mich* herumging. Als ich ihn zum Arzt schleppte, meinte der Medizinmann: ‹Dan, was du alles so an-

bringst.› Plötzlich entdeckten wir, daß er nur einen Arm hatte. Ich hatte es nicht bemerkt, weil wir dauernd umeinander rumgegangen waren. Tja, was für ein Leben!»
Ich schrieb das alles nieder, so schnell ich konnte. Am Ende sprang er von der Bühne und stellte sich auf Zehenspitzen, um mir über die Schulter zu schauen. «Gut gemacht», sagte er, «du schreibst so sauber wie ein Versandleiter. Onkel, könntest du ein hübsches Lied für Lizzie singen, damit wir sehen, wie schnell sie's schafft?» Ich begriff nun, daß ein Teil meiner neuen Beschäftigung darin bestand, alles zu Papier zu bringen, was Dan «Improvisationen» nannte, damit das, was er «aus dem Stegreif» sagte, in späteren Vorstellungen verwendet werden konnte. Onkel nahm den Hut ab und hockte sich darüber, als wolle er sich erleichtern. «Moment», sagte Dan streng, «keine von deinen Unanständigkeiten. Nicht vor dem Mädchen. Rassel dein Lied runter, oder verschwinde von der Bühne.» Ich hatte noch nie soviel Autorität an einem jungen Mann beobachtet, doch Onkel setzte gehorsam den Hut auf, streckte die Hände vor seinem Körper aus und begann zu singen:

« Mein Schatz, sie war ein reifes Ding...»
«Hast du das, Lizzie?»
Ich nickte.
« Mein Schatz besaß zwei Ehering'...»
Ich lernte schnell und vervollständigte den Text, sobald er den Refrain wiederholte. Dan freute sich offenkundig über meine Fortschritte. «Was hältst du von einem Pfund pro Woche?» fragte er, nachdem er meine Notizen an sich genommen und sie in die Manteltasche gesteckt hatte. Das war mehr, als meine Mut-

ter und ich je verdient hatten, und ich wußte nicht recht, was ich antworten sollte. «Also abgemacht. Du kriegst deinen Lohn Freitag abends von der Kartenverkäuferin am Eingang.»

«Unser Dan versteht sich aufs Geschäft», sagte Onkel. «Er ist nicht mehr im Kindergarten.»

«Und er war's auch nie. Was ist mit deinem Standquartier, Lizzie?» Es war klar, daß ich nicht verstand, was er meinte. «Hast du einen herrlichen Palast, in dem du dich versteckst, oder nur ein Loch im Boden?»

Nun fühlte ich mich so verwandelt, daß ich nicht nach Lambeth Marsh zurückkehren wollte. Und es konnte nicht schaden, das Waisenmädchen zu spielen. «Ich bin ganz allein auf der Welt, und der Hauswirt will mich nur behalten, wenn ich – sein Zimmer mit ihm teile.»

«Das ist wirklich die Höhe. So was macht mich zum tobenden Vulkan.» Dan ging ein paar Sekunden lang auf der Bühne hin und her, bevor er sich zu mir umwandte. «Wir haben eine nette kleine Unterkunft in New Cut. Warum packst du nicht deine Sachen und kommst zu uns?»

Das war ein wunderbares Angebot, und natürlich nahm ich es sofort an. «Darf ich?»

«Du darfst.»

«Es wird höchstens eine Stunde dauern. Ich habe nur wenige Habseligkeiten.»

«Dann schreib's dir auf: Nummer 10 im New Cut. Frag nach Austin.»

Damit war alles geregelt, und ich beeilte mich, das Theater zu verlassen, bevor ich feststellte, daß die ganze Sache nur ein Traum war. Ich hatte gerade den

Eingang erreicht, als ich hörte, wie Onkel zu Dan hinunterrief: «Könnten wir sie nicht in ein lebendes Bild stecken, wo Elspeth doch jetzt das Hochseil ausprobieren will?»

Ein Moment des Schweigens. «Zu früh, Onkel. Zu früh. Außerdem könnte sie eine gute Witzereißerin abgeben. Man kann nie wissen. Sie hat die richtige Visage dafür.»

«Das kannst du laut sagen.»

«Sie hat die richtige Visage dafür!»

Ich rannte so schnell wie möglich nach Hause, über Battersea Fields hinweg, und sobald ich unsere Unterkunft betrat, wußte ich, daß mein altes Leben bereits beendet war. Ich holte den Rest meines Geldes unter den Dielenbrettern hervor und legte es sorgfältig auf das Bett meiner Mutter. An der Wand stand eine alte Blechkiste, die wir, wenn wir gemeinsam nähten, als Sitz benutzt hatten; sie enthielt nur ein paar Überbleibsel ihrer Religiosität, einige zerfledderte Gesangbücher und ähnliche Dinge, die ich mit Freuden aus dem Fenster warf. Dann holte ich unsere gesamte Kleidung, so schäbig sie war, und brachte sie säuberlich gefaltet in der Kiste unter. Ich hätte sie auf den Schultern tragen können – leicht genug war sie –, aber ich wollte so damenhaft wie möglich wirken. Deshalb zerrte ich die Kiste nur bis zum St. George's Field, wo ich eine Droschke nahm, die mich für Threepence zum New Cut beförderte.

New Cut Nummer 10 war ein gepflegtes Gebäude in einer neuen Häuserreihe, und ich kam mir wie eine Prinzessin vor, als die Droschke hielt und ich aufs Pflaster hinausstieg. Der Kutscher war ein dürres Gestell mit einer Angströhre, die seinen kahlen Schädel verbergen sollte, aber er trug meine Blechkiste galant bis zur Tür. Er hatte einen kleinen Schnurrbart, und als ich ihm einen Penny Trinkgeld gab, konnte ich einer scherzhaften Bemerkung nicht widerstehen. «Hat Ihre Frau Sie geschlagen?» fragte ich. «Sie haben einen blauen Fleck unter der Nase.» Er hob eine Hand an den Mund und hastete davon.

«Was ist los?» hörte ich eine weibliche Stimme im Korridor brüllen, nachdem ich an die Tür geklopft hatte.

«Es ist das neue Mädchen.»
«Wie heißt sie?»
«Lizzie. Lambeth Marsh Lizzie.»
«Hat Dan sie geschickt?»
«Ja.»

Die Tür wurde plötzlich von einem Mann geöffnet, der einen fadenscheinigen Frack und eine gewaltige Schleife trug – genau wie die Gesangskomiker, die ich im Theater an der Craven Street gesehen hatte. «Na, mein Kind», sagte er. «Du siehst aus wie die Enkelin in einem Schwank. Komm rein.» Offenbar hatte ich mich mit der weiblichen Stimme geirrt; es war seine eigene, doch klang sie so hoch und zittrig, daß jeder sie dem anderen Geschlecht zugeordnet hätte. «Ich bringe dich zusammen mit Doris unter, der Göttin des Drahtseils. Kennst du sie?» Ich schüttelte den Kopf. «Wundervolle Person. Sie kann auf einem Penny tanzen. Dicke Freundin von mir.» Seinem geröteten Gesicht und seinen bebenden Händen sah ich an, daß er Trinker war; er konnte nicht mehr als vierzig Jahre alt sein, aber er wirkte zu gebrechlich, um noch lange durchzuhalten. «Ich würde dir deine Kiste ja abnehmen, Kindchen, aber ich neige zu einer Schwäche der Arterien. Deshalb habe ich den Beruf aufgegeben.» Er stieg die Treppe hinauf, wobei er so freimütig und munter auf mich einredete, als seien wir seit vielen Jahren miteinander bekannt. «Nun bin ich Hauswart. Kapiert? Hauswirtin. Hauswart. Hauswirt gefällt mir nicht, dir etwa? Es klingt zu sehr nach Bier und Kneipen. Alle Music-Hall-Leute kennen mich als Austin. Einfach Austin.» Ich erlaubte mir, ihn zu fragen, was er früher auf der Bühne getan habe. «Ich war ein schwarzgeschminkter Akteur und dann ein lustiges Weib. Ich brauchte nur eine Perücke aufzusetzen, und alle quietschten los. Sie lachten sich jedesmal tot, Kindchen. Da sind wir. Göttin? Bist du zu Hause?» Er legte das Ohr auf sehr affektierte Art an die Tür und wartete ein paar Sekunden. «Schweigen im Walde. Ich glaube, wir drängeln uns einfach durch, meinst du nicht auch?» Er klopfte von neuem und öffnete dann langsam die Tür, bis der Blick auf eine äußerst chaotische Szene freigegeben wurde: Über das ganze Zimmer waren Federhüte und Miederteile, Spitzenhöschen und zerknüllte Röcke, Strumpfhosen und Schuhe verstreut. «Sie ist kein sehr ordentliches Geschöpf», sagte Austin. «Sie hat die Seele einer Künstlerin. Dein Bett ist dort drüben, Kindchen. In der Ecke da.» Es gab tatsächlich ein zweites Bett, aber es war mit Kleidungsstücken, Hutschachteln und Zeitungsausschnitten bedeckt. «Ich hatte mich schon gefragt, was aus dem Teekessel geworden ist», sagte er und entfernte einen braunen, emaillierten Gegenstand von meinem zukünftigen Kopfkissen. «Doris weiß ihren Tee zu schätzen.» Er schickte sich an, das Zimmer zu verlassen, als er sich plötzlich auf den Fersen umdrehte – eine komödiantische Bewegung, wie ich später herausfand – und auf übertriebene Art flüsterte: «Es kostet zehn Shilling pro Woche für ein halbes Zimmer. Dan sagt, er wird's von deinem Lohn abziehen. Einverstanden?»

Ich nickte. Mir schien, daß ich bereits ein neues Leben begonnen hatte, und ich war so begeistert über meine Verwandlung, daß ich sogar die Unordnung in diesem kleinen Zimmer voller Freude betrachtete. Sobald Austin verschwunden war, machte ich das Bett frei und legte meine ganze Kleidung auf einen Stuhl und einen Nachttisch daneben. Auf der Fensterbank standen ein paar Töpfe mit verwelkten Blumen, und als ich hinausschaute, konnte ich die neue Eisenbahn und eine Reihe von Speichern darunter erkennen. Alles war so verblüffend und unvertraut, daß ich wirklich den Eindruck hatte, aus der alten Welt entfernt und hinauf an einen gesegneten Ort der Freiheit gebracht worden zu sein. Sogar die Gleise auf dem Bahndamm schienen zu glühen.

«Ich weiß, was du denkst», sagte eine Frau hinter mir. «Du denkst, warum hab ich bloß mein kleines Hinterzimmer in Bloomsbury aufgegeben?»

«Ich komme aus Lambeth. Lambeth Marsh.»

«Es ist bloß ein Lied, Kindchen.» Ich hatte mich umgedreht und stand einer hochgewachsenen jungen Frau mit sehr langem schwarzen Haar gegenüber. Sie machte mir ein wenig angst, da sie ganz in Weiß gekleidet war. «Ich bin die Göttin des Seiltanzes», sagte sie. «Doris für dich.» Sie nahm sehr freundlich meine Hand, und wir setzten uns gemeinsam auf ihr Bett. «Dan hat mich auf deine Ankunft vorbereitet. Ach, du siehst ja halb verhungert aus.» Sie ging hinüber zu einer kleinen Kommode und kam mit einer Tüte Erdnüsse und einer Flasche Sprudel zurück. «Ich mache uns gleich ein paar schöne Stücke Toast mit Butter.» Wir saßen den Rest des Nachmittags beieinander. Ich erzählte ihr, daß meine Eltern in meiner frühen Jugend gestorben seien, daß ich mir meinen Lebensunterhalt als Näherin am Hanover Square verdient hätte und vor einer strengen Meisterin davongelaufen sei, bevor ich eine Unterkunft bei einem Segelmacher in Lambeth Marsh gefunden hätte. Danach seien der Onkel und Dan Leno auf mich gestoßen. Natürlich glaubte sie mir meine Geschichte – wer hätte es nicht getan? –, und während meiner ganzen Erzählung streichelte sie mir die Hand und seufzte. Einmal fing sie an zu weinen, wischte sich dann jedoch die Augen und sagte: «Achte nicht auf mich. So bin ich einfach.» Wir waren gerade dabei, nach meiner Geschichte sehr gemütlich eine Tasse Tee zu trinken, als an die Tür geklopft wurde.

«Fünf Uhr, Kinder.» Es war Austins hohe, weibliche Stimme. «Ouvertüre und Beginn, alles runter zur ersten Szene.»

«Kümmere dich nicht um ihn», flüsterte Doris mir zu. «Er ist ein Zechbruder. Weißt du, was ich meine? Nur noch einen einzigen?» Dann rief sie: «In Ordnung, mein Liebling! Wir bereiten uns schon gründlich vor!» Sie stand vom Bett auf und fing an, sich vor mir auszuziehen. Meine Mutter hatte sich beim Waschen immer versteckt, verstohlen und schamerfüllt, wie sie war, und ich starrte Doris' helle Haut und ihre Brüste an. Sie war das, was man in unserem Beruf statuenhaft nennt. Ich wusch mich ebenfalls rasch, und als sie sah, was für ein schlichtes Kleid ich angezogen hatte, legte sie mir sanft einen schönen Wollmantel um die Schultern, bevor wir zusammen das Haus verließen.

Ich wußte nicht, wie oder wann ich mit der Arbeit beginnen sollte, aber gehorsam wie immer begleitete ich Doris zum Washington. Es muß in der Nähe unserer Unterkunft gewesen sein, aber sie streckte die Hand aus und winkte einen Brougham heran. Zuerst dachte ich, sie wolle ihn mieten, aber als der Fahrer herunterschaute und sie vertraulich «Göttin» nannte, wurde mir klar, daß er etwas mit der Truppe zu tun haben mußte. «Ist es das Effs heute abend», fragte er, «oder das Old Mo?»

«Wir fangen in Battersea an, Lionel, und dann machen wir die Runde.»

«Wer ist das neue Vögelchen?»

«Das geht dich nichts an, und behalte die Straße im Auge.» Als wir in den Brougham eingestiegen waren, flüsterte Doris mir zu: «Lionel kommt dir vielleicht sehr nett vor, Kindchen, aber er ist kein Gentleman der alten Schule.»

Nur ein paar Minuten später trafen wir am Washington ein, und während wir zum Seiteneingang eilten, kam ein junger Mann mit einem Notizblock auf Doris zu. «Darf ich kurz mit Ihnen sprechen?» sagte er. «Ich bin von der *Era*.» Er drückte sich sehr höflich aus, und seine Augen waren so blaß wie die Marschen. Natürlich hätte ich nicht ahnen können, daß er eines Tages mein Ehemann werden würde. Es war John Cree.

ACHTZEHN

12. September 1880   Welch eine großartige Berichterstattung in der *Police Gazette*, obwohl die unscharfen Stiche der Angelegenheit schwerlich gerecht wurden. Man hatte mich mit einem Zylinderhut und einem Umhang abgebildet, im Einklang mit der allgemeinen Theaterdarstellung eines Nachtschwärmers oder Schwerenöters. Vermutlich sollte ich dankbar für die Anerkennung sein, denn nur ein Mitglied meiner Gesellschaftsschicht wäre einer so raffinierten Tat fähig gewesen, aber ich hätte mehr Wahrheitsnähe im künstlerischen Aufbau vorgezogen. Auch die Leiche der teuren Jane hätte präziser gezeichnet werden können; ihr fehlten etliche zarte Licht- und Schatteneffekte. Mezzotinto oder Punktiermanier sind sehr hilfreich, wenn man Atmosphäre erzeugen und auf die allgemeine Verschönerung durch Farbe verzichten will. Allerdings vermute ich, daß jeder Graveur einen Akt wie den meinen durch die einfache Kraft des altmodischen Grabstichels wiedergeben kann. Auch der Stil der Zeitungsberichte ließ einiges zu wünschen übrig: Sie erinnerten zu sehr an Schauergeschichten und waren durch eine erbärmliche Syntax gekennzeichnet. «Vor zwei Nächten verübte ein Teufel in Menschengestalt den abscheulichsten und furchtbarsten Mord, welchen diese Stadt je gesehen hat...» und so fort. Ich wußte, daß das gemeine Volk sein Leben am liebsten in das billigste Melodrama, mit Anklängen ans Schmierentheater, verwandeln möchte, aber sollten die gebildeteren Schichten der Zeitungswelt nicht nach etwas Höherem streben?

Und dann erinnerte ich mich an den Gelehrten. Es war schließlich eine Kleinigkeit, eine Hure zu töten – dadurch konnte kein echter oder dauerhafter Ruhm erworben werden. Ohnehin ist die Blutgier der Öffentlichkeit so stark, daß die ganze Stadt ungeduldig auf die Ermordung einer weiteren Dirne warten dürfte. Das wäre das Schöne an einem Anschlag auf den Juden: Er würde allgemeine Verwirrung auslösen und meinen Fortschritt mit solchem Glanz und solcher Aufregung umgeben, daß man jedem neuen Mord fieberhaft entgegensähe. Ich würde zum Vorbild der Epoche werden.

16. September 1880 Durch einen glücklichen Zufall beschloß meine geliebte Frau Lizzie, den Abend bei einer Freundin in Clerkenwell zu verbringen – eine ihrer alten Theaterkolleginnen, die, wie ich annehme, zur Zecherin geworden ist. Aber dadurch erhielt ich eine prächtige Gelegenheit, für meine kleine Überraschung zu sorgen. Ich kannte die Scofield Street recht gut und erinnerte mich ganz genau an das Haus, wo ich den Hebräer an jenem nebligen Abend verlassen hatte. Ich nahm mir vor, den Tag im Lesesaal zu verbringen, um mein Studium von Mayhew abzuschließen, bevor ich mich an meine Aufgabe machte. Ich sah ihn an seinem gewohnten Platz; er bemerkte mich nicht einmal, aber ich gab gründlich auf ihn acht. Als er von seinem Platz aufstand, um etwas im Katalog nachzuschlagen, trat ich zwanglos an seinen Schreibtisch wie jemand, der nur daran vorbeigehen wollte – wer hätte der Verlockung widerstehen können, das letzte Buch auf Erden zu betrachten, das sich ein solcher Mann zu lesen anschickte? Er hatte einen

Band offengelassen, so daß der Titel nicht zu erkennen war. Ich erhaschte nur einen Blick auf Tabellen mit kabbalistischen und hieroglyphischen Zeichen, die das Produkt irgendeines asiatischen Geistes sein mußten. Aber daneben lag ein neues Buch auf einem Katalog von Murchison's in der Coveney Street; deshalb wußte ich, daß er es gerade gekauft hatte. Es trug den Titel *Arbeiter im Morgengrauen*. Im Vorbeigehen konnte ich den Namen des Autors nicht entziffern, aber es schien ein seltsames Thema für einen deutschen Gelehrten zu sein. Dann kehrte ich an meinen eigenen Platz zurück und widmete mich Mayhew, bis mein Freund den Lesesaal verließ und in die Abenddämmerung hinaustrat.

Ich brauchte ihm nicht zu folgen, da ich sein Ziel kannte. Es war ein so schöner Abend, daß ich beschloß, mit meiner Zaubertasche zum Fluß zu spazieren. (Vielleicht würde jemand unterwegs die Dienste eines Chirurgen benötigen!) Ich ging an Aldgate und dem Tower vorbei, bevor ich in die Campion Street einbog. Der Abend war so klar, daß ich die Türme der Kirchen im Eastend sehen konnte, und ich hatte den Eindruck, daß die ganze Stadt in Erwartung eines großen Wandels zitterte; in jenem Moment war ich stolz darauf, daß sie mir ihre Ausdrucksmittel anvertraut hatte. Ich war ihr Bote geworden, während ich in Richtung Limehouse dahinschritt.

Am oberen Ende der Scofield Street, wo sie von der Commercial Road abgeht, stand eine Gaslaterne, aber die Strecke, die zum Fluß hinunterführte, war nun völlig dunkel. Nummer 7, mit der braunen Tür, lag direkt an der Lichtgrenze, hinter der die Straße mit den Schatten verschmolz. Es war ein gewöhnliches

Mietshaus, und man hatte die Tür noch nicht verriegelt. Ich schaute zu der Öllampe hinauf, die im oberen Stockwerk funkelte, und konnte mir gut vorstellen, wo ich meinen Gelehrten, über seine Bücher gebeugt, finden würde. Behutsam stieg ich die Treppe hinauf, um ihn nicht bei seinen Verrichtungen zu stören, und klopfte dann leise dreimal an seine Tür. Er fragte, wer es sei.

«Ein Freund.»

«Ich kenne Sie?»

«Gewiß.»

Er öffnete die Tür um einen Bruchteil, und ich stieß sie mit meiner Reisetasche weit auf. «Mein Gott», flüsterte er. «Was wollen Sie von mir?»

Es war nicht mein Jude, sondern ein anderer. Aber ich zeigte meine Überraschung nicht und trat vor, die linke Hand ausgestreckt. «Ich bin gekommen, um Ihre Bekanntschaft zu machen», sagte ich. «Um mit Ihnen über den Tod und das ewige Leben zu disputieren.» Dann hielt ich meine Tasche hoch. «Hierin liegt das Geheimnis.» Er machte keine Bewegung, behielt mich jedoch im Auge, während ich sie öffnete. «Sie und ich, wir beide haben ein Gefühl für das Heilige, nicht wahr? Wir durchschauen das Rätsel.» Ich nahm den Holzhammer heraus und schlug ihn nieder, bevor er aufschreien konnte. Obwohl ich ihm einen mächtigen Schlag versetzt hatte, war er noch nicht tot. Das Blut sickerte aus einer offenen Wunde durch den schäbigen Teppich, und ich kniete mich neben ihn, um ihm ins Ohr zu flüstern. «In Ihrer Kabbala entspringt alles Leben aus der *En-Sof.* Fliehen Sie nun also vor dem Abschaum der Materie, ich bitte Sie, und kehren Sie zum Nichts zurück.» Ich zog ihm seine schwarze Robe und seine Baumwollunterwäsche aus; auf einem Tisch neben seinem Bett stand eine Schüssel Wasser, und ich wusch ihn ehrfürchtig mit meinem eigenen Taschentuch. Danach holte ich mein Messer hervor und begann mit der Arbeit. Der Körper ist wahrhaftig eine *mappamundi* mit ihren Territorien und Kontinenten, ihren Flüssen aus Fasern und ihren Ozeanen aus Fleisch, und in den Gesichtszügen dieses Gelehrten konnte ich die geistige Harmonie des Körpers, wenn er von Gedanken und Gebet angerührt ist, erkennen. Er lebte noch und stöhnte, während ich ihn aufschnitt – stöhnte, glaube ich, vor Genuß, als der Geist aus dem geöffneten Körper hochstieg.

Ich hatte ein großes Verlangen danach, seinen Penis abzuschneiden und dadurch die Rituale seines Glaubens zu vervollständigen. Ich entfernte ihn, hielt ihn vor das Licht der Öllampe und musterte seine komplizierten Kurven und Linien. Wahrhaftig ein weiteres Werk Gottes. Neben der Lampe war ein geöffnetes Buch, und ich legte den Penis darauf – gab es einen besseren Ort, an dem das Fortpflanzungsorgan eines Gelehrten gefunden werden konnte? Aber was war das? Die Seite enthielt die Skizze irgendeines mächtigen Dämons und daneben eine kurze Geschichte des Golems. Ich wußte, daß ein solches Wesen wie ein Homunkulus aus rotem Ton hergestellt wird; aber nun las ich mit Interesse, wie es sich am Leben erhält, indem es sich von der menschlichen Seele ernährt. Natürlich handelte es sich um bizarren Unsinn, um eines jener Schreckgespenste aus der Nacht der Welt, aber es war ein amüsantes Zusammentreffen, daß das Blut des Gelehrten genau über den Namen des Geschöpfes lief, als hätte ich es mit einer reich skizzierten Seite aus einem illuminierten Manuskript zu tun. Der abgetrennte Penis und der Golem waren eins geworden. Ich verließ das Zimmer und eilte hinunter auf die Straße. Als ich die Ecke der Commercial Road erreichte, wollte ich gerade rufen: «Mord! O Gott, Mord!», doch da kreuzte eine schwarze, unglückbringende Katze meinen Pfad. Deshalb drohte ich dem Tier aus der Hölle mit der Faust und blieb stumm.

18. September 1880 Lizzie hat mich gebeten, sie zum Canterbury auszuführen, wo Dan Leno und Herbert Campbell gemeinsam auftreten, aber ich bin ihrer traurigen Bühnendarbietungen müde. Wie ich gerade aus den *Daily News* erfahre, bin ich als der Golem von Limehouse bekannt geworden. Was für Narren diese Leute sind.

NEUNZEHN

Und so war Salomon Weil verstümmelt zwischen seinen Büchern gefunden worden. Die brutale Ermordung des jüdischen Gelehrten, nur sechs Tage nach jener der Prostituierten in demselben Bezirk, löste bei den gewöhnlichen Londonern ein rasendes Interesse aus. Es war fast so, als hätten sie ungeduldig auf diese Morde gewartet – als forderten die neuen Bedingungen der Metropole eine lebhafte Identifizierung, eine krasse Bestätigung ihres Rufes als größte und finsterste Stadt der Welt. Dies erklärte wahrscheinlich den Eifer, mit dem der Begriff «Golem» aufgegriffen und publiziert wurde; nur wenige, die ihn benutzten, dürften sich seiner genauen Bedeutung bewußt gewesen sein, aber Kabbalisten glauben, daß schon der Klang oder die Buchstaben eines Wortes zu Zeichen seines spirituellen Sinnes werden können. Im Tonfall von «Golem» könnte die Öffentlichkeit mithin den Schrecken eines künstlichen Lebens und einer Gestalt ohne Geist erahnt haben – denn im Rhythmus und in der Modulation des Wortes hallt das englische «soul» («Seele») höhnisch wider. Es war ein Symbol für die Stadt, die die Menschen umgab, und die Suche nach dem Golem von Limehouse wurde seltsamerweise zu einer Suche nach dem Geheimnis von London selbst.

Einer von Weils Nachbarn hatte sich daran erinnert, einen ausländisch wirkenden Gentleman mit Bart gesehen zu haben, der das Haus in der Scofield Street verließ, aber er wußte nicht mehr genau, an welchem Abend es gewesen war. Doch während die Mitglieder des erst unlängst gegründeten Criminal Investigation Department ihre Nachforschungen fortsetzten, notierten sie Aussagen von weiteren Zeugen, die denselben bärtigen Ausländer gesehen hatten. Zum Beispiel war er in der Menschenmenge vor dem Musikrestaurant Pantheon an der Commercial Road beobachtet worden, und bei dieser Gelegenheit hatte ein achtsamer Kellner bemerkt, wie er etwas in ein kleines Notizbuch schrieb. Die Polizei war auch in der Lage, einen unmittelbaren Zeugen zu finden: Ein Hansomkutscher meldete sich, um auszusagen, daß er einen Gentleman von ähnlicher Erscheinung ein paar Abende zuvor in die Scofield Street gefahren habe. Er erinnerte sich deutlich daran, daß es der Abend des letzten großen Nebels gewesen sei, und er habe den Fahrgast an seinem üblichen Standplatz in der Great Russell Street einsteigen lassen. Der Gentleman sei mit Sicherheit aus dem Britischen Museum gekommen, denn er habe ihn schon früher in dieser Gegend gesehen. Leider hatte der Kutscher jedoch die Anwesenheit von John Cree am selben Abend vergessen. Zwei Kriminalbeamte der Abteilung «H» suchten den Vorsteher des Lesesaals am folgenden Morgen auf, und ihre Beschreibung des bärtigen Ausländers führte dazu, daß die Identität von Mr. Karl Marx rasch ermittelt wurde.

Marx selbst war seit dem Abend, als John Cree ihn im Lesesaal des Britischen Museums beobachtet hatte, an seine Wohnung gefesselt gewesen. Er hatte sich eine schwere Erkältung zugezogen, die durch den Abend bei Salomon Weil und seinen langen Spaziergang nach Hause unzweifelhaft verschlimmert worden war. Da er keine Zeitungen zu Gesicht bekommen hatte, war er über den Tod seines Freundes völlig im dunkeln – das heißt, bis Oberinspektor Kildare und Detektiv Paul Bryden am Morgen des 18. September seine Wohnung in der Maitland Park Road aufsuchten. Eleanor, eine von Marx' Töchtern, führte sie in dessen Arbeitszimmer im ersten Stockwerk. Sie pflegte damals auch ihre Mutter: Jenny Marx war seit ein paar Wochen krank, und bald würde diagnostiziert werden, daß sie an Leberkrebs litt. Das Zimmer, das die beiden Männer betraten, war mit überall verstreuten Büchern gefüllt, als hätte man ihnen den Geist ausgesogen und als wären sie dann erschöpft zu Boden gesunken. Schwerer Zigarrenrauch waberte durch das Zimmer, und Bryden wurde für einen Moment an die Gesangskeller und «Harmoniehöhlen» erinnert, die er als Neuling in der Metropolitan Police Force inspiziert hatte. Karl Marx saß an einem kleinen Schreibtisch in der Mitte des Raumes; er trug eine Brille mit Stahlrand, setzte sie jedoch ab, als die beiden Polizisten erschienen. Ihr Besuch beunruhigte ihn nicht allzusehr, denn er war seit dreißig Jahren an offizielle Aufmerksamkeit gewöhnt, und er begrüßte sie mit seiner üblichen Mischung aus Würde und Selbstbewußtsein. Aber er war vielleicht ein wenig verblüfft: In den letzten Jahren schien das Home Office jegliches Interesse an ihm verloren zu haben. Schließlich war er nun ein sehr bejahrter Revolutionär.

Er forderte die beiden Männer auf, auf dem Ledersofa unter dem Fenster Platz zu nehmen. Dann schritt er auf der kleinen Teppichbahn zwischen seinen Büchern hin und her und fragte sie höflich nach ihrem Anliegen. Kildare wollte wissen, wo Marx am Abend des sechzehnten gewesen sei, und dieser erwiderte, er habe mit einer Erkältung im Bett gelegen, von der er sich nun erhole. Seine Frau und seine beiden Töchter würden seine Anwesenheit im Haus an jenem Abend bestätigen, aber Entschuldigung, sei irgend etwas vorgefallen? Die Beamten unterrichteten ihn über den Tod von Salomon Weil, und er betrachtete sie einen Moment lang, hob die Hand an seinen Bart und murmelte etwas auf deutsch.

«Sie kannten ihn also, Sir?»

«Ja. Ich kannte ihn. Er war ein großer Wissenschaftler.» Marx nahm die Hand von seinem Bart und schaute sie ernst an. «Es ist ein Angriff auf den Juden», sagte er. «Es ist kein Angriff auf Salomon Weil.» Offenbar verstanden die Polizisten ihn nicht ganz, und er fuhr fort: «Wenn Sie nur wüßten, wie Menschen auf dieser Welt zu Symbolen von Ideen werden können.» Dann erinnerte er sich an seine Manieren und fragte sie, ob er ihnen Tee anbieten dürfe. Eleanor wurde von neuem hereingerufen, und nachdem sie das Zimmer verlassen hatte, verhörten die Polizisten Marx gründlicher über seine Beziehung zu Weil. «Ich bin ebenfalls Jude, aber das haben Sie vielleicht nicht gewußt.» Kildare antwortete nicht, doch er bemerkte, daß Marx ungeachtet seines Alters von einem Trotz und sogar einer Wut erfüllt war, die er kaum beherrschen konnte. «Wir unterhielten uns über die alten Geschichten und Legenden. Und wir diskutierten über Theologie. Wir beide lebten nämlich für unsere Bücher.»

«Aber Sie sind auch allein auf den Straßen von Limehouse gesehen worden, Sir.»

«Ich gehe gern spazieren. Ja, sogar in meinem Alter. Wenn ich spazierengehe, kann ich nachdenken, und die Straßen dort haben etwas an sich, das Besinnlichkeit hervorruft. Soll ich Ihnen ein Geheimnis verraten?» Kildare sagte immer noch nichts. «Ich schreibe ein Gedicht. In meinen früheren Jahren schrieb ich ausschließlich Dichtung, und nun, an einem Ort wie Limehouse, kann ich all den Zorn und die Sorge meiner Jugend heraufbeschwören. Deshalb gehe ich dort spazieren.» Er achtete kaum auf Eleanor, als sie den Tee hereinbrachte, und sie verließ das Zimmer so leise, wie sie es betreten hatte. «Aber haben Sie mich etwa im Verdacht, auch noch ein Mörder zu sein? Glauben Sie, daß ich rote Hände habe?» Die Anspielung entging ihnen nicht, denn sie hatten bereits die Akten über «Carl Marx» im Metropolitan Police Office studiert. Besonders intensiv hatten sie sich mit dem Spezialbericht befaßt, den der Kriminalbeamte Williamson sechs Jahre zuvor geschrieben hatte und der die Nummer 36 228 trug. Darin wurde empfohlen, Mr. Marx die Einbürgerung zu verweigern, denn er sei «der berüchtigte deutsche Agitator, das Oberhaupt der Internationalen Gesellschaft und Befürworter kommunistischer Prinzipien». Zudem hatte man gegen ihn ermittelt, als irische Revolutionäre das Gefängnis Clerkenwell angriffen, und nach dem Fall der Pariser Kommune hatte Innenminister Lord Aberdale ihn 1871 unter Überwachung gestellt.

«Das einzige, was ich an Ihren Händen sehe, ist die Tinte, die Sie benutzen», antwortete Kildare.

«Das ist gut. So soll es sein. Manchmal glaube ich, daß ich aus Tinte und Papier bestehe. Nun sagen Sie mir bitte, wie wurde Salomon ermordet?» Kildare blickte zur Tür des Arbeitszimmers hinüber, die Eleanor offengelassen hatte, und Marx schloß sie leise. «Ist da etwas...»

«Die Einzelheiten sind unangenehm, Sir.»

«Schildern Sie mir alles, wenn Sie so freundlich sein würden.» Marx hörte konzentriert zu, während Kildare erklärte, wie der Mörder Salomon Weils Schädel mit einem stumpfen Gegenstand, wahrscheinlich einem Holzhammer, zerschmettert und den Körper verstümmelt habe. Er beschrieb auch, wie verschiedene Organe im Zimmer verteilt worden seien und wie man den Penis auf der offenen Seite von Hartlibs *Wissen um heilige Dinge* auf dem Eintrag für «Golem» gefunden habe. Das sei der Name, den Marx in den Zeitungen lesen könne. «Nun wird dieser Mörder also als Golem bezeichnet?» Marx war sehr wütend, und ein paar Sekunden lang ließ er es zu, daß den beiden Beamten die volle Gewalt seiner Persönlichkeit enthüllt wurde. «Man spricht sich also von der Verantwortung frei und behauptet, daß der Jude von einem jüdischen Ungeheuer ermordet wurde! Lassen Sie sich nicht täuschen, Gentlemen. Es ist der Jude, der ermordet und verstümmelt wurde, nicht Salomon Weil. Es ist der Jude, der geschändet wurde, und nun wäscht man sich die Hände in Unschuld!»

«Aber eine Prostituierte ist ebenfalls brutal verstümmelt worden, Sir. Sie war keine Hebräerin.»

«Sehen Sie denn nicht, wie dieser Mörder genau auf die Symbole der Stadt einschlägt? Der Jude und die Hure sind die Sündenböcke in der Wüstenei von London, und sie müssen rituell geschlachtet werden, um irgendeinen entsetzlichen Gott zu besänftigen. Begreifen Sie das?»

«Sie meinen also, daß es sich um eine Art Verschwörung oder Geheimgesellschaft handelt?»

Karl Marx winkte ab und sagte auf deutsch: «Die

Philosophen haben die Welt nur verschieden interpretiert.»

«Bitte?»

«Ich kann es nicht in diesem Sinne für Sie interpretieren, Gentlemen. Ich rede nur von den realen Kräften, die diese Tode hervorgebracht haben. Mord ist nämlich ein Teil der Geschichte. Er findet nicht außerhalb der Geschichte statt. Vielmehr ist er das Symptom, nicht die Ursache einer großen Krankheit. Sie wissen, daß in den Gefängnissen von England mehr Häftlinge durch die Gewalt ihrer Gefährten sterben als durch Gerichtsverfahren.»

«Ich kann Ihnen nicht folgen.»

«Ich meine, daß die Straßen dieser Stadt ein Gefängnis für jene sind, die sich auf ihnen dahinbewegen.»

In diesem Moment wurde sanft an die Tür geklopft, und Eleanor erkundigte sich von draußen, ob die Gentlemen noch etwas Tee wünschten. Nein, sie seien gestärkt und benötigten nichts mehr; also trat Eleanor ein, um das Tablett hinauszutragen. Sie besaß etwas von der Ausgeglichenheit und der einst unbezähmbaren Energie ihrer Mutter, aber sie hatte auch die angeborene Theatralik ihres Vaters geerbt – was so weit ging, daß sie wie ihre Schwester Jenny auf eine Bühnenkarriere versessen war. Sie hatte bereits Stunden bei Madame Clairmont in der Berners Street genommen, doch obwohl sie die Possen der Varietés unterhaltsam fand, wäre in einer achtbaren Familie wie der ihren eine Laufbahn als *comique* oder *danseuse* niemals in Frage gekommen. Deshalb hatte sie eine ernstere Richtung eingeschlagen, und am Anfang der Woche war ihr ihre erste Rolle in *Vera oder die Nihilistin* von Oscar Wilde versprochen worden. Sie sollte Vera Sabouroff, die Tochter eines Gastwirts, spielen und war im stillen dabei, eine ihrer Textzeilen – «Sie sind hungrig und unglücklich. Laß mich zu ihnen gehen» – zu proben, als sie ins Arbeitszimmer ihres Vaters kam, um das Tablett zu holen.

Ihr Vater war an ihre Gegenwart gewöhnt und ließ sich nicht von seinen Ausführungen ablenken. «Die Dramatiker behandeln die Straßen als Theater, aber es ist ein Theater der Unterdrückung und Grausamkeit.»

«Sie sind hungrig und unglücklich. Laß mich zu ihnen gehen.»

«Was sagst du da, Lena?»

Sie hatte ihren Text ausgesprochen, ohne es zu bemerken. «Nichts, Vater. Ich habe nur laut gedacht», flüsterte sie und eilte hinaus.

Die beiden Kriminalbeamten waren nicht geneigt, noch viel länger in der Gesellschaft des alten Mannes zu verweilen, aber sie hörten ihm recht höflich zu, während er auf dem Teppichstreifen hin und her schritt. «Sind Sie zufällig des Französischen mächtig?» fragte er sie. «Wissen Sie, was ich mit den Worten *le mort saisit le vif* meine?»

«Hat es etwas mit dem Tod zu tun, Sir?»

«Das könnte sein. Es läßt sich auf sehr unterschiedliche Art übersetzen.» Er ging zum Fenster hinüber; von dort konnte er einen kleinen Park sehen, in den Kinder zum Spielen kamen. «Es hat auch etwas mit der Geschichte zu tun – und mit der Vergangenheit.» Er schaute zu einem kleinen Jungen hinunter, der einen Reifen trug. «Und ich nehme an, daß Salomon Weil der letzte seines Geschlechts war.» Er drehte sich zu den Kriminalbeamten um. «Was wird aus seinen Büchern? Die Sammlung darf nicht aufgelöst werden. Man muß sie sichern.» Die beiden musterten ihn voll Erstaunen über eine solche Frage und erhoben sich nun endlich, um ohne eine Antwort hinauszugehen. Sie glaubten nicht, ihren Mörder gefunden zu haben, obwohl Marx' Alibi gründlich geprüft werden mußte, und in den nächsten Tagen würde man ihn verfolgen, wann immer er das Haus in der Maitland Park Road verließ.

Marx blieb in seinem Arbeitszimmer, nachdem sie verschwunden waren, und versuchte, sich an die Einzelheiten seines letzten Gesprächs mit Salomon Weil zu erinnern. Er nahm ein Blatt Papier und machte sich, weiterhin stehend, kurze Notizen über alles, was ihm im Gedächtnis geblieben war. Ein beiläufiger Austausch war ihm immer noch gegenwärtig. Sie hatten über den Glauben einer Sekte jüdischer Gnostiker diskutiert, die Mitte des achtzehnten Jahrhunderts in Krakau blühte; ihr Hauptglaubensartikel betraf eine Form der fortwährenden Reinkarnation in der Unterwelt, durch welche die Bewohner der Erde ständig an anderen Orten und unter anderen Umständen wiedergeboren würden. Die böswilligen Geister der unteren Luftschicht seien manchmal imstande, eine entschwindende Seele in zwei oder drei «Flammen» oder «Blitze» zu zertrennen, so daß die Elemente derselben Person auf mehr als einen einzigen Körper der Neugeborenen verteilt werden könnten. Die Dämonen hätten noch eine andere Fähigkeit, die ihnen von Jehova, dem bösen Gott dieser Welt, gewährt worden sei: Manche hervorragenden Menschen würden mit dem vollen Wissen um ihr früheres Leben und ihre frühere Identität auf die Erde zurückgeschickt, aber sie dürften dieses Wissen – unter Androhung ewiger Folter – nie enthüllen. Erst wenn es ihnen gelinge, einen weiteren natürlichen Fortpflanzungszyklus auf dieser Erde durchzuhalten, werde ihr Geist endlich die Freiheit erhalten. «Wissen Sie, daß Sie Jesaja sind?» hatte Salomon Weil seinen Besucher an jenem Abend gefragt. «Oder sind Sie vielleicht Hesekiel?»

Er trat erneut ans Fenster und blickte zu den Kindern hinunter. Erwachte sein alter Freund in diesem Moment zu einem neuen Leben auf Erden? Gehörte er zu den Erwählten, und wußte er, daß er einst Salomon Weil gewesen war? Oder hatte seine Seele bereits die Freiheit erlangt? Aber das alles war Unsinn.

Er ging zu seinen Bücherregalen und nahm Thomas de Quinceys *Dialoge von drei Templern über die Volkswirtschaft* herunter.

ZWANZIG

Ich glaube, daß ich in einem früheren Leben eine große Schauspielerin gewesen sein muß. Sobald ich mit Doris die Bühne betrat, noch bevor das Gas angezündet worden war, fühlte ich mich in meinem Element. Natürlich war ich in jenen Anfangstagen bloß die Souffleuse und Textaufschreiberin, von so niederem Rang wie das Mädchen für alles oder der Gehilfe. Ich dachte genausowenig daran, zu singen oder zu tanzen, wie der Beleuchter davon geträumt hätte, ein komischer Plauderer zu werden. Aber, wie gesagt, die Bühne war mein Element.

Meine ersten Tage verbrachte ich damit, Dan Leno bei den Proben mit Charlie «Mir wird immer schwindlig» Boyd zuzusehen, und meine Aufgabe bestand darin, all die «Garnierungen» und «Zutaten» niederzuschreiben, die ihnen beim Lesen des Manuskripts einfielen. Ich hörte Dan zum Beispiel sagen: «Das wäre keine schlechte Zeile, nicht?» oder: «Kannst du dich dazu verstehen, diese kleine Sache hinzuzufügen?», worauf ich wußte, daß ich wie wild schreiben mußte, um den Faden seiner «Spontaneinlagen» (wie er sie nannte) nicht zu verlieren. Er war noch sehr jung, konnte sich aber bereits auf einen unendlichen Fundus von Pathos und komödiantischem Leid stützen. Ich fragte mich oft, woher er das hatte, da ich es in mir selbst nicht finden konnte, aber ich vermute, daß in seiner Vergangenheit irgend etwas Dunkles lag. Er lachte stets, er war nie still, und er vermochte die alltäglichsten Dinge so auszudrücken, daß man sie nie vergaß. Eines Tages kamen wir auf dem Rückweg vom

Effingham in Whitechapel am Tower von London vorbei, und er lehnte sich aus dem Fenster, um ihn zu betrachten. Er starrte ihn an, bis wir in die nächste Straße einbogen, und ließ sich dann seufzend in die Kutsche zurücksinken. «Also, das ist mal ein Gebäude, das eine lang verspürte Sehnsucht befriedigt.» Es lag an der Art, wie er es sagte – nicht wie ein Cockney-Komiker, sondern «in einer melodischen, melancholischen Manier der Munterkeit» (seine eigene Wendung).

Ich genoß also jene frühen Tage; damals beobachtete ich die anderen und lauschte ihnen, während sie auf der Bühne witzelten. «Hören Sie, Wachtmeister», sagte Charlie, «flitzen Sie dahin wie ein Blitz, oder sitzen Sie auf Ihrem Hosenschlitz?»

«Das ist zu derb.» Dan duldete diese Art von Humor einfach nicht. «Ich werde deinen Song ankündigen, einverstanden? Dann gehe ich ins Parterre hinunter und beginne meinen Monolog.» Der Song war Charlies Spezialität – «Gestern schenkte sie mir Zwillinge, nur um zu zeigen, sie ist 'ne Willige» –, und Dan übernahm die Rolle von Charlies ausgenutzter, gepiesackter Frau. «Ja, er brachte mich zum Krankenhaus. Was für ein herrlicher Ort. Voller Betten. Die Krankenschwester kommt auf mich zu und fragt: ‹Sind Sie wegen ihm hier?› – ‹Na ja, mein Kind›, sage ich, ‹er hat den Pferdebus bezahlt.› Was haben wir gelacht! Dann sage ich zu ihr: ‹Wenn Sie mir nur diese kleine Last abnehmen, verschwinde ich wieder.› – ‹Wann sind Sie fällig?› fragt sie. ‹Nicht das Baby, mein Kind. Ihn.› Oh, wie witzig.» Dan hielt inne und schaute zu mir herüber. «Da fehlt wohl der gewisse Funke, oder?»

Ich nickte. «Es ist nicht ganz mütterlich genug.»

Dan wandte sich an Charlie, der stumm seinen Lieblingstrick – flottes Rückwärtsgehen – vollführte. (Ich hatte ihn einmal auf der Bühne des Savoy-Varietés gesehen, wo er versuchte, einen vor einer vornehmen Gesellschaft wachenden Polizisten irrezuführen, indem er rückwärts ging und so tat, als trete er nicht ein, sondern komme heraus. Es war denkwürdig.) «Was meinst du, Charlie? War ich mütterlich?»

«Mich darfst du nicht fragen, mein Kleiner.» Er war vor lauter Sympathie seinerseits mütterlich geworden. «Ich habe so viele Kinder geboren, daß ich glaube, Noah muß über mich gekommen sein. Jedenfalls was sehr Altes und Hartes.»

Natürlich gab es häufig Scherze und Bemerkungen, die ich nicht zu hören vorgab. Es versteht sich, daß Music-Hall-Leute den Zotensack hervorholen, wie sie das nennen, aber ich wollte Dan davon überzeugen, daß ich so unschuldig war wie eine Kolombine in der Weihnachtspantomime. Ich wollte meine Tugend für die Bühne aufbewahren. Doris, die Göttin des Drahtseils, war immer sehr gut zu mir. Sie hatte meiner Waisengeschichte zugehört und beschlossen, «ein Auge auf mich zu haben». In kalten Nächten schliefen wir in einem Bett, und ich drückte mich an ihr Nachthemd, um ihre wohlige Wärme zu spüren. Und während wir es uns so gemütlich machten, führten wir Gespräche; wir träumten davon, daß der Prinz von Wales im Publikum wäre und nach der Vorstellung hinter die Bühne käme, um uns die Hand zu schütteln, oder davon, daß ein reicher Bewunderer uns jeden Tag fünf Nelken sandte, bis wir uns einverstanden erklärten, ihn zu heiraten. Unsere gemeinsame Freundin

Tottie Golightly, eine Bänkelsängerin und Humoristin, kam manchmal in unser Zimmer, um etwas Kartoffelbrei und Wurst mit uns zu essen. Sie war ein überaus modisch gekleidetes Geschöpf – mit hohen Knopfstiefeln, die im Licht der Gaslampe wie Diamanten glänzten –, aber auf der Bühne trug sie einen lädierten gelben Hut, einen drei Nummern zu großen Mantel und ein Paar uralte Schuhe. Beim Betreten der Bühne schwenkte sie stets einen alten grünen Regenschirm, der einem gigantischen Salatblatt glich. «Und was meint ihr dazu?» fragte sie gewöhnlich, wobei sie mit dem Schirm wedelte. «Umwerfend, oder? Großartig, oder? Damit könnte man in den Ärmelkanal steigen, ohne naß zu werden. Hab ich recht – oder sonst eine Frau?» Das letztere war ihre Parole, und immer, wenn sie zu dieser Wendung ansetzte, fiel das Publikum lautstark in den Rest des Satzes ein. Ihr berühmtes Lied war «Ich bin eine Frau, die wenig Worte macht»; nachdem sie es beendet hatte, verließ sie die Bühne für ein paar Sekunden und kehrte dann mit einem schimmernden Frack, Hose und Monokel zurück, um «Ich sah sie einst am Fenster» zu trällern. Ich sog das alles in mich auf und prägte es mir ein; schon damals wartete ich wohl ungeduldig auf den Tag, an dem auch ich mich schminken und ein Kostüm anlegen konnte.

Little Victor Farrell war ein weiterer Künstler aus unserer Truppe, und er fand unglücklicherweise an mir Gefallen. Er war höchstens einen Meter dreißig groß, aber er machte mit seiner Gestaltung des «Seekadettchens» einen gewaltigen Eindruck auf das Publikum. Er folgte mir überallhin, und wenn ich ihm riet zu verduften, lächelte er nur sarkastisch und wischte sich die Augen mit einem imaginären Taschentuch, das fast so groß war wie er selbst. «Laß uns runter in die Kantine gehen und ein Kotelett essen!» sagte er eines Abends, nachdem die Truppe im Old Mo aufgetreten war. «Hättest du nicht Lust auf ein Stück Fleisch, Lizzie?» Ich hatte gerade das Künstlerzimmer gesäubert und war zu müde, ihm eine Abfuhr zu erteilen; außerdem hatte ich einen Riesenhunger. Wir gingen also die Treppe hinab und unter die Bühne: Es war eine Art Barkeller, der aber nur von Künstlern und ihren Freunden besucht wurde. Diese «Freunde» waren die üblichen Theaterkavaliere und Schwerenöter, die jeder Frau aus der Zunft nachliefen. Aber mir liefen sie nicht nach, denn ein Blick auf mich genügte, um sie begreifen zu lassen, daß ich die Röcke für sie genausowenig heben würde wie für den Teufel.

In der Kantine gab es keine eleganten Fresken oder Blumen, nur ein paar einfache Tische und Stühle mit einem großen gesprungenen Spiegel an der Wand, so daß alle über ihre trüben Gesichter nachsinnen konnten. Es roch nach Tabak und Hammelkoteletts, und der Duft von vergossenem Gin und Bier rundete das Aroma ab. Ehrlich gesagt, ich haßte die Kantine, aber andererseits hatte ich Hunger. Little Victor Farrell ließ meinen Arm nicht los, als wolle er mich zur Schau stellen wie den ausgestopften Papagei, den er in seiner «Seekadettchen»-Nummer benutzte. Er dirigierte mich zu einem Tisch, an dem Harry Turner vor einem Glas Stout brütete. Harry erhob sich von seinem Stuhl, als ich herantrat – er war stets ein Gentleman –, und Victor fragte ihn, ob er noch ein Glas haben wolle, was er huldvoll akzeptierte. Harry war Statisticon, der Gedächtniskünstler, und es gab kein Datum und keine Tatsache, die ihm auf der Bühne nicht eingefallen wären. Eines Tages erzählte er mir seine Geschichte: Als Kind sei er auf der Straße von einer jener altmodischen Postkutschen fast zermalmt worden und habe drei Monate im Bett verbringen müssen. Er habe beschlossen, soviel wie möglich zu lesen, und plötzlich habe er begonnen, sich nur zum Vergnügen historische Daten einzuprägen; danach sei seine Karriere nicht mehr aufzuhalten gewesen. Das Rad der Kutsche war über sein Bein gerollt, und er hinkte immer noch, aber er hatte einen gesünderen Verstand als jeder andere, dem ich begegnet bin. «Eine Bitte, Harry», sagte ich, um mir die Zeit zu vertreiben, während Victor zur Bar ging. «An welchem Datum wurde das Old Mo erbaut?»

«Lizzie, du weißt doch, daß ich es am liebsten auf der Bühne tue.»

«Nur die eine Frage!»

«Es wurde am 11. November 1823 eröffnet, nachdem es vorher als Kapelle für die Schwestern der Barmherzigkeit gedient hatte. Das ursprüngliche Fundament wurde am 5. Oktober 1820 ausgegraben, und man stellte fest, daß es aus dem sechzehnten Jahrhundert datiert. Bist du jetzt zufrieden?»

Victor war mit dem Gewünschten zurückgekommen und tauschte bereits ein paar stumme Gesten mit seinen Freunden aus. «Laß uns an deinem Gedächtnis teilhaben, Harry. Wer ist der alte Knabe dort drüben?» Victor blickte zu einem angejahrten Kerl hinüber, der dicht neben einer Komikerin saß und sich äußerst behaglich zu fühlen schien. «Seht euch den

Ring an», sagte Victor. «Er muß vor Geld stinken. Im Kies schwimmen.»

«Der älteste Mann im Land war Thomas Parr», erläuterte Harry. «Er starb 1653 im Alter von hundertdreiundfünfzig Jahren. Ein guter Mann läßt sich nicht unterkriegen.»

«Ich weiß, wo man einen guten Mann hochkriegt», flüsterte Victor mir zu. Ich nahm sanft seine Hand und knickte die Finger so weit zurück, daß seine Schreie durch die ganze Kantine zu hören waren. Erst als die anderen ihre Gespräche einstellten und zu uns hinüberstarrten, ließ ich ihn los. Victor erklärte, daß ich auf sein Hühnerauge getreten sei.

«Weißt du nun Bescheid?» raunte ich ihm wütend zu.

«Für eine Frau bist du ganz schön kräftig, Lizzie.» Er schwieg, um seine gequetschten Finger zu untersuchen. «Würdest du meine tiefempfundene Entschuldigung entgegennehmen? Findest du, daß ich mich zu sehr in den Vordergrund schiebe?»

«Vergiß nie wieder, daß ich unschuldig bin.»

«Du *mußt* doch über fünfzehn sein, Lizzie.»

«Nein, *muß* ich *nicht*. Los, bestell mir eine gebackene Kartoffel, bevor ich dir noch mal weh tue.»

Victor gehörte zu denen, die gern trinken. Ich wußte, daß er in den billigen Varietés auftrat und mit «Flüssiggeld» bezahlt wurde. Er selbst hatte es mir erzählt, und er war stolz darauf, daß er soviel trinken konnte wie jeder Mann von normaler Größe – «ich kann eine Maß in einen Fingerhut gießen», wie er sich ausdrückte. An jenem Abend machte er seinem Ruf alle Ehre; er wankte und taumelte, was das Zeug hielt, und als er schließlich unter den Tisch glitt, ließ ich ihn ein paar Sekunden lang unter meinen Rock gukken. Aber dann befühlte er meinen Knöchel, und ich gab ihm einen so brutalen Tritt, daß er an der anderen Seite herauskam. Gerade wollte ich aufstehen und ihn noch einmal treten, als ein junger Mann an unseren Tisch eilte. «Haben Sie Unterstützung nötig?» fragte er. Ich erkannte ihn sofort: Es war John Cree, der Reporter von der *Era*, der Doris angesprochen hatte, als wir im Washington auftraten.

«Bitte, helfen Sie mir, Sir», sagte ich. «Ich hätte mich niemals an diesen schrecklichen Ort bringen lassen dürfen.»

Er begleitete mich die Treppe hinauf und führte mich auf die kleine Gasse neben dem Theater hinaus. «Fühlen Sie sich wirklich wohl?» Er wartete, während ich meine Fassung zurückgewann. «Sie sehen blaß aus.»

«Ich bin sehr schlecht behandelt worden», erwiderte ich. «Aber es muß wohl einen Schutzengel geben, der mich vor dem Bösen bewahrt.»

«Darf ich Sie irgendwohin begleiten? Die Straßen in einer solchen Gegend...»

«Nein, Sir. Ich kann mich selbst zurechtfinden, und ich bin an die Nacht gewöhnt.» Darauf entfernte er sich, und ich ließ mir von der Londoner Luft den Tabakrauch aus der Lunge treiben. Was für eine seltsame Nacht es geworden war, und sie war noch längst nicht zu Ende. Denn ein paar Stunden nach meiner Begegnung mit John Cree, im ersten Morgenlicht, wurde die Leiche von Little Victor Farrell zwei Straßen weiter in einem Kellergeschoß entdeckt. Sein Genick war gebrochen – zweifellos, nachdem er im Rausch hinuntergestürzt war. Er hatte die Kantine «stark angeduselt» verlassen, wie einer seiner Zechbrüder aussagte, und man glaubte, daß er durch die Nacht gewandert und irgendwie die Kellertreppe hinuntergepurzelt sei. Das «Seekadettchen» war nicht mehr.

Am folgenden Tag hatten wir eine Matinee, und Onkel spielte den Untröstlichen. «Victor war ein Riesenkomiker», sagte er zu mir, wobei er sein Taschentuch bereit hielt, «obwohl er so klein war. Ich dachte, er könnte Alkohol vertragen, aber ach, wie Shakespeare immer sagte, da irrte ich mich sehr.» In jenem Moment war es Onkel, der den Alkohol nicht vertragen konnte, denn die meisten Künstler hatten ihm aus Mitleid bereits «nur den einen» spendiert. «Er begann als Straßensänger, Lizzie. Schon als er fünfundsiebzig Zentimeter groß war, sang und spielte er auf den Straßen.» Er hob sein Taschentuch hoch, aber nur, um sich die dicke Nase auszuschnupfen. «Ich weiß noch, wie er im alten Apollo in Marylebone zum erstenmal bei uns auftrat. Er wurde als ‹Die Krabbe mit Gefühl› angekündigt. Hat er dir jemals ‹Die Pensionskatze› vorgesungen?»

«Nur mit der Ruhe, Onkel.» Ich gab ihm einen sanften Kuß auf die feuchte Stirn. «Er war ein guter Witzbold, und nun ist er auf die große Bühne im Himmel weitergezogen.»

«Ich bezweifle, daß es dort ein Varieté gibt, Kindchen.» Er schnaubte ein wenig, halb ein Lachen, halb ein Seufzer. «Ach egal, alles Fleisch ist Gras.»

Ich spürte, daß meine Gelegenheit gekommen war. «Ich habe mir was überlegt, Onkel. Du weißt doch, daß Victor wie ein zweiter Vater für mich war...»

«Ja, natürlich.»

«... und daß ich gehofft habe, ihm ein wenig Anerkennung zu zollen?»

«Sprich weiter, Kindchen.»

«Ich frage mich, ob du mir erlauben würdest, heute abend seine Nummer zu übernehmen. Ich kenne all seine Lieder auswendig.» Er betrachtete mich einen Moment lang ernst, drum sprach ich noch rascher weiter. «Ich weiß, daß jetzt eine Lücke im Programm klafft, und da ich richtig von ihm Abschied nehmen wollte...»

«Aber du bist um einiges größer, Lizzie. Würde das klappen?»

«Genau das wäre doch der Witz daran. Würde Victor nicht darüber lachen?»

«Da bin ich mir nicht sicher, Kindchen. Aber wenn du es mir zeigen willst.»

Da ich Little Victor sehr aufmerksam beobachtet hatte, kannte ich mich mit seinem Geplauder und seiner Darbietung gut aus. Zwar trug ich kein Kostüm, aber ich sang Onkel «Wenn's jemals wo 'nen Spitzbuben gab» vor und hüpfte in der bekannten «Seekadettchen»-Manier auf und ab.

«Du hast den richtigen Schwung», sagte er.

«Victor hat mit mir trainiert. Er meinte, ich hätte ein so lustiges Gesicht, daß es schade wäre, es nicht einzusetzen.»

«Und das Trällern fällt dir jedenfalls nicht schwer.»

«Vielen Dank, Onkel. Glaubst du, daß Victor mir die Chance gewünscht hätte, es zu zeigen?»

Er schwieg für eine Minute, und mir war klar, daß er über den Reiz des Neuen nachdachte: Wenn er mich nun zu einer Komikerin oder akrobatischen Tänzerin machen konnte? «Meinst du, daß wir dich als Little Victors Tochter vorstellen sollten? Aus dem Kleinsten sollen schließlich tausend werden...»

«Ich habe ihn immer für meinen zweiten Vater gehalten. Er war so gut zu mir.»

«Das weiß ich, mein Kind. Er war sehr väterlich.»

Nachdem ein paar Tränen vergossen worden waren, kamen wir also überein, daß ich an jenem Abend mit Little Victors Nummer auftreten würde. Ich glaube, Dan mißbilligte den Plan, aber als er die Begeisterung sah, die mein Gesicht erstrahlen ließ, brachte er es nicht übers Herz, das Ganze zu verbieten; darauf hatte ich mich verlassen. Man kann sich meine Nervosität vorstellen, als ich zum erstenmal in mein Kostüm schlüpfte. Little Victors Kleidung war natürlich zu klein für mich, aber genau das sollte die Leute zum Lachen bringen. Während wir uns umzogen, sagte ich zu Doris, es sei seltsam, wie Meerwasser die Siebensachen eines Seekadetten schrumpfen lassen könne. Wir waren mit einigen der anderen Jungen und Mädchen im Künstlerzimmer, und alle liefen herum und lachten mit der Art Heiterkeit, die sich nach einem Todesfall einstellt. Niemand hatte Little Victor wirklich geliebt oder auch nur gemocht – trotzdem trauerten alle über das Hinscheiden des Kollegen, indem sie versuchten, noch ein bißchen munterer als sonst zu sein.

«Firrtlstunne.» Es war der Gehilfe.

Doris öffnete die Tür und rief ihm nach: «Wie ist das Publikum, Sid?»

«Wie Wachs. Kein Problem.»

Ich war zwischen den Balletttänzern und den Äthiopischen Serenadensängern an der Reihe. Der Requisiteur, der mich in der Ecke zittern sah, kam herbei und legte den Arm um mich. «Du weißt doch, was die Leute sagen, Lizzie? Ein bißchen Neckerei bringt uns auf Touren. Wenn sie dich auspfeifen, flötest du einfach zurück.» Es waren nicht gerade beruhigende Worte, aber zweifellos hatte er es gut gemeint.

Nachdem ich als Little Victors Tochter angekündigt worden war, geriet die Menge außer Rand und Band. Alle wußten von seinem Unfall – kein Wunder in dieser Gegend –, und als ich in seiner alten Kleidung erschien und «Alles für den lieben Herrn Papa» sang, begriff ich sofort, daß ich sie in der Hand hatte. Ich ritt ein wenig auf dem Tod herum, dann ging ich zu ein paar Scherzen über, die ich mir aus Victors Nummer eingeprägt hatte, gefolgt von einigen alten Späßen über verlorengegangene Taschentücher. Aber ich hatte auch einen eigenen Trick. Da ich wußte, wie seltsam – groß und verunstaltet – meine Hände immer noch waren, hatte ich weiße Handschuhe angezogen, die ihre Größe betonten. Ich hielt die Hände vor mich und stöhnte: «Seht euch die blöden Baumwollhandschuhe an!» Die Zuschauer bejubelten diesen Satz, denn er schien irgendwie den richtigen Ton zu treffen, und dann ließ ich das Liedchen folgen, das so sehr Furore macht: «Es ist schon wieder Sonntag.» Vermutlich hätte ich ewig so weitermachen können, aber ich sah, wie Onkel mir aus den Kulissen zuwinkte. Ich eilte hinüber, während die Zuschauer noch pfiffen und mit den Füßen trampelten.

«Noch eine Zugabe», sagte er, «und dann geh ab, wenn sie noch mehr haben wollen.» Ich hüpfte zurück auf die Bühne und sang die zweite Strophe:

Keine Gans darf leben, keine Katze kätzeln,
Keine Henne darf aufs Nest sich setzen,

So sehr sie's schmerzt in den Gelenken,
Sie darf ans Brüten nicht mal denken,
Denn kein Geschäft erlaubt der Sonntag,
Warten muß es bis zum Montag.

Ich sang die Strophe besonders gut, weil ich mich an meine Mutter erinnerte und daran, wie sie mich immer zu der kleinen Kirche mit dem Blechdach geschleppt und mir meinen eigenen Sonntag verdorben hatte. Und während ich auf der Bühne tanzte, hatte ich die sehr vergnügliche Empfindung, auf ihrem Grab herumzustampfen. Wie ich frohlockte! Und deshalb liebten sie mich. Münzen regneten auf die Bühne, und Onkels Anweisung zum Trotz gab ich noch eine Zugabe, nämlich den Refrain von «Hoch geht der Preis von Fleisch». Danach wurde so laut gepfiffen und getrampelt, daß ich meine eigenen Dankesworte kaum hören konnte. Ich war so aufgepeitscht und selig, als wäre ich gestorben und gen Himmel aufgefahren. Und in gewisser Weise war ich tatsächlich gestorben. Mein altes Ich war tot, und die neue Lizzie, Little Victors Tochter mit den blöden Baumwollhandschuhen, war endlich geboren.

Dan war wohl immer noch verärgert, weil ich Little Victors Nummer übernommen hatte, aber er sah ein, daß ich meine Sache gut gemacht hatte. Ich war noch unerfahren in der Welt der Music-Halls, doch im Verlauf der nächsten Wochen und Monate rückte mein Name auf den Plakaten stetig höher. Ein Lied, «Das Loch im Fensterladen oder Ich bin noch zu jung, um Bescheid zu wissen», wurde zu meiner Erkennungsmelodie, aber ich begriff bald, daß meine Begabung nicht auf dem Gebiet des gewöhnlichen Tanzes oder Gesangs, sondern auf dem der Komik lag. Ich war eine gute Possenreißerin, und rasch hatte ich eine eigene Parole, die unter meinen Namen gedruckt wurde: «Lustig, ohne vulgär zu sein.» All meine Szenen sind mir unverfälscht im Gedächtnis geblieben. Ich tat so, als wäre ich eine bewegliche Umkleidekabine, und sang: «Warum kommt das Meer nicht nach London?» Dann gab ich den Leuten mit «Er macht's bestimmt nicht wieder für lange, lange Zeit» den Rest. Ich sah nie die Anzüglichkeit darin – so war ich eben – und trug es als harmloses Liedchen über eine Frau vor, deren Mann sie einmal im Jahr zu einer Dampferfahrt nach Gravesend ausführt. Es muß die Art und Weise gewesen sein, wie ich das Wort «macht's» aussprach – jedenfalls brüllten sie vor Vergnügen.

Ich fand auch nie heraus, woher das Komödiantentum kam. Jenseits der Bühne war ich nicht besonders komisch, und in mancher Hinsicht neigte ich vielleicht sogar zu Trübsal. Es war, als hätte ich eine zweite Persönlichkeit, die jedesmal, wenn ich im Gleißen der Gasbeleuchtung stand, aus meinem Körper hervordrang, und zuweilen überraschte sie sogar mich selbst durch ihre Slangreime und ihre Cockney-Sprüche. Inzwischen hatte sie ein eigenes Kostüm – ein zerbeulter Hut, ein langer Rock und hohe Stiefel schienen sich am besten für sie zu eignen –, und wenn ich es langsam anzog, tauchte sie auf. Manchmal war sie jedoch unkontrollierbar, und eines Abends gab sie im Palace in Smithfield ein Bibelpotpourri mit sehr boshaftem Geplauder über David und Goliath von sich. In jener Music-Hall saß eine große Zahl von Hebräern, welche die Nummer begeistert aufnahmen. Aber am folgenden Tag beschwerte sich eine Abordnung der Gesellschaft für die Verbreitung des Evangeliums beim Direktor. Ich weiß nicht, was die überhaupt im Publikum zu suchen hatten, doch Little Victors Tochter mußte diesen speziellen Vortrag hinfort auslassen. Natürlich hatte ich meine Bewunderer. Jede Künstlerin kann bezeugen, daß wir alle von Verehrern belästigt werden. Sie nahmen den Mund voll, aber die meisten waren nur schäbige Busschaffner oder städtische Angestellte. Zum Glück teilten Doris und ich uns weiterhin die Bude in New Cut, und wir marschierten immer geradewegs an ihnen vorbei. «Ich bin zwar kein Blondin», sagte sie einmal, «aber ich kann geradeaus gehen, wenn es nötig ist.» Sie blieb die Göttin des Drahtseils, wenigstens für ihre Bewunderer, doch Little Victors Tochter galt in Varietékreisen bald als «das Tollste». Trotzdem blieben wir die besten Freundinnen, und nach der Show zogen wir uns am liebsten in unser Zimmer zurück, um uns einen schönen Teller Schinken und Gemüse zu teilen. Ich war nach meiner Vorstellung immer überreizt – und nach Doris' Besorgnis zu urteilen, manchmal ein wenig hysterisch –, aber nach einer Weile verschwand Little Victors Tochter, und Lizzie kam zurück. Ich mußte nur darauf achten, der Waisengeschichte, die ich ihr bei meinem Eintreffen in der Pension aufgebunden hatte, nicht zu widersprechen, aber das war kein Problem. Schließlich hatte ich eine ganze Lebensgeschichte erfunden, durch die ich für mich selbst viel interessanter wurde, und es fiel mir nicht schwer, sie aufrechtzuerhalten.

Hin und wieder gesellte sich Austin mit ein paar Flaschen Stout zu uns und erging sich in Erinnerungen an die alte Zeit, als er in den «Harmoniehöhlen» und «Gesangsschreinen» ein männlicher Sopran gewesen war. «Ich hatte eine herrliche Stimme», teilte er uns eines Abends vertraulich mit, «und wenn ich in den Gartenrestaurants auftrat, war ich wie ein Engel vom Himmel. Ich hätte mich auf die Klassik stürzen können, meine Süßen, um ein neuer Master Betty zu werden. Aber die Eifersucht der Kollegen hielt mich zurück. Aus Furcht ließ man mich nicht auf die Bretter und verweigerte mir Drury Lane. Na ja, Kinder, soll ich eingießen?» Er schenkte uns Stout nach und erging sich mit Doris im Klatsch des Tages: daß der Bauchredner einer jungen «Schwarzkorkentänzerin» aus Basildon den Hof mache und daß Clarence Lloyd sturzbetrunken in seinem Weibskostüm vor einer Seemannsmission aufgefunden worden sei. Der arme Clarence sei wegen unsittlicher Belästigung verhaftet worden (behauptete Austin jedenfalls), und während man ihn zur Wache abführte, habe er «Zu meines ersten Gatten Zeit» gesungen. Aber irgendwie wandte sich unser Gespräch immer wieder Dan zu – oder «Mr. Leno», wie Austin ihn unweigerlich nannte, wenn er betrunken war. Dan blieb uns immer ein Rätsel, obwohl seine Rätselhaftigkeit eigentlich in seiner künstlerischen Leistung bestand, die sich sogar dem schlichtesten Publikum eröffnete. «Man redet von Tennyson und Browning», sagte Austin häufig, «und ich bin der letzte, der das Genie dieser beiden Gentlemen bestreitet, aber glaubt mir, Mädchen, Mr. Leno ist der *Größte.*»

Es stimmte: Dan war erst fünfzehn Jahre alt, aber er spielte so viele Rollen, daß er kaum Zeit hatte, er selbst zu sein. Und doch war er irgendwie immer er selbst. Er war die Indianersquaw, der Kellner, die Melkerin oder der Zugführer, aber dabei handelte es sich stets um Personen, die er, Dan, aus dem Nichts heraufbeschwor. Wenn er den kleinen Ladenbesitzer spielte, nahmen die Kunden Gestalt an, die sich mit ihm stritten, ebenso wie die Gassenjungen, die ihn neckten. Wenn er vor sich hin murmelte: «Ich lasse eben mal den Gorgonzola von der Kette», konnte man den Käse riechen, und wenn er so tat, als erschieße er den Gorgonzola, um ihn von seinem Leid zu erlösen, konnte man das Gewehr sehen und den Schuß hören. Wie sie alle brüllten, wenn er zum erstenmal die Bühne betrat; er rannte hinunter zu den Rampenlichtern, schlug mit den Füßen einen Trommelwirbel und hob das rechte Bein, bevor er es heftig auf die Bretter donnern ließ. Dann war er plötzlich die griesgrämige alte Jungfer, die nach einem Mann Ausschau hielt.

«Er kennt keine Grenzen», sagte Onkel eines Abends zu mir, als wir das Desiderata in Hoxton verließen. «Einfach keine Grenzen.» Onkel umklammerte meinen Arm etwas zu kräftig, aber da er in der Vergangenheit so gut zu mir gewesen war, machte ich mich sehr behutsam los. Er schien es nicht zu bemerken. «Was würdest du von einer schönen Portion Fish and Chips halten, Lizzie, mein Kind? Damit du was Heißes in den Magen kriegst.» Ich wollte gerade Müdigkeit vorschützen, da kam kein anderer aus dem Schatten von Leonard's Rents als der junge Mann, der mich vor so vielen Monaten vor Little Victors Zudringlichkeit gerettet hatte. Seitdem hatte ich ihn ein paarmal bei anderen Gelegenheiten flüchtig gesehen und damit gerechnet, daß er mich irgendwann für die *Era* interviewen werde. Leider war er immer sehr respektvoll und hielt sich auf Distanz. Er hob den Hut vor mir, als wir vorbeischritten, und da er vielleicht fand, daß Onkel sich ein wenig zu freundschaftlich benahm, erkundigte er sich nach meinem Befinden. Onkel warf ihm einen Blick zu, als habe er einen «Schwerenöter» vor sich, und wollte weitergehen, aber ich blieb einen Moment lang stehen. «Nett von Ihnen, daß Sie fragen, Mr. ...»

«John Cree von der *Era*.»

«Es geht mir sehr gut, Mr. Cree. Mein Manager begleitet mich gerade zu meinem Brougham.» Ich benahm mich sehr würdevoll, und sogar Onkel war beeindruckt. Aber fortan dachte ich häufig an Mr. John Cree.

EINUNDZWANZIG

An dem Morgen, als die Kriminalbeamten Karl Marx verhörten, saß George Gissing an seinem gewohnten Platz unter der Kuppel des Lesesaals im Britischen Museum. Zwei lange Tische waren für Damen reserviert, und Gissing hielt sich stets so fern von ihnen wie möglich. Nicht, daß er ein Frauenfeind gewesen wäre – weit davon entfernt –, aber er war noch jung genug, um sich der Illusion hinzugeben, daß das Streben nach Wissen eine klösterliche und selbstverleugnende Tätigkeit zu sein habe, bei der der Geist den Körper durchfluten oder überwinden müsse. Ohnehin kam er auch deshalb in den Lesesaal, um dem zu entfliehen, was er – eine Reverenz an Nietzsche, den er gerade gelesen hatte – «die Gegenwart des weiblichen Willens» nannte. Dabei handelte es sich um mehr als ein theoretisches Interesse seinerseits, denn er glaubte in der Tat, daß sein ganzes Leben von der Gegenwart einer Frau zerstört worden sei.

Damals war er achtzehn Jahre alt gewesen: ein eifriger, vielversprechender Student am Owens College in Manchester, der sich auf seine Aufnahmeprüfung für die Universität London vorbereitete, als er Nell Harrison kennenlernte. Sie war erst siebzehn Jahre alt, aber bereits eine Alkoholikerin, die sich ihre Getränke durch Prostitution verdiente. Gissing vernarrte sich nach einer zufälligen Begegnung in einer Gastwirtschaft in Manchester in sie; er war Idealist und glaubte im Einklang mit der besten Theatertradition, Nell «retten» zu können. Die Literatur bedeutete ihm alles, und sein ganzer Hang zu erzählender und sentimentaler Dramatik richtete sich auf diese junge Frau. Möglicherweise rief ihr Name auch Kindheitserinnerungen an Klein Nells verhängnisvolle Wanderschaft in Dickens' *Der Raritätenladen* wach, aber es ist wahrscheinlicher, daß der romantisch veranlagte junge Literat von ihrer Trunkenheit und Prostitution fasziniert war – hier hatte er es mit einer modernen Geächteten zu tun, die den Büchern von Emile Zola hätte entsprungen sein können. In diesem Sinne hatte er kein Recht, sie für all sein Mißgeschick verantwortlich zu machen, denn es war teilweise das Ergebnis seiner eigenen Verblendung.

Die Tragödie seines Lebens ereignete sich bald nach ihrer ersten Begegnung. Er benutzte sein Stipendium, um sie zu ernähren und mit Kleidung zu versehen, und er kaufte ihr sogar eine Nähmaschine (damals eine relativ neue Erfindung), damit sie sich einen schicklichen Lebensunterhalt als Näherin verdienen konnte. Aber sie vertrank die Beträge, die er ihr besorgte, und infolge ihrer unablässigen Geldforderungen begann er seine Kommilitonen am Owens College zu bestehlen. Im Frühjahr 1876 wurde er vom College-Wachpersonal ertappt, worauf man ihn verhaftete und zu einem Monat Zwangsarbeit im Gefängnis von Manchester verurteilte. Er war der begabteste und belesenste Student seiner Generation gewesen, aber mit einem Schlag schien er jegliche Hoffnung auf akademischen und gesellschaftlichen Aufstieg verloren zu haben. Nach seiner Freilassung reiste er nach Amerika, wo er jedoch keine Möglichkeit zum Überleben fand. Deshalb kehrte er nach England oder, zutreffender gesagt, zu Nell zurück. Er kam nicht von ihr los (vielleicht wollte er es auch nicht), und so begaben sie sich gemeinsam nach London. Hier zogen sie von einer billigen Pension zur anderen um, sobald Nells Gewerbe entdeckt wurde. Trotzdem hielt er an ihr fest. Es klingt wie ein Melodram von der Londoner Bühne, das auf den Brettern eines «Unterhaltungstheaters» wie der Cosmotheka in der Bell Street vorgeführt werden könnte, aber es ist eine wahre Geschichte – die wahrste, die George Gissing je vollendete. Er war ein leidenschaftlicher Gelehrter, ein vortrefflicher Philologe und Kenner der Klassik, der es unter günstigeren Umständen längst zum Mitglied einer der alten Universitäten oder zum Dozenten am neuen University College in London hätte bringen müssen. Statt dessen war er an eine vulgäre Prostituierte gebunden, eine Trinkerin und Schlampe, die all seine Hoffnungen auf einen normalen Aufstieg durchkreuzt hatte. So schätzte Gissing sein ganzes Leben ein, aber gleichwohl heiratete er Nell im Frühjahr 1880. Nun, in der Wärme des Lesesaals, war ihm bewußt, daß auch diese formelle Verbindung nicht genügt hatte, um sie von ihren alten Gewohnheiten abzubringen.

Allerdings hatte er seine eigenen literarischen Ambitionen nie völlig aufgegeben; es gelang ihm, sich seinen Lebensunterhalt als Privatlehrer zu verdienen, doch hoffte er auch, Aufsätze und Rezensionen für die Londoner Zeitschriften verfassen zu können. «Romantik und Verbrechen» zum Beispiel war vom Chefredakteur der *Pall Mall Review* zu einem großen Erfolg erklärt worden, und Gissing schickte sich nun an, die erste Fassung seines Artikels über Charles Babbage fertigzustellen. Mit Hilfe einiger geringer Ersparnisse hatte er es auch geschafft, im Frühjahr desselben Jahres (nur ein paar Tage nach seiner Eheschließung mit

Nell) seinen ersten Roman veröffentlichen zu lassen; er trug den Titel *Arbeiter im Morgengrauen* und begann mit einem Satz, der später einen seltsamen Widerhall in Gissings eigenem Leben finden sollte: «Geh mit mir, Leser, in die Whitecross Street.» Bis zum Herbst waren jedoch trotz bescheidener Lobpreisungen in der *Academy* und im *Manchester Examiner* nur neunundvierzig Exemplare verkauft worden, und er begriff, daß er sich in der unmittelbaren Zukunft auf den verläßlicheren Lohn des Journalismus stützen mußte. Nun mühte er sich also mit einem Artikel über die erstaunlichen Erfindungen von Charles Babbage ab.

Aber Gissing war kein Naturwissenschaftler, und in diesem Moment fiel es ihm schwer, Babbages Prinzipien der numerischen Form im Rahmen von Jeremy Benthams Idee des Glückskalküls zu verstehen. Die Verbindung mag eher zufällig und vielleicht sogar absonderlich erscheinen, aber im geistigen Klima jener Zeit wurden Naturwissenschaft, Philosophie und Gesellschaftstheorie bereitwilliger miteinander verknüpft als heutzutage. Gissing versuchte gerade, die Idee des «größten Nutzens» mit kürzlich erfolgten Experimenten in der Sozialstatistik in Einklang zu bringen, wobei besonderer Nachdruck auf jene imposanten Ziffern gelegt wurde, die aus der «Analytischen Maschine» von Charles Babbage hervorgegangen waren. In mancher Hinsicht war dies der Vorläufer des modernen Computers, denn der Apparat kombinierte und verteilte Zahlen über ein System mechanisch zusammenhängender Teile. Das spezielle Motiv zur Vereinigung der Forschungen von Bentham und Babbage bestand darin (soweit Gissing die Literatur zu dem Thema verstehen konnte), das größte Ausmaß von Not oder Elend an einem gegebenen Ort zu berechnen und dann seine mögliche Ausbreitung vorherzusagen. Ein Bentham-Anhänger hatte in einer Abhandlung mit dem Titel «Die Ausrottung der Armut im hauptstädtischen Bereich» geschrieben: «Wer exakt über das Schicksal der Menschheit informiert ist, kann die Bedingungen schaffen, um es zu verbessern. Wir müssen wissen, bevor wir verstehen können, und statistische Angaben sind das sicherste Beweismaterial, über das wir gegenwärtig verfügen.»

Gissing selbst war natürlich mit Armut und sogar Entwürdigung vertraut; er lebte unter solchen Verhältnissen, seitdem er mit Nell nach London gekommen war. Obwohl erst dreiundzwanzig Jahre alt, hatte er bereits geschrieben: «Wenige Menschen, dessen bin ich sicher, haben ein so bitteres Leben geführt.» Allerdings konnte er kaum glauben, daß sich sein Schicksal auf irgendeine Weise verbessern würde, wenn man über seinen Zustand «informiert» wäre; eine Ziffer in einer Statistik oder das Objekt einer Untersuchung zu sein wäre für ihn nur eine weitere Entwürdigung gewesen. Es war, wie er wußte, zweifellos ein Merkmal seines bereits angegriffenen, sensiblen Gemüts, daß jeder Hinweis auf seinen Zustand neue Torturen in ihm auslöste, aber er hatte auch allgemeinere Vorbehalte. Über statistisches Material informiert zu sein hieß weder, etwas zu wissen, noch etwas zu verstehen; es war ein Zwischenstadium, in dem der Untersuchende in einer Distanz blieb, so daß er die wahre Realität nicht klar erkennen konnte. Bloß informiert zu sein bedeutete einfach, kein Gefühl für Werte oder Prinzipien, sondern nur eine schattenhafte Kenntnis von Formen und Zahlen zu haben. Gissing konnte sich mühelos eine künftige Welt vorstellen, in der die gesamte Bevölkerung auf Benthams «Glückskalkül» oder auf Babbages Rechenmaschinen eingestimmt war – er erwog sogar, einen Roman über das Thema zu schreiben –, aber dann würden die Menschen nicht mehr sein als die stummen Zeugen oder passiven Zuschauer einer Realität, die sich ihnen völlig entzogen hätte.

Am Vortag hatte er die Fabrik in Limehouse besucht, wo die letzte Rechenmaschine montiert worden war. Bereits in den dreißiger Jahren war es Charles Babbage gelungen, eine «Differenz-Maschine» zu konstruieren, die einfache Additionen durchführen konnte, aber bald nahm ihn die weit kompliziertere «analytische Maschine» in Anspruch, die in der Lage war, nicht nur zu addieren, zu subtrahieren, zu multiplizieren und zu dividieren, sondern auch algebraische und numerische Gleichungen zu lösen; außerdem war sie fähig gewesen, die Ergebnisse ihrer Berechnungen auf Druckplatten zu verewigen. Das war die Maschine, die Gissing sich ansehen wollte. Er war kein Philosoph, sondern Romancier, und hatte den Entschluß gefaßt, daß er Babbages Ideen am besten begreifen konnte, wenn er sich das großartige Objekt selbst anschaute. Die Fabrik, in der sich sowohl die Rechenmaschine als auch zwei Werkstätten befanden, lag am unteren Ende des Limehouse Causeway knapp jenseits der Kirche St. Anne's. Es hieß, Babbage habe diesen Standort gewählt, weil er von der großen weißen Pyramide auf dem Kirchengelände fasziniert gewesen sei. Er soll einem Freund gegenüber bemerkt haben: «Die Zahl der Steine in einer dreikantigen Pyramide kann berechnet werden, indem man einfach die fortlaufenden Differenzen addiert, von denen die dritte konstant ist.» Aber der Freund verstand ihn nicht, und die Wahrheit ist ohnehin prosaischer: Babbage hatte zuvor mit Mr. Turner, einem Hersteller von Werkzeugmaschinen, zusammengearbeitet und das Gebäude in der Nähe von Turners Haus an der Commercial Road gekauft, um seine Arbeit voranzutreiben. Gissing machte es unschwer ausfindig und wurde von einem mittlerweile sehr bejahrten Turner begrüßt, dessen gegenwärtige Aufgabe laut Babbages Testament darin bestand, die Maschine zu warten, «bis die öffentliche Meinung vollauf auf ihren Einsatz vorbereitet ist».

Gissing legte ihm einen Brief vom Chefredakteur der *Pall Mall Review* vor, der seine Identität bestätigte und seine Absicht, über die Arbeit von Charles Babbage zu schreiben, deutlich machte. Solche Vorsichtsmaßnahmen waren notwendig, weil das ganze Jahr hindurch Gerüchte umgelaufen waren, daß Industriespione aus Frankreich herübergeschickt worden seien, um die neuesten technischen Informationen zu sammeln. Mr. Turner nahm sich ungewöhnlich viel Zeit, den Brief zu lesen, den er für ein Dokument von größter Komplexität zu halten schien. Dann gab er ihn Gissing mit einer altmodischen Verbeugung zurück. «Möchten Sie die Maschine sofort sehen?» war die erste Frage, die er stellte.

«Ich würde sie sehr gern sehen. Vielen Dank.» Gissing sprach schroff und nervös, was vielleicht die Unruhe widerspiegelte, die er in seinem Innern spürte.

«Wenn Sie mir bitte folgen wollen.» Turner führte ihn durch eine alte Werkstatt, die man offenkundig seit einiger Zeit nicht benutzt hatte. Sie war blitzsauber und stellte mit ihren gescheuerten Holztischen und ihren hochpolierten Geräten ein vollendetes Denkmal für die Arbeit von Babbage und Turner selbst dar. Hier hatten sie sich gemeinsam an den Räderwerken abgemüht, welche die sogenannte «Mill» oder «Mühle» der Rechenmaschine bildeten. Samuel Rogers, der berühmte Spötter, gab der Vermutung Ausdruck, sie sei nach dem Utilitaristen John Stuart Mill benannt worden, doch Babbage versicherte ihm, es handele sich um einen Bezug auf die Albion Mills an der Westminster Bridge Road, die er als Kind zum erstenmal gesehen habe. Jene Mehl produzierenden Geräte hätten ihn schon damals von den Vorzügen des technischen Fortschritts überzeugt.

«Wenn Sie durchgehen möchten, Sir. Achten Sie auf die Stufen, die Steine können tückisch sein.» Der alte Mann führte Gissing in den großen Saal, der Babbages Rechenmaschine beherbergte; eine Reihe neugotischer Fenster zierte den oberen Bereich der Kammer, und ihr Licht brach sich unten auf dem glänzenden Apparat. Dies war der Traum von Charles Babbage: ein mehr als hundert Jahre vor all seinen modernen Gegenstücken gebauter Computer, der nun wie eine Halluzination im Septemberlicht des Jahres 1880 schimmerte. Die Wissenschaftler und technischen Experten des neunzehnten Jahrhunderts hatten sich instinktiv von ihm abgewandt, ohne zu ahnen, warum. Aber diese Maschine war ihrer Zeit voraus gewesen, weshalb sie keine reale Existenz auf Erden haben konnte.

Wie also war sie geschaffen worden? Charles Babbage hatte einmal, vertieft in eine Logarithmentafel, im Lesesaal der Analytical Society gesessen. Ein Kollege fragte ihn, mit welchem Problem er sich beschäftige. Babbage erwiderte: «Bei Gott, ich wünschte mir, daß diese Berechnungen mit Dampf ausgeführt werden könnten.» Das ist einer der wunderbarsten Sätze des neunzehnten Jahrhunderts, und er bestätigte indirekt eine andere von Babbages unglaublichen Hypothesen. Er hatte einst erklärt, daß «sich die Schwingungen der Luft, wenn sie einmal von der menschlichen Stimme ausgelöst werden, bis in die Unendlichkeit fortsetzen», und danach Spekulationen über die ständige Bewegung der Atome angestellt: «So betrachtet, welch ein seltsames Chaos ist diese breite Atmosphäre, die wir atmen. Jedes Atom, mit Gutem und mit Schlechtem erfüllt, bewahrt die Bewegung, die Philosophen und Weise ihm mitgeteilt haben, doch ist sie gleichzeitig auf zehntausend Arten mit allem Wertlosen und Niedrigen gemischt und vereint. Die Luft selbst ist eine riesige Bibliothek, auf deren Seiten für immer alles niedergeschrieben ist, was Männer je gesagt oder Frauen je geflüstert haben.» Charles Dickens las diese Darstellung, die als Teil von Babbages «Inserat» für seine *Neunte Bridgewater-Abhandlung* veröffentlicht wurde, und war zutiefst beeindruckt von einer Vision, die seiner eigenen so stark ähnelte. Unzweifelhaft schien sie Dickens' Einschätzung von London zu entsprechen, die er in *Bleakhouse* und *Klein Dorrit* darlegte, doch im Grunde wurden Babbages Ideen am überzeugendsten in *Das Geheimnis um Edwin Drood* erläutert – in Dickens' unvollendetem Roman, der den Themen des Todes und des Mordes gewidmet ist und kurioserweise genau in dem Teil von Limehouse seinen Anfang nimmt, in dem George Gissing nun stand.

«Hier, Sir, sind die Karten.» Mr. Turner zog eine

Reihe perforierter Zinkplättchen aus seiner Tasche. «Einige sind variable, die anderen numerische oder kombinatorische Karten. Mr. Babbage wurde durch die Arbeitsweise eines Webstuhls auf den Gedanken gebracht, und er setzte ihn hier um.» Aber Gissing starrte den Mechanismus selbst an. Er schien aus vier separaten Teilen zu bestehen, und ein Motor in der Mitte erhob sich rund fünf Meter zur Decke empor. Für Gissing war es ein gigantisches Gebilde aus Stangen und Rädern und kantigem Metall, eine so imponierende und doch so fremdartige Struktur, daß er sich verlockt fühlte, niederzuknien und sie anzubeten, als wäre sie ein sonderbarer neuer Gott. Wie hatte so etwas inmitten des von Menschen wimmelnden Limehouse errichtet werden können? «Das Herz der Maschine ist hier, Sir.» Mr. Turner trat an den größten Bestandteil des Apparates und legte die Hand sanft auf eine hohe, vertikale Achse aus Rädern und Karten. «Mr. Babbages Mechanismus gestattete der Maschine, die Zahlen, die übertragen werden mußten, vorwegzunehmen. Sie speicherte die Operationen, die sie bereits durchgeführt hatte, und konnte dann die Bewegung der Ziffern vorausberechnen. Sehen Sie, wie herrlich das ist?»

«Es ist ein sehr raffiniertes Gerät.» Gissing konnte die Erklärungen kaum begreifen, aber wie all seine Zeitgenossen hatte er schon den Eindruck, es mit einem verschrobenen Monstrum zu tun zu haben. In Zusammenhang mit einem Artikel, den er für die *Westminster Review* schreiben wollte, hatte er gerade Swinburnes Studie von William Blake gelesen, und ihm fiel eine Parallele zu Blakes prophetischen Büchern ein. Diese Werke – die analytische Maschine und Blakes wahnsinnige Verse – schienen gleichermaßen die Erzeugnisse wißbegieriger und besessener Männer zu sein, die daran arbeiteten, nur ihnen selbst völlig verständliche Pläne in die Praxis umzusetzen.

«Die Mühle selbst hat zehn unterschiedliche Merkmale, etwa das Ziffernzählwerk, das Übertragungssystem und die kombinatorische Zähleinrichtung. Mit Hilfe dieser Gestelle und Gehäuse, Sir, können die Laufwerke der Maschine ihre Geschwindigkeit verringern oder erhöhen. Die Karten hier schieben die Hebel nach vorn, was dann die Bewegung dieser Räder auslöst.»

«Ich fürchte, das ist verwirrend für jemanden wie mich. Es erfordert einen zu großen Sprung in die Geheimnisse der Mechanik.»

«Aber wenn Sie darüber schreiben wollen...»

Gissing kam der Kritik zuvor. «Das stimmt natürlich. Aber ich beabsichtige, Mr. Babbages Sozialphilosophie zu erörtern, die all diesen Berechnungen zugrunde gelegen haben muß. Er war doch ein Philanthrop, der an den größten Nutzen für die größte Zahl glaubte?»

«Oh, das war immer sein Anliegen. Er kam noch zwei Tage vor seinem Tod hierher, Sir, um die Herstellung einiger neuer Lochkarten aus Zink zu beaufsichtigen. Er war so fleißig wie immer. Unverändert. Stets voller Energie.»

«Er starb vor acht oder neun Jahren?»

«Oktober 1871. Ich war seit zwanzig Jahren sein Vorarbeiter gewesen, Sir, und wußte, wie sehr er bei jedem Schritt von Beamten und Wissenschaftlern, die ihn nicht verstehen konnten, gequält und behindert wurde. Er war hochintelligent, Sir, und deshalb dem Mißtrauen weniger bedeutender Männer ausgesetzt.

Sein Traum war eine große analytische Maschine, die bei den Angelegenheiten der ganzen Nation Hilfe leisten könnte, aber daraus wurde nichts. Und damit bin ich bei Ihrem Thema.» Gissing merkte, daß er nicht mit einem einfachen Vorarbeiter sprach; dieser Mann hatte das Trachten seines Arbeitgebers offensichtlich geteilt. «Es gibt viele Probleme und Schwierigkeiten in Limehouse, Sir, wie Sie bestimmt wissen. Sie brauchen nur durch die Straßen zu dieser Fabrik zu gehen, um Zeuge von Dingen zu werden, die niemand in einem christlichen Land sehen sollte. Die lockeren Mädchen üben ihr Gewerbe sogar an den Mauern der gegenüberliegenden Kirche aus.» Turner hätte schwerlich ahnen können, daß sein Gesprächspartner mit einem solchen Mädchen verheiratet war. «Und dann sind da noch diese schrecklichen Morde.»

«Verderbtheit existiert überall, ich weiß. Aber sind nicht die Armut und das Elend an einem Ort wie diesem dafür verantwortlich?»

«Genau darauf wollte ich hinaus, Sir. Mr. Babbage war der gleichen Meinung: Wenn wir nur die Masse und das Wachstum der Armen berechnen könnten, wären wir in der Lage, geeignete Maßnahmen zu treffen und ihren Zustand zu verbessern. Ich wohne seit vielen Jahren in der Commercial Road, Sir, und ich weiß, daß wir mit Notationen und Daten den ganzen Kummer beseitigen könnten.» Turner zitierte seinen Arbeitgeber hier nicht direkt, denn dieser hatte geschrieben: «Die Irrtümer, die sich aus einem anfechtbaren Denken unter Vernachlässigung echter Daten ergeben, sind viel zahlreicher und beständiger als jene, die sich auf das Fehlen von Tatsachen stützen.» Babbage schilderte dann die Vorzüge der «mechanischen Notation», die dazu dienen könne, Tabellen über «das Atomgewicht von Körpern» herzustellen, über «spezifisches Gewicht, Elastizität, spezifische Hitze, Leitfähigkeit, Schmelzpunkt, Gewicht unterschiedlicher Gase und Festkörper, Stärke verschiedener Materialien, Fluggeschwindigkeit von Vögeln und Laufgeschwindigkeit von Tieren...». Das war seine Sicht der Welt, in der sämtliche Erscheinungen notiert und tabellarisiert wurden. Hier, in Limehouse, war diese Vision wie ein Golem unter Krankheit und Leid erstanden.

Gissing hatte die gewaltige Maschine gemustert – konnte dieser umfangreiche und komplizierte Apparat wirklich der Schlüssel zu Fortschritt und Besserung sein? Nein, gewiß nicht. Denn weshalb verspürte er eine solche Scheu, ein solches Unbehagen ihm gegenüber? Er war müde und hungrig (an jenem Tag hatte er nur eine Scheibe Brot mit Butter gegessen), und in seinem geschwächten Zustand wurde er plötzlich von einer neuen, heftigeren Besorgnis überwältigt. Einen Moment lang schien es ihm, als wäre diese Maschine ein metallischer Dämon, herbeigerufen von den düsteren Begierden der Menschen. Aber dann verging die Panik, und er war fähig, die Dinge nüchterner zu betrachten. Er glaubte genausowenig an den Fortschritt wie an die Wissenschaft, und er konnte sich keine Welt vorstellen, in der sich beide als unwiderstehliche Kräfte erwiesen. Er war sein Leben lang arm gewesen – noch immer wohnte er mit Nell in einer Dachkammer unweit der Tottenham Court Road –, und er hatte kein Vertrauen zu denen, die meinten, daß die städtische Armut auf wunderbare Weise beseitigt oder auch nur gelindert werden könne. Er wußte genug von London, um zu begreifen, daß der Zustand der Stadt nicht zu verbessern war. Er hielt sich selbst für einen «Individualisten» – im Jargon jener Zeit –, der den wahren Charakter der Welt durchschaute. Trotz des Beiklangs im Titel seines ersten Romans *Arbeiter im Morgengrauen* war Gissing weder ein Radikaler noch ein Philanthrop; er hatte kein echtes Mitleid mit dem Elend der Armen, höchstens in Form von Selbstmitleid, und später sollte er schreiben: «Ich habe die Fähigkeit der Menschen, sich den Bedingungen des Lebens unterzuordnen, immer für etwas unendlich Bedauerliches gehalten.» Außerdem schrieb er, daß «Leid und Sorge die großen Doktoren der Metaphysik sind». Vielleicht verzieh er sich damit sein eigenes Unvermögen, eine akademische Karriere einzuschlagen, aber, wie auch immer, war es wahrscheinlich, daß ein solcher Mann sich von der Wirksamkeit der analytischen Maschine überzeugen ließ? Und andererseits, weshalb packte ihn die Angst, wenn er sich die Maschine anschaute, die im herbstlichen Licht Ostlondons glänzte? Nun hatte er genug gesehen. Er dankte Mr. Turner und trat hinaus in den Limehouse Causeway.

Ein Mann und eine Frau zankten sich auf der Straße, und als er vorbeikam, roch er das unverkennbare Aroma harter Trinker; er kannte es nur zu gut. Dann öffnete sich ein Fenster über ihm, und er hörte eine Frau rufen: «Solang du in dem Haus hier wohnst, kommt das nich in Frage!» Das waren die «Bedingungen des Lebens», wie Gissing sie kannte, aber er hätte begreifen müssen, daß dieselben «Bedingungen» die gigantische Maschine geschaffen hatten, die gerade von ihm untersucht worden war. Es gab eine intime Beziehung zwischen dem riesigen Computer in der

Fabrik und der Atmosphäre von Limehouse. Zum Beispiel hätte er die weiße Pyramide auf dem Gelände der Kirche St. Anne's bemerken können, die Charles Babbage so imponiert hatte. Eine Reise zu den Mysterien von London hätte dann mit einer Betrachtung jener Pyramide und der analytischen Maschine beginnen können; beide hatten eine direkte Verbindung zum Elend und zu dem Wunsch nach Läuterung oder Flucht. Mehr noch, vielleicht war der moderne Computer auf diese Weise ersonnen worden: im Rahmen einer Erzählung, die weit außergewöhnlicher und brillanter war als *Arbeiter im Morgengrauen.*

In den Romanen, die Gissing später schrieb, kommt es häufig zu zufälligen Ereignissen und Begegnungen; befragte man ihn nach diesen Kunstgriffen, so erklärte er im allgemeinen, daß «so etwas eben geschieht» oder daß «das Leben eben so ist». Diese Vermutung mag zutreffen, aber er sprach auch aus persönlicher Erfahrung: Während er nun zum Beispiel durch den Limehouse Causeway in Richtung Scofield Street ging, erblickte er seine Frau, die vor ihm über die Straße lief. Er hatte sie seit drei Tagen nicht mehr gesehen, aber er war daran gewöhnt, daß sie plötzlich verschwand. Nun hatte er kaum Zeit, darüber nachzudenken, was sie an diesem Ort zu suchen hatte, und er rief: «Nell!» Die Frau drehte sich um und trat dann in eine Gasse. Er folgte ihr so schnell wie möglich, doch als er den Zugang zu der Gasse erreichte, war sie bereits in einem Labyrinth baufälliger, über die Straße geneigter Wohnungen verschwunden. Er konnte nicht einfach weitergehen und sie hier zurücklassen. Vermutlich übte sie ihren alten Beruf in einer neuen Umgebung aus, um sich wenigstens Geld für ihren Alkohol zu verdienen. Er betrat aufs Geratewohl das nächstgelegene Haus. Nachdem er eine schmale Treppe hinaufgespäht hatte, kletterte er die ersten Stufen empor, wandte sich dann jedoch um und sah durch den Flur, wie seine Frau zurück auf die Straße eilte. Er folgte ihr erneut und beobachtete sie, während sie sich rasch nordwärts bewegte; es wurde eine lange Verfolgungsjagd, aber er behielt sie im Auge, bis sie nahe der Fore Lane die Whitecross Street erreichte, wo sie in ein schäbiges Mietshaus ging. Gissing stand auf der gegenüberliegenden Straßenseite, im Schatten eines heruntergekommenen Cafés. Eine Blaskapelle marschierte vorbei, während er dort abwartete, und sorgte vor den Tavernen und Bierhallen der Gegend (wo man jede Zerstreuung begrüßte) für ein solches Gewühl, daß Gissing fürchtete, Nell habe sich irgendwie in die umliegenden Höfe und Gassen fortstehlen können. Er näherte sich dem Haus langsam, aber dann klopfte er – in einem plötzlichen Anfall von Wut über Nells Verhalten – laut an die Tür. Sofort öffnete eine kleine, hübsche junge Frau, die merkwürdigerweise ein Reitkostüm trug.

«Es gibt keinen Grund, die Toten aufzuwecken», sagte sie mit einem breiten Londoner Zungenschlag. «Was wollen Sie?»

«Ist Nell hier?»

«Was für eine Nell? Nell Gwyn? Ich kenn keine Nell.»

«Sie ist von mittlerer Größe, mit braunem Haar. Und sie hat eine Brosche an ihrem Kleid, in Form eines Skorpions.» Es war die Brosche, die er ihr nur ein paar Monate zuvor an ihrem Hochzeitstag gekauft hatte. «Sie trägt sie an der linken Seite.» Er hob die

Hand an seine eigene Brust. «Genau an dieser Stelle.»

«Hier kommen und gehen viele Frauen. Aber von einer Nell weiß ich nichts.» Ihr Blick war an seiner Schulter vorbei auf die Menge gerichtet, die sich neben der Blaskapelle – sie spielte nun vor einem Eßlokal – angesammelt hatte, aber er glaubte, einen ganz schwachen Ausdruck von Mitgefühl zu entdecken; trotzdem blieb sie stumm.

«Hören Sie zu. Wenn Sie sie sehen oder etwas über sie erfahren, würden Sie mir dann eine Nachricht schicken?» Er holte das Notizbuch hervor, in dem er sich Aufzeichnungen über Babbages analytische Maschine gemacht hatte, schrieb seinen Namen und seine Adresse nieder und riß die Seite heraus. «Natürlich werde ich Sie für einen solchen Dienst bezahlen.»

Sie nahm das Stück Papier, faltete es und steckte es in die plissierte Tasche ihres Reitkostüms. «Ich werde tun, was ich kann. Aber ich möchte Ihnen nichts versprechen.»

Er entfernte sich und schlug den Heimweg zur Tottenham Court Road in dem melancholischen Bewußtsein ein, daß wahrscheinlich sein ganzes zukünftiges Leben von diesen vermodernden Straßen und von seiner erzwungenen Bekanntschaft mit den minderwertigen Frauen, die sich hier feilboten, geprägt sein würde. Welchen Nutzen hatten Literatur oder literarischer Ehrgeiz angesichts solcher Hindernisse? Was nützte die analytische Maschine mit ihren Tabellen und Notationen? Oder vielleicht hatte sie doch einen Zweck – sie erinnerte ihn an das, was er war: eine Nummer, einer von achtzehn Prozent der Stadtbewohner, die zu jedem gegebenen Zeitpunkt krank waren, und einer der sechsunddreißig Prozent, die weniger als fünf Guineen in der Woche verdienten. Er war kein Literat – nicht, wenn sein trübseliger Marsch heimwärts (damit er den Omnibus sparte) die Grenzen seiner Welt umriß.

Aber in Wirklichkeit hatte Gissing mehr vollbracht, als er ahnen konnte. Sein späterer Essay über Charles Babbage in der *Pall Mall Review* löste zahlreiche Spekulationen aus, besonders produktive etwa im Geist von H. G. Wells, der ihn noch als Schuljunge las. Aber auch Karl Marx nahm den Aufsatz zur Kenntnis und schrieb in seinem letzten Lebensjahr drei kurze Absätze über den Nutzen der analytischen Maschine für den Fortschritt des internationalen Kommunismus. Seine Worte, erhalten in seinen posthumen Papieren, wurden rund vierzig Jahre später aufgegriffen, als die kommunistische Regierung der Sowjetunion ein Wissenschaftsministerium gründete und beschloß, die Entwicklung einer experimentellen arithmetischen Maschine zu finanzieren. In diesem Sinne könnte man sagen, daß der Heimweg eines halb verhungerten Romanciers nach Limehouse den Lauf der Menschheitsgeschichte beeinflußte; es mag auch interessant sein zu vermerken, daß H. G. Wells und Stalin 1934 bei ihrer Begegnung in Moskau auf Karl Marx' Notizen über die Erfindung von Charles Babbage zu sprechen kamen.

Aber Gissings Besuch im Eastend hatte unmittelbarere Konsequenzen. Der dritte Angriff des Golems von Limehouse, nach den Morden an Jane Quig und Salomon Weil, galt der Frau, die Gissing an der Tür des Hauses in der Whitecross Street begrüßt hatte. Sie war es, die brutal verstümmelt auf der weißen Pyramide vor St. Anne's in Limehouse zurückgelassen wurde. Im Polizeibericht über die Ermordung hieß es, sie habe den Blick auf die Kirche gerichtet, als man sie fand. Dies war eine Epoche, in der die Position der Augen eines Mordopfers – vielleicht unter dem uneingestandenen Einfluß alten Aberglaubens – für bedeutsam gehalten wurde. Noch in späteren Jahren photographierte man die Augen des Opfers für den Fall, daß der Glaube, sie reflektierten das Gesicht des Mörders, eine gewisse Wahrheit in sich barg. Aber diesmal war der Polizeibericht unzutreffend. Alice Stanton hatte nicht die Kirche betrachtet, sondern ein Gebäude dahinter: die Werkstatt, wo die analytische Maschine auf ihren Lebensbeginn wartete.

Ein Teil des Reitkostüms befand sich noch an ihrem Körper, und die anderen Fetzen des Ensembles waren neben den zerstückelten Gliedern verstreut. Es war nicht bekannt, weshalb sie dieses Kostüm gewählt hatte – es sei denn, um ihre besonders verworfenen Kunden zu erregen –, und damals blieb auch unklar, wo sie es erworben hatte. In Wahrheit hatte es Dan Leno gehört; es war das Kostüm, das er für seine Rolle als weiblicher Jockey trug, wenn er im Damensitz auf einem imaginären Pferd namens «Ted, der Klepper, der nicht laufen wollte» ritt. Die tote Frau hatte es bei jenem Altkleiderhändler gekauft, dessen Laden am Ratcliffe Highway John Cree aufgesucht hatte.

ZWEIUNDZWANZIG

20. September 1880   Man fand sie also neben der Kirche: eine wahre Braut Christi, in demütiger Anbetung auf den Steinen niedergeworfen. Sie war wiedergeboren worden. Ich hatte sie mit ihrem eigenen Blut getauft und war zu ihrem Erlöser geworden. Vielleicht ist die Identität doch angemessen, die mir die öffentlichen Druckschriften zugewiesen haben; schließlich hat der «Golem von Limehouse» eine gewisse spirituelle Bedeutung. Ich bin nach einem mythologischen Geschöpf benannt worden, und es ist beruhigend zu wissen, daß große Verbrechen sofort in eine höhere Sphäre übertragen werden können. Ich begehe keine Morde. Ich beschwöre eine Legende herauf, und alles wird mir verziehen werden, solange ich meiner Rolle treu bleibe.

Gestern nachmittag spazierte ich hinunter zur Stätte meiner letzten Heimsuchung und war erfreut, einige junge Männer zu sehen, die dort, wo das Blut vergossen worden war, Grasbüschel und Steinbrocken aufhoben. Vermutlich standen sie im Dienst der Kriminalpolizei, aber ich gebe mich lieber dem Glauben hin, daß sie sich in der schönen Kunst der Weissagung betätigten. Das getrocknete Blut der Hingemetzelten wurde einst dazu benutzt, Unglück abzuwehren, und ich verließ die Szene zufrieden in dem Wissen, daß sich diese geduldigen Arbeiter infolge meiner eigenen Anstrengungen ein paar Pence verdienten. Ich betrachte sie als meine Anhänger, die durch ihre Mühe mehr erreichen als jene Polizisten, die mich durch ihre Berechnungen und Nachforschungen herabwürdigen. Was wissen sie vom wahren Charakter des Mordes, wenn sie ihn mit Leichenbeschauern und Bluthunden umgeben? Was ist aus den Höllenhunden geworden?

Mein Weg führte mich hinunter zum glorreichen Ratcliffe Highway – der, wie ich hoffe, bald noch glorreicher und so berühmt wie Golgatha oder das Feld der Aztekenopfer sein wird, das Mr. Parry so anschaulich in der Juliausgabe des *Penny Magazine* beschrieb. Wie ein Priester steuerte ich auf die Opferstätte zu, wo die Familie Marr in einen tiefen Schlaf versetzt worden war. Der Altkleiderhändler war wie bei meinem letzten Besuch im Laden und machte sich zwischen seinen Hemden und Gewändern zu schaffen. Ich begrüßte ihn mit munterer Stimme, als ich das Geschäft betrat. «Ich erinnere mich gut an Sie, Sir», sagte er. «Sie wünschten, etwas für eine Hausangestellte zu erwerben, konnten aber nichts nach Ihrem Geschmack finden.»

«Aber Sie sehen ja, da bin ich wieder. Heutzutage führen unsere Dienstboten das Regiment.»

«Da muß ich Ihnen zustimmen, Sir. Ich habe auch eine Angestellte.»

Bei diesen Worten spitzte ich die Ohren. «Und eine Frau? Ich entsinne mich, daß Sie eine Frau erwähnten.»

«Eine der besten.»

«Und Sie sprachen von Kindern?»

«Drei, Sir. Alle gesund und munter, Gott sei Dank.»

«Die Kindersterblichkeit ist so verbreitet in diesem Viertel, daß Sie Ihre Lage für einen großen Segen halten müssen. Ich habe viele Todesfälle in Limehouse untersucht.»

«Sind Sie Arzt, Sir?»

«Nein, ich bin sozusagen Ortshistoriker. Ich kenne diese Gegend sehr gut.» Er schien ein wenig verschlossen zu werden, deshalb schnitt ich das Thema sogleich an. «Vielleicht wissen Sie, daß dieses Haus eine ganz besondere Geschichte hat?»

Er schaute einen Moment lang zur Decke empor, wo seine glückliche Familie untergebracht sein mußte, und legte einen Finger an die Lippen. «Davon darf nicht geredet werden, Sir, wenn ich Sie bitten darf. Ich habe das Haus wegen der bedauerlichen Umstände billig gekauft, aber meine liebe Frau fühlt sich immer noch unbehaglich. Und nach den Morden der letzten Zeit...»

«Entsetzlich.»

«Genau das sage ich auch, Sir. Entsetzlich. Wie nennt man ihn noch? Den Goldenen?»

«Golem.»

«Es muß irgendein Jude oder ein Ausländer sein, Sir, mit einem solchen Namen.»

«Nein. Das glaube ich nicht. Ich glaube, es ist das Werk eines Engländers.»

«Das kann ich mir kaum vorstellen, Sir. In den alten Tagen vielleicht, aber in der modernen Zeit...»

«Alle Zeiten sind modern für diejenigen, die in ihnen leben, Mr. ... Wie darf ich Sie nennen?»

«Gerrard, Sir. Mr. Gerrard.»

«Schön, Mr. Gerrard, genug geplaudert. Darf ich etwas für mein Hausmädchen kaufen?»

«Natürlich. Wir haben einige ausgezeichnete Stücke, die erst kürzlich hereingekommen sind.»

So spielte ich mein Spiel mit ihm und musterte verschiedene Objekte weiblicher Torheit. Schließlich ging ich mit einem Schal aus gefärbter Baumwolle hinaus, aber ich wußte, daß ich früher zurückkehren würde, als Mr. Gerrard erwartete.

21. September 1880 Ein klarer, kalter Tag ohne eine Spur von Nebel oder Dunst. Ich überraschte meine Frau und schenkte ihr den Schal; sie ist eine so liebevolle, zärtliche Person, daß ich nicht umhin kann, sie zu verwöhnen. Und als sie mich noch einmal bat, Dan Leno mit ihr zusammen in der Oxford Music Hall anzuschauen, mußte ich kapitulieren. «Nächste Woche habe ich eine kleine Arbeit zu erledigen», sagte ich. «Aber wenn sie beendet ist, werden wir hingehen.» In jenem Augenblick hatte ich einen ganz seltsamen Einfall: Was, wenn ich ihr gestattete, Zeugin eines meiner eigenen großen Auftritte zu werden? Würde sie ein gutes Publikum abgeben?

DREIUNDZWANZIG

MR. LISTER Ich bin Ihnen dankbar für die Schilderung Ihrer frühen Jahre, Mrs. Cree. Jeder versteht nun sehr gut, daß eine Verbindung mit der Bühne nicht unbedingt zu einem unordentlichen Leben führt. Aber darf ich zu einem anderen Thema zurückkehren? Sie haben erklärt, daß Ihr Mann an wirren Phantasien litt. Möchten Sie dem noch etwas hinzufügen?

ELIZABETH CREE Nur, daß er in jenem Monat verstörter – wenn das das richtige Wort ist –, verstörter als sonst wirkte.

MR. LISTER Sie beziehen sich auf den September letzten Jahres, nicht wahr?

ELIZABETH CREE Ja, Sir. Er kam zu mir und flehte mich um Vergebung an. «Vergebung wofür?» fragte ich ihn. «Ich weiß es nicht», antwortete er. «Ich habe nichts Unrechtes getan, aber ich bin völlig im Unrecht.»

MR. LISTER Und Sie haben bereits ausgesagt, daß er ein Katholik von krankhaftem Charakter war?

ELIZABETH CREE Ja, Sir, das stimmt.

MR. LISTER Und es ist also Ihre wohlerwogene Überzeugung, daß er nach vielen Ehejahren Selbstmord beging, während er in gewissen Wahnideen befangen war?

ELIZABETH CREE Jawohl.

MR. LISTER Vielen Dank. Ich habe zu diesem Zeitpunkt keine weiteren Fragen.

Die Mitschrift im ILLUSTRATED POLICE NEWS LAW COURTS AND WEEKLY RECORD wurde mit dem Kreuzverhör von Mrs. Cree durch Mr. Greatorex, den für die Anklage zuständigen Barrister, fortgesetzt.

MR. GREATOREX Sahen Sie, wie er sich selbst das Gift verabreichte?

ELIZABETH CREE Nein, Sir.

MR. GREATOREX Wurde er von irgendeinem anderen dabei beobachtet?

ELIZABETH CREE Nicht, daß ich wüßte.

MR. GREATOREX Nun hat Ihr Hausmädchen Aveline diesem Gericht mitgeteilt, daß Sie gewöhnlich für Ihren Mann kurz vor dem Schlafengehen einen Nachttrunk anrührten.

ELIZABETH CREE Es war nur etwas, das ihn beruhigen sollte, Sir. Es sollte seine wirren Träume lindern.

MR. GREATOREX Ganz richtig. Aber wenn er, wie Sie ausgesagt haben, jeden Abend eine Flasche Portwein leerte, hatte er doch keinen Schlaftrunk nötig?

ELIZABETH CREE Seiner Meinung nach war er hilfreich für ihn. Das sagte er mir bei zahlreichen Gelegenheiten.

MR. GREATOREX Hatte dieser lindernde Trunk besondere medizinische Bestandteile?

ELIZABETH CREE Er enthielt ein Schlafmittel, Sir, das ich immer in der Apotheke kaufte. Ich glaube, es heißt Dr. Murgatroyds Mixtur. Es soll ganz harmlos sein.

MR. GREATOREX Das Urteil darüber müssen Sie anderen überlassen, Mrs. Cree. Und ich nehme an, es war diese Mixtur, von der Ihr Hausmädchen in ihrer Aussage sprach?

ELIZABETH CREE Bitte?

MR. GREATOREX Sie teilte den Kriminalbeamten mit, daß sie sah, wie Sie ein weißes Pulver mit dem Schlaftrunk vermischten.

ELIZABETH CREE Ja. Dr. Murgatroyds ist von einer weißen Beschaffenheit.

MR. GREATOREX Aber weit davon entfernt, ihm in seinen letzten Tagen Linderung zu verschaffen, rief dieser Schlaftrunk heftige Magenkrämpfe und sehr starke Schweißausbrüche hervor. War das nicht der Fall?

ELIZABETH CREE Wie ich zuvor gesagt habe, Sir, ich glaubte, daß er an einer Gastritis litt.

MR. GREATOREX Sie haben eine große Erbschaft gemacht, nicht wahr?

ELIZABETH CREE Ein bescheidenes Einkommen, Sir, mehr nicht.

MR. GREATOREX Ja, ich habe schon einmal gehört, daß Sie es so nannten. Aber neuntausend Pfund im Jahr sind mehr als bescheiden.

ELIZABETH CREE Ich möchte damit sagen, daß ich nur ein bescheidenes Einkommen für mich selbst zurückbehalte. Ich bin Mitglied der Gesellschaft für die Rettung armer Kinder, und der größte Teil meiner Erbschaft ist den Verarmten und Notleidenden geweiht.

MR. GREATOREX Aber Sie selbst sind weder verarmt noch notleidend?

ELIZABETH CREE Ich bin keines von beiden, abgesehen von der Not, die ich angesichts des Todes meines Mannes empfinde.

MR. GREATOREX Lassen Sie uns also zu jenem unseligen Abend zurückkehren, als er auf dem Fußboden Ihres Hauses in New Cross zusammenbrach.

ELIZABETH CREE   Es ist keine glückliche Erinnerung, Sir.
MR. GREATOREX   Dessen bin ich mir sicher, aber darf ich Ihre Geduld vielleicht noch ein bißchen länger beanspruchen? Gestern erwähnten Sie, glaube ich, daß Sie beim Dinner ein langes Gespräch mit Ihrem Mann führten, kurz bevor er sich in sein Zimmer zurückzog?
ELIZABETH CREE   Wir sprechen immer miteinander, Sir.
MR. GREATOREX   Ist Ihnen das Thema Ihrer Unterhaltung noch gegenwärtig?
ELIZABETH CREE   Ich glaube, wir sprachen über die Themen des Tages.
MR. GREATOREX   Ich habe zur Zeit keine Fragen mehr an Sie. Kann Aveline Mortimer nun aufgerufen werden?

Aus der Mitschrift im ILLUSTRATED POLICE NEWS LAW COURTS AND WEEKLY RECORD ging im weiteren hervor, wie Aveline Mortimer in den Zeugenstand geführt wurde, wo sie ihre Aussage mit dem üblichen Eid auf die Bibel und gewissen Routinefragen nach ihrem Namen, ihrem Alter, ihrem Ehestand und ihrer Adresse begann. Zur Illustration war sogar ein Holzschnitt beigefügt, der sie mit einem sittsamen Hut und ihren Handschuhen in der Rechten zeigte.

MR. GREATOREX   Miss Mortimer, waren Sie an dem Abend anwesend, als Mr. Cree in seinem Zimmer gefunden wurde?
AVELINE MORTIMER   O ja, Sir.
MR. GREATOREX   Sie hatten die Mahlzeit an jenem Abend aufgetragen?
AVELINE MORTIMER   Es gab Kalbsrouladen, Sir, denn es war Montag.

MR. GREATOREX Und hörten Sie bei jener Gelegenheit zufällig etwas von der allgemeinen Unterhaltung zwischen Mr. und Mrs. Cree?

AVELINE MORTIMER Er nannte sie einen Teufel, Sir.

MR. GREATOREX Oh, tatsächlich? Erinnern Sie sich zufällig an die Umstände, die zu jener Bemerkung führten?

AVELINE MORTIMER Es war am Anfang des Dinners, Sir, kurz nachdem ich mit der Terrine hereingerufen worden war. Ich glaube, sie sprachen über etwas, das in den Zeitungen gestanden hatte, denn als ich das Zimmer betrat, hatte Mr. Cree ein Exemplar der *Evening Post* auf den Boden geworfen. Er schien sehr erregt zu sein, Sir.

MR. GREATOREX Und dann nannte er Mrs. Cree einen Teufel? Stimmt das?

AVELINE MORTIMER Er sagte: «Du Teufel! Du bist es!» Dann sah er mich ins Zimmer kommen und sagte nichts mehr, während ich bei ihnen war.

MR. GREATOREX «Du Teufel! Du bist es!» Was könnte er Ihrer Ansicht nach damit gemeint haben?

AVELINE MORTIMER Das kann ich nicht sagen, Sir.

MR. GREATOREX Könnte er vielleicht gemeint haben: «Du bist es, die mich vergiftet?»

MR. LISTER Das ist höchst unpassend, Mylord. Er kann diese Frau nicht auffordern, derartige Schlußfolgerungen zu treffen.

MR. GREATOREX Ich bitte um Verzeihung, Mylord. Ich ziehe die Frage zurück. Aber lassen Sie mich folgendes fragen, Miss Mortimer: Haben Sie eine Ahnung, weshalb Mr. Cree seine Frau als einen «Teufel» bezeichnete?

AVELINE MORTIMER O ja, Sir. Sie ist eine gefühllose Frau.

VIERUNDZWANZIG

George Gissing kehrte durch die Tottenham Court Road zu seiner Unterkunft in der Hanway Street zurück – ohne jegliche Hoffnung, seine Frau dort vorzufinden. Er hatte Nell in den Straßen von Limehouse gesehen und wußte nur zu gut, daß sie sich nun, ungeachtet ihrer kürzlich erfolgten Heirat, in der Nähe irgendeiner jämmerlichen Kneipe aufhalten würde. Er war sich nicht sicher, wie lange sie in ihrer jetzigen Wohnung bleiben konnten, wenn Nell wieder betrunken zurückkam; ihre Hauswirtin Mrs. Irving, die im Erdgeschoß wohnte, hatte ihnen bereits empfohlen, sich «anderswo nach 'nem Quartier» umzusehen. Sie war eines Abends herausgeeilt, hatte Nell entdeckt, die, von einer Ginwolke eingehüllt, benommen auf der Treppe lag, und wissen wollte, «was denn hier los is». Darauf hatte Gissing geantwortet, seine Frau sei von einem Hansom umgefahren worden und man habe ihr zur Stärkung Alkohol verabreicht. Im Lauf der Jahre war er zu einem geschickten Lügner geworden. Wie er außerdem begriffen hatte, fürchtete Mrs. Irving, daß Nell und er bei Nacht und Nebel «Fersengeld geben» und sie um ihre Miete betrügen würden; vermutlich lauschte sie jede Nacht aufmerksam auf Zeichen eines plötzlichen Auszugs.

Dabei konnte keine Rede davon sein, daß sie ihre Mieter mit Luxus bedacht hätte; ein paar kahle Holzmöbel, ein Bett und ein Waschbecken waren der ganze Komfort, der ihnen geboten wurde. Man sollte meinen, daß ein junger Mann von Gissings ungewöhnlicher Sensibilität solche Verhältnisse unerträglich gefunden hätte, aber er war kaum etwas anderes gewohnt. Manche Menschen akzeptieren ihre Lebensumstände mit einer Resignation und einer Hoffnungslosigkeit, die selten, wenn überhaupt, überwunden werden; Gissing selbst hatte einen solchen Mann in seinem ersten Roman geschaffen und beschrieben, wie dieser schließlich auf das Niveau seiner Umgebung hinuntersank. Andere hingegen sind so sehr von Energie und Optimismus erfüllt, daß sie solchen Dingen wenig Aufmerksamkeit schenken und in ihrem ständigen Kampf um die Zukunft die Augen vor ihren gegenwärtigen Lebensbedingungen verschließen. George Gissing verkörperte seltsamerweise beide Einstellungen. Bisweilen lasteten Depressionen und Lethargie so schwer auf ihm, daß ihn nur die Aussicht auf den baldigen Hungertod zurück an die Arbeit trieb. Aber es gab auch Zeiten, in denen der Gedanke an den literarischen Ruhm ihn so beflügelte, daß er seine Armut völlig vergaß und in der Verheißung künftiger Achtbarkeit und Anerkennung schwelgte.

Aber noch ein anderes Element wirkte sich auf seine Wahrnehmung der Umwelt aus; manchmal sah er sich selbst in eine Art Experiment vertieft, bei dem sein Leben so etwas wie ein bewußtes Wirklichkeitstraining darstellte. Er hatte Emile Zolas Essayband *Le Roman expérimental* gelesen, der ein paar Monate zuvor veröffentlicht worden war. Die Lektüre hatte seinen geheimen Glauben an «*le naturalisme, la vérité, la science*» in einem solchen Maße bestätigt, daß er sich selbst dazu beglückwünschte, ein durch und durch modernes und sogar literarisches Leben zu führen. In einem solchen Licht betrachtet, konnte sogar Nell als eine Heldin der neuen Zeit gelten. Es gab da nur einen einzigen Haken, und der war, angemessen genug, stilistischer Art: Trotz Gissings Interesse an Realismus und ungekünsteltem Naturalismus enthielt seine eigene Prosa romantische, rhetorische und malerische Züge. Zum Beispiel hatte er die Stadt in *Arbeiter im Morgengrauen* mit einem schillernden Glanz umgeben und ihre Bewohner zu Bühnenhelden oder Bühnenscharen nach dem Vorbild der Sensationsstücke in den Schmierentheatern gemacht. Auch jetzt, als er sich in seinem kleinen Zimmer niederließ, um seine Notizen über Charles Babbages analytische Maschine durchzusehen, hätte ihm auffallen können, daß er sie als einen «hochragenden babylonischen Götzen» bezeichnete, der «den wogenden Massen zugewandt ist». Das war nicht die Sprache eines Realisten.

Er konnte seinen Artikel jedoch nicht zu schreiben beginnen, bevor er etwas gegessen hatte. In seiner Wohnung war nur ein suspekt wirkendes Stück Schinken neben der Spüle zu finden, deshalb gestattete er sich einen Besuch in einem Lokal an der Ecke der Berners Street, wo er, wie er wußte, für weniger als einen Shilling zu Abend essen konnte. Natürlich war es kein eleganter Schauplatz – es war das Lieblingslokal der örtlichen Droschkenkutscher, die hier mittags ihre Pasteten und ihr Porter zu sich nahmen –, aber es erfüllte seinen Zweck. Gissing konnte ungestört (abgesehen von den vereinzelten Streifzügen eines jungen Kellners) hier sitzen und schreiben oder träumen und sich seinen Erinnerungen hingeben. Dieses Lokal war auch eine beliebte Zuflucht für die Darsteller, die in der Oxford Music Hall in derselben Straße auftraten, und Gissing beobachtete häufig, daß diejenigen, die gerade «nichts zu beißen» hatten, von ihren glücklicheren Kollegen «durchgefüttert» wurden. Er hatte sogar schon daran gedacht, einen Roman über die Music-Hall zu schreiben, aber noch rechtzeitig erkannt, daß das Thema zu oberflächlich und frivol für einen ernsthaften Künstler war. Statt dessen verbrachte er diesen Abend damit, im Lokal zu sitzen und über die Erfindungen von Charles Babbage nachzusinnen. Noch während er darauf wartete, bedient zu werden, begann er einen Absatz über den Charakter der modernen Gesellschaft; darin nahm er fast exakt die Worte von Charles Booth vorweg, der neun Jahre später in *Leben und Arbeit der Menschen von London* «die zahlenmäßige Beziehung» definierte, «die zwischen Armut, Elend und Lasterhaftigkeit einerseits und regelmäßigen Einkünften und relativem Komfort andererseits besteht». Das war das statistische Gitternetz, das sich bald über London erstrecken würde, und im Lauf der nächsten beiden Tage verfaßte George Gissing einen Essay, in dem er versuchte, die Rolle von Daten und Statistiken in der modernen Welt zu erklären. Hier pries er auch, so schwer es ihm fiel, die Tugenden der analytischen Maschine.

Nell kam in jener Nacht nicht heim, weshalb er trotz der Geräusche der Tottenham Court Road sehr fest schlief. Er erwachte im Morgengrauen, machte sich ein Frühstück aus Brot und Tee und brach dann um zehn Minuten vor neun zum Lesesaal des Britischen Museums auf. Er hatte die Unterkunft übrigens wegen ihrer Nähe zur Bibliothek ausgewählt, und er hielt diesen Londoner Bezirk stets für seine wahre Heimat. Zwar war er in Wakefield geboren, hatte eine Zeitlang in Amerika gelebt, im Eastend und südlich des Flusses gewohnt, aber nur in diesem kleinen Bereich um die Coptic Street und die Great Russell Street fühlte er sich richtig zu Hause. Vermutlich war es der Geist dieser Gegend, der ihn so stark beeinflußte. Sogar die Händler, an denen er auf seinem Weg zum Museum vorbeikam – der Kartenverkäufer, der Regenschirmhöker, der Scherenschleifer –, schienen sein Gefühl für die Umgebung zu teilen und sich ihr anzupassen. Er kannte die Dienstmänner und die Kutscher, die Wandermusiker und die Hausierer, und er betrachtete sie als Teil einer unverwechselbaren menschlichen Familie, der auch er angehörte.

Die Interpretation jeder Gegend ist natürlich eine komplizierte und zwiespältige Angelegenheit. Zum Beispiel hörte man häufig, daß magische Gesellschaften und okkulte Bücherläden in der Nachbarschaft des Britischen Museums und seiner großen Bibliothek aufzutauchen schienen; sogar der Vorsteher des Lesesaals zu jener Zeit, Richard Garnett, hing der Praktik astrologischer Prophezeiungen an und hatte – sehr plausibel – erklärt, das Okkulte sei einfach «das, was nicht allgemein eingeräumt wird». Mr. Garnett hätte vielleicht sogar über die Zufälligkeiten der Ereignisse an diesem speziellen Septembermorgen spekulieren können, als Karl Marx, Oscar Wilde, Bernard Shaw und George Gissing den Lesesaal alle innerhalb einer Stunde betraten. Aber solche Spekulationen sind nichtsdestoweniger riskant; die Verbindung zwischen okkulten Buchläden und dem Britischen Museum könnte einfach damit erklärt werden, daß Bibliotheken in der Regel der Zufluchtsort einsamer oder gescheiterter Menschen sind, die zudem von den magischen Künsten als Ersatz für echten Einfluß oder echte Macht angezogen werden dürften.

Gissing war einer der ersten, die den Lesesaal betraten, als seine Türen um neun Uhr geöffnet wurden; er ging sofort an seinen üblichen Platz und setzte die Arbeit an seinem Essay über Charles Babbage fort. Er dachte fast gar nicht an Nell, während er an seinem Schreibtisch saß, denn hier fühlte er sich beschützt vor dem vulgären Leben, das er außerhalb der Wände des Lesesaals führen mußte. Hier konnte er mit den großen Autoren der Vergangenheit umgehen und von einem ähnlichen Geschick für sich selbst träumen. Er schrieb bis zum Abend, wobei er die Seiten seines gebundenen Notizbuches mit der dünnen schwarzen Tinte bedeckte, welche die Bibliothek zur Verfügung stellte; er signierte und datierte die ersten Entwürfe seiner Essays stets, sobald sie beendet waren, und nachdem er die letzte Seite schwungvoll unterzeichnet hatte, spazierte er unter der Kuppel hin und her, um neue Kräfte zu sammeln.

Die Abenddämmerung brach bereits herein, als er das Museum verließ, und er kaufte ein paar Kastanien bei dem Straßenhändler, der in den Herbst- und Wintermonaten mit seinem Rost neben dem Tor stand. Er kam an einem Zeitungsjungen vorbei, achtete jedoch nicht auf dessen heisere Rufe, die von einem «schrecklichen Mord» kündeten. Dann, als er in die Hanway Street einbog, sah er zwei Polizisten vor der Tür seines Hauses. Ihm war klar, daß seiner Frau etwas zugestoßen sein mußte, aber merkwürdigerweise fühlte er sich ganz ruhig. «Möchten Sie mit mir sprechen?» fragte er einen der Beamten. «Ich bin der Mann von Mrs. Gissing.»

«Sie sind also Mr. Gissing?»
«Selbstverständlich. Ja.»

«Würden Sie dann mit uns kommen, Sir?»

Zu seiner Überraschung stellte Gissing fest, daß man ihn die Treppe zu seiner Wohnung hinaufeskortierte, als wäre er verhaftet worden. Noch bevor er seine Tür erreichte, konnte er Nells erhobene Stimme im Streit mit einer anderen Person hören. «Du Scheißkerl!» schrie sie. «Du Scheißkerl!»

Er schloß die Augen einen Moment lang, bevor sie ihn in das Zimmer führten, das er so gut kannte, das aber nun völlig verändert wirkte. Ein weiterer Beamter war bei seiner Frau, aber sie wurde, im Gegensatz zu seinen Befürchtungen, in keiner Weise festgehalten. Sie hatte geweint, und Gissing wußte, daß sie Gin getrunken hatte, aber sobald er das Zimmer betrat, betrachtete sie ihn mit einem Interesse, das er eigenartig fand. «Sind Sie Gissing?» fragte der Beamte.

«Ich habe diesen Gentlemen bereits meinen Namen genannt.»

«Kennen Sie eine gewisse Alice Stanton?»

«Nein. Ich habe noch nie von dieser Frau gehört.»

«Sind Sie darüber unterrichtet, daß sie gestern abend rechtswidrig getötet wurde?»

«Nein.» Gissing wurde immer verwirrter; er warf einen Blick hinüber zu seiner Frau, die mit einer ihm unverständlichen Miene den Kopf schüttelte.

«Können Sie mir sagen, wo Sie sich gestern abend aufhielten?»

«Ich war hier. Ich habe gearbeitet.»

«Ist das alles?»

«Alles? Das ist eine ganze Menge.»

«Ich nehme an, daß Ihre Frau nicht bei Ihnen war?»

«Mrs. Gissing...» Es war eine heikle Sache, aber er

vermutete, daß die Polizei ihr Gewerbe bereits kannte. «Mrs. Gissing war bei Freunden.»

«Allerdings.» Gissing begriff, daß diese Männer nicht wußten, wie sie mit ihm umgehen sollten. Er reagierte feinfühlig auf solche Dinge und erriet, daß sein Benehmen sie überraschte. Er war der Mann einer gewöhnlichen Prostituierten, doch seine Redeweise und seine Kleidung (fadenscheinig, aber sauber) waren die eines Gentlemans. Jedenfalls befand er sich in einer anomalen Situation: Sie waren in seine Wohnung gekommen, und er konnte ihre Absichten immer noch nicht erkennen. «Es gibt mehrere Fragen, die wir Ihnen stellen müssen, Mr. Gissing, aber dies ist nicht der geeignete Ort. Würden Sie so gut sein, nun mit uns zu kommen?»

«Habe ich eine Wahl?»

«In dieser Angelegenheit nicht. Nicht die geringste.»

«Aber was ist diese Angelegenheit?» Sie antworteten ihm nicht, sondern führten ihn sofort hinunter auf die Straße, wo eine geschlossene Droschke wartete. Nell begleitete sie nicht, und als er sich nach ihr umschaute, teilte man ihm lediglich mit, daß sie «die Leiche bereits identifiziert» habe.

«Was für eine Leiche? Wie meinen Sie das?»

Sie schoben ihn ohne ein weiteres Wort in die Droschke, und Gissing ließ sich mit einem lauten Seufzer auf den muffigen Ledersitz sinken. Er schloß die Augen und öffnete sie erst wieder, als die Droschke hielt und ihr Schlag aufgerissen wurde; er befand sich in einem kleinen Hof und hörte jemanden rufen: «Bringt ihn rein.» Man eskortierte ihn in ein dunkelgelbes Ziegelgebäude, und er folgte den drei Polizisten in einen schmalen Raum, der von einer Reihe Gasdüsen erleuchtet wurde. Vor ihm stand ein Holztisch mit einer billigen Baumwolldecke darauf. Er wußte genau, was sich darunter verbarg, noch bevor Detektiv Paul Bryden die Decke wegzog. Das Gesicht war teilweise verstümmelt worden, und der Kopf lag in einer unnatürlichen Position da, doch Gissing erkannte sie sofort: Es handelte sich um die junge Frau, die in der Whitecross Street an die Tür gekommen war, als er nach seiner Frau gesucht hatte. «Erkennen Sie diese Person?»

«Ja. Ich erkenne sie.»

«Würden Sie mir folgen, Mr. Gissing?» Er konnte einem neuerlichen Blick auf das Gesicht nicht widerstehen. Ihre Augen, die auf die Heimstatt der analytischen Maschine in Limehouse geschaut hatten, waren nun geschlossen; aber ihre Miene, zum Zeitpunkt ihres Todes versiegelt wie eine Hieroglyphe auf einem Grabmal, drückte Mitleid und Resignation aus. Bryden geleitete ihn hinaus, und sie gingen gemeinsam durch einen hellerleuchteten Korridor; am Ende war eine grüne Tür, und Bryden räusperte sich, bevor er langsam anklopfte. Gissing hörte keine Antwort, doch Bryden öffnete die Tür und stieß ihn plötzlich nach vorn. Er war in einem Raum mit vergitterten Fenstern; ein weiterer Polizist saß an einem Schreibtisch und bedeutete Gissing, ihm gegenüber Platz zu nehmen.

«Wissen Sie, was ein Golem ist, Sir?»

«Es ist ein mythisches Geschöpf. So etwas wie ein Vampir, glaube ich.» Nichts von dem, was ihm zustieß, konnte ihn noch überraschen, und er antwortete so ungezwungen, als wäre er in einem Schulzimmer.

«Ganz genau. Und wir sind doch keine Männer, die an mythische Geschöpfe glauben, oder?»

«Ich hoffe nicht. Darf ich Sie um Ihren Namen bitten? Es würde unser Gespräch so sehr erleichtern.»

«Mein Name ist Kildare, Mr. Gissing. Sie wurden in Wakefield geboren, nicht wahr?»

«Ja.»

«Aber Sie haben jede Spur Ihres Heimatakzents verloren.»

«Ich bin ein gebildeter Mann, Sir.»

«Ach ja. Ihre Frau» – er schien keinen besonderen Nachdruck auf das Wort zu legen – «teilt uns mit, daß Sie ein Buch geschrieben haben.»

«Ja. Ich habe einen Roman geschrieben.»

«Könnte ich ihn gesehen haben? Wie lautet der Titel?»

«*Arbeiter im Morgengrauen.*»

Kildare musterte ihn gründlicher. «Dann sind Sie also Sozialist? Oder ein Mitglied der Internationale?» Der Oberinspektor erahnte eine unheilvolle Verbindung zwischen Karl Marx und George Gissing und erwog im selben Moment die Möglichkeiten einer aufrührerischen Verschwörung.

«Auf keinen Fall bin ich Sozialist. Ich bin Realist.»

«Aber Ihr Buchtitel hat einen solchen Klang.»

«Ich bin genausowenig Sozialist wie Hogarth oder Cruikshank.»

«Ich habe natürlich von diesen Männern gehört, aber...»

«Sie waren Künstler wie ich.»

«Aha, verstehe. Aber es gibt nicht viele Künstler, die sich rühmen können, im Gefängnis gewesen zu sein.»

Gissing dachte, er hätte voraussehen müssen, daß die

Polizei über sein Verbrechen unterrichtet war; trotzdem sah er sich nicht in der Lage, dem Blick des Mannes standzuhalten. «Sie haben einen Monat Zwangsarbeit in Manchester geleistet, Mr. Gissing. Sie wurden wegen Diebstahls verurteilt.»

Er hatte diese Tatsache vergessen geglaubt, ausgelöscht aus jedem anderen Gedächtnis, wenn auch nicht aus seinem eigenen; als er mit Nell nach London gezogen war, hatte er sogar, wie er später schrieb, «eine Zeit außerordentlichen geistigen Wachstums, großer spiritueller Aktivität» durchgemacht. Es mag seltsam anmuten, wenn in der dunklen Stadt von «spiritueller Aktivität» gesprochen wird, aber Gissing wußte sehr gut, daß sie stets die Heimat von Visionären gewesen war. Er hatte bereits einige Worte von William Blake aufgezeichnet, die in Swinburnes kurz zuvor erschienener Abhandlung über jenen Dichter zitiert worden waren: «das spirituelle, vierfaltige ewige London». Aber nun saß George Gissing mit gebeugtem Haupt vor einem Kriminalbeamten. «Können Sie mir bitte erklären, weshalb ich hier bin?» Oberinspektor Kildare holte etwas aus seiner Tasche und reichte es ihm. Es war ein Notizblatt, mit Blut befleckt; darauf standen Gissings Name und Adresse. «Das ist meine Handschrift», sagte er leise. «Ich habe es ihr gegeben.»

«Das haben wir vermutet.»

«Ich habe nach meiner Frau gesucht.» Nun begriff er endlich, weshalb er verhört wurde. «Sie können doch nicht glauben, daß ich irgend etwas mit ihrem Tod zu tun habe? Das ist absurd.»

«Nicht absurd, Sir. Nichts, was mit einem solchen Verbrechen zusammenhängt, ist absurd.»

«Aber komme ich Ihnen wie ein Mörder vor?»

«Meiner Erfahrung nach wird man durch eine Gefängnisstrafe erheblich verhärtet.»

«Sie müssen ein paar wüste Tricks gelernt haben.» Es war eine andere Stimme, die hinter ihm erklang; während des gesamten Verhörs war ein zweiter Polizist im Zimmer gewesen. Für Gissing waren ihre Anspielungen unerträglich. Er wußte jedoch, daß man ihn verdächtigte, ein – im Jargon der Zeit – «moralisch entarteter Mensch» zu sein, der mit einer Prostituierten zusammenlebte und dessen erste Erfahrung mit Verbrechen und Strafe ihn unvermeidlich zu immer schändlicheren Angriffen auf Tugend und Ordnung führen mußte. Vielleicht sogar zu einem Mord.

«Die Tote war eine enge Freundin Ihrer Frau», sagte Kildare, «und ich glaube, daß Sie sie sehr gut kannten. Gehe ich recht in dieser Annahme?»

«Ich hatte sie vorher noch nie gesehen. Ich wußte nichts von ihr.»

«Gefällt es Ihnen nicht, die Freundinnen Ihrer Frau zu treffen?»

«Natürlich nicht.» Er hielt es nicht mehr aus. «Sie wissen ganz genau, was für eine Frau Nell ist. Aber Sie begreifen nicht, was für ein Mann ich bin. Ich bin ein Gentleman.» Er sah im Gleißen der Gasbeleuchtung so trotzig und doch so schwach aus, daß sogar diese beiden Polizisten geneigt sein mochten, ihm Glauben zu schenken. «Um welche Zeit genau wurde sie ermordet?»

Kildare zögerte, denn er war sich nicht sicher, ob er diese Information preisgeben sollte. «Wir können es nicht mit Sicherheit sagen, aber sie wurde um Mitternacht von einer Frau ihres Gewerbes gefunden.»

«Dann bin ich nicht Ihr Mann. Gehen Sie in das Lokal an der Ecke Berners Street, und erkundigen Sie sich nach mir. Ich saß dort bis nach Mitternacht am Tisch. Fragen Sie Vincent, den Kellner, ob er sich an Mr. Gissing erinnert.»

Kildare lehnte sich mit verdutzter Miene auf seinem Stuhl zurück. «Sie haben meinen Beamten mitgeteilt, daß Sie gearbeitet hätten.»

«Das habe ich auch. Ich habe im Lokal gearbeitet. In all der plötzlichen Unruhe und Verwirrung hatte ich ganz vergessen, daß ich gestern abend dort war. Ich bin dort Stammgast.»

Jemand klopfte an die Tür, was Gissing so erschreckte, daß er sich für eine Sekunde von seinem Stuhl erhob. Ein Polizist kam herein und flüsterte Kildare etwas zu; Gissing konnte ihn nicht hören, aber der Mann überbrachte ebenfalls eine entlastende Auskunft: Man hatte in der Hanway Street kein Blut an der Kleidung des Romanciers gefunden, und alle Messer waren sauber. Kildare war aufrichtig enttäuscht, denn er hatte geglaubt, dem Golem von Limehouse endlich auf der Spur zu sein. Hätte es denn einen plausibleren Verdächtigen geben können als den Mann einer schamlosen Prostituierten – einen früheren Häftling –, der unablässig von ihr und ihren Gefährtinnen bloßgestellt wurde? Nach welcher Art Rache mochte ein solcher Mann streben? Kildare verließ das Zimmer zusammen mit dem Polizeibeamten, der die Haussuchung durchgeführt hatte, und wies ihn an, sich in das Lokal zu begeben, das Gissing erwähnt hatte. Er wäre weniger leutselig gewesen, hätte er gewußt, daß derselbe Beamte nur eine Stunde zuvor Geschlechtsverkehr mit Nell Gissing gehabt hatte – auf demselben

Bett, auf dem Gissing in der letzten Nacht gelegen und von der analytischen Maschine geträumt hatte. Der Polizist hatte ihr einen Shilling gegeben, und sie war sofort zu einem Ginladen in Seven Dials geeilt.

Gissing saß ganz ruhig da, und in der Stille wurde er sich wieder der Leiche bewußt, die nur ein paar Meter entfernt lag. Seit seiner Kindheit hatte er sich Selbstmordphantasien hingegeben – besonders solchen über den Tod durch Ertrinken –, und einen Moment lang versuchte er, sich vorzustellen, daß er selbst dort auf dem Holztisch läge. Er hatte stets geglaubt, daß es seine Bestimmung war, das Leben mit sowenig Leid wie möglich zu überstehen und den Tod liebevoll zu begrüßen – und nun, während er in dieser Polizeiwache saß, begann er zu begreifen, daß die Gestaltung seines Schicksals vielleicht nicht von ihm selbst abhing. Im Laufe eines einzigen Tages war seine wunderbare Abgeschiedenheit mit den Büchern im Britischen Museum einer würdelosen Verhaftung und der Möglichkeit eines Verbrechertodes durch Erhängen gewichen. Und was hatte diese Ereignisse ausgelöst? Eine flüchtige Begegnung in der Whitecross Street und die zufällige Entscheidung, auf der Suche nach Nell seinen Namen und seine Adresse niederzuschreiben. Aber natürlich, es gab einen tiefergehenden Grund für seine gegenwärtige Bedrängnis: Seine Frau war dafür verantwortlich. Er wäre dem Opfer nie begegnet, wenn Nell ihn nicht in jene Gegend geführt hätte; er wäre niemals verdächtigt worden, wenn man ihn nicht bereits ihretwegen als einen Häftling und Geächteten gebrandmarkt hätte. So war es also, von Kopf bis Fuß durch die Schuld einer anderen Person gefesselt zu sein!

Bryden klopfte ihm auf die Schulter (Gissing zuckte zusammen, denn in jenem Augenblick hatte er gerade die Möglichkeit von Nells plötzlichem Tod erwogen) und führte ihn aus dem Zimmer zu einer steinernen Treppe. Er stieg in einen Korridor im Keller hinunter und wurde in eine kleine Zelle gebracht. «Soll ich etwa hier festgehalten werden?» murmelte er vor sich hin.

«Nur heute nacht.»

Ein flacher Steinvorsprung ragte aus der Wand hervor, und Gissing ließ sich langsam darauf niedersinken. Er hatte sich darin geübt, in Momenten der Einsamkeit nachzudenken und seine Gefühle zu analysieren; aber nun konnte er nichts anderes tun, als die Steinwand vor sich zu betrachten. Sie war hellgrün gestrichen.

Gissing hatte den Helden von *Arbeiter im Morgengrauen* als «einen jener Männer» beschrieben, «deren Leben wenig Auswirkung auf die Welt zu haben scheint, es sei denn, als eine nützliche Illustration der Macht der Umstände». Hier, in der Polizeizelle, saß ein weiteres Opfer der «Umstände», gefangen in einer Geschichte, über die es keine Kontrolle hatte. In der Ecke stand ein Eimer, den die Häftlinge benutzen sollten, und eine Sekunde lang dachte Gissing daran, sich den Behälter über den Kopf zu stülpen und aufzustöhnen. Aber dann wandten sich seine Überlegungen in eine andere Richtung. Er hatte in einer der neueren Ausgaben des *Weekly Digest* gelesen, daß ein Teil des antiken London während der Errichtung einiger Lagerhäuser am Shadwell Reach entdeckt worden sei. Man hatte mehrere Steinmauern freigelegt, und Gissing kam der Gedanke, daß diese Zelle vielleicht aus ihren Überresten gebaut worden war. Möglicherweise erstreckte sich die alte vergrabene Stadt bis hin nach Limehouse, mit der analytischen Maschine als ihrem Gott oder *genius loci*. Nun könnte er, George Gissing, das Menschenopfer des Gottes sein, das in einer Vorkammer auf sein baldiges Verhängnis wartete. Und war das etwa das Geheimnis des Golems, den der Polizeibeamte erwähnt hatte? Vielleicht war Charles Babbages Schöpfung der wahre Golem von Limehouse, der allen, die sich ihm näherten, das Leben und den Geist aussog. Vielleicht waren die Signale und Ziffern kleine schnatternde Seelen, eingesperrt in den Mechanismus, und vielleicht waren seine Eisennetze nichts anderes als das Netz der Sterblichkeit selbst. Welch ein scheußliches Wesen mochte es in künftigen Jahren hervorbringen? Was in Limehouse begonnen hatte, könnte sich dann über die gesamte Welt ausbreiten. Aber das waren nur Gissings ungeordnete Gedanken, während er erschöpft in seiner Gefängniszelle saß.

Man entließ ihn am folgenden Morgen, nachdem der Polizist Gissings Aussage, daß er bis nach Mitternacht in dem Lokal an der Berners Street gewesen sei, überprüft hatte. Vincent, der junge Kellner, äußerte sich besonders überzeugend; er sprach davon, daß Gissing «den ganzen verdammten Abend lang» an seinem Tisch gesessen und nichts anderes getan habe, als «vor sich hin zu kritzeln». Außerdem bezichtigte er Gissing, «hochnäsig» zu sein, obwohl «er keinen Sixpence» habe. Ein Besucher des Restaurants erinnerte sich ebenfalls, den Schriftsteller an jenem Abend gesehen zu haben, und er bestätigte Vincents Aussage, indem er Gissing als einen «heruntergekommenen Vornehmtuer» beschrieb. Das war eine beliebte Wendung, die dem Romancier allerdings kaum gerecht wurde; er versuchte stets, sich gut zu kleiden, und seine Vornehmheit hatte weniger mit seinen Umgangsformen als mit seinem Geist zu tun.

Er verließ den Hof der Polizeiwache und blieb unsicher unter dem freien Himmel von Limehouse stehen. Er hatte sich auf einen langen Prozeß der Nachforschung und Erniedrigung eingestellt, doch seine unerwartete Entlassung verschaffte ihm kein wirkliches Gefühl der Freiheit. Zwar hatte er einen berauschenden Moment der Erleichterung verspürt, als er endlich aus dem trübgelben Ziegelsteingebäude getreten war, aber dann packte ihn ein hartnäckiges Gefühl der Bedrohung. Seine ganze Existenz auf der Welt war plötzlich in Frage gestellt worden. Wenn er das Lokal nicht besucht hätte, wäre er vielleicht verurteilt und hingerichtet worden; es war, als habe man sein Leben als armseliges und wertloses Etwas entlarvt, das durch das kleinste Mißgeschick zerstört werden konnte. Er machte seine Frau für seine Situation verantwortlich, wie wir gehört haben, aber in der Vergangenheit hatte sie zumindest sein Überleben nicht gefährdet. Das war ein neuer Gesichtspunkt. Durch die Nacht in der Zelle war ihm klar geworden, daß er keinen verläßlichen Schutz vor ihr – oder vor der Welt – hatte.

Er ging durch Whitechapel und die City heim, doch er wußte sehr gut, daß er zu keinem «Heim» zurückkehrte. Er war wie ein zum Tode Verurteilter, der wieder in seine Zelle ging. Sobald er in die Hanway Street einbog, konnte er das Gezänk hören: Nell lehnte sich aus dem Fenster in der ersten Etage und kreischte zu der Hauswirtin hinunter, die auf der Straße stand. Mrs. Irving rief: «Solche Sachen, solche Sachen sollten in unserm Haus hier nich passieren.» Nell antwortete mit einer Salve von Flüchen, woraufhin die Hauswirtin sie bezichtigte, eine «dreckige Hure» zu sein. Seine Frau verschwand für einen Moment und kehrte dann mit einem Nachttopf zurück, dessen Inhalt sie über Mrs. Irvings Kopf ausgoß. Gissing konnte es nicht länger ertragen. Keine der beiden Frauen hatte ihn gesehen, deshalb zog er sich rasch in die Tottenham Court Road zurück und schlug den Weg zum Britischen Museum ein. Wenn es irgendwo auf dieser Welt Frieden für ihn geben sollte, dann nur bei seinen Büchern.

FÜNFUNDZWANZIG

Innerhalb von zwei Jahren war ich eine erfahrene Darstellerin geworden, und Little Victors Tochter hatte sich eine Existenz und eine Biographie zugelegt, an die ich selbst glaubte, wenn ich die Bühne betrat. Natürlich hatte ich meine *modèles*, wie Onkel zu sagen pflegte. Ich hatte Miss Emma Marriott in *Gin und Rampenlicht* beobachtet und «Lady Agatha» (alias Joan Birtwhistle, eine höchst unangenehme Person) «Geh wieder an deinen Pudding, Marianne» singen hören und von beiden diese oder jene Nuance übernommen. Es gab eine andere ernst-komische Dame, Betty Williams, die als Langstiefeltänzerin begonnen, sich jedoch mit ihrer Version von «Es ist ein kleiner Trost für eine arme alte Jungfer» zu einer wahren Künstlerin gemausert hatte. Sie neigte sich immer ein bißchen vor, so daß sie stets auf dem Deck eines Schiffes zu stehen oder gegen einen starken Wind anzukämpfen schien. Auch diese Besonderheit entlieh ich für eine meiner eigenen Nummern mit dem Titel «Streck es nicht so raus». Wie sie brüllten, selbst wenn ich ganz vornehm tat. Little Victors Tochter war die minderjährige Jungfrau, die nur unschuldige Dinge sagte – was konnte sie daran ändern, wenn man sie mißverstand? Dan meinte, meine Darbietung werde zu schlüpfrig, und ich protestierte voll aufrichtiger Empörung – sei ich etwa für all das Gespött und Gelächter auf der Galerie verantwortlich zu machen? Das habe Little Victors Tochter nach ihrem bisherigen Schicksal nicht verdient. Sie sei von Little Victor aufgezogen worden, nachdem ihre Eltern durch ein

Feuer in einem Wurstgeschäft den Tod gefunden hätten; sie habe keine andere Wahl, als sich ihren Lebensunterhalt als Dienstmädchen in Pimlico zu verdienen, und was könne sie schon dafür, wenn alle Männer im Haus ihr Geschenke machten? Wie sie zu singen pflege: «Was soll ein Mädchen denn sagen?» Es war ein einmaliger Auftritt!

Erst in meinem dritten Bühnenjahr, nach all der üblichen Hetze von Music-Hall zu Music-Hall, wurde ich Little Victors Tochter überdrüssig. Sie war einfach zu lieb, und ich sehnte mich danach, sie gewaltsam vom Leben zum Tode zu befördern. Künftig prügelte ich sie auf der Bühne immer ein bißchen – «Ich mach dir ein paar Riesenkratzer ins Gesicht», sagte die Köchin zum Beispiel zu mir –, und dann versetzte ich mir einen solchen Schlag, daß ich fast umfiel. (Natürlich spielte ich auch die Köchin, denn das war ein Teil meines «Monopolylogs», wie Dan es nannte.) Aber sie war nicht mehr die Richtige für mich. An einem Wochentag saß ich abends im Künstlerzimmer und tat mir ziemlich leid – «man wird schließlich nicht jünger» –, als ich bemerkte, daß Dan eines seiner Kostüme auf einen Stuhl hatte fallen lassen. Er war normalerweise nicht unordentlich, darum hob ich die Sachen aus alter Gewohnheit auf und begann, sie abzuklopfen. Es waren eine zerbeulte Bibermütze, ein alter grüner Frack, eine karierte Hose, Stiefel und ein Vatermörder; ich wollte sie gerade zusammenlegen und wegpacken, als ich plötzlich den Einfall hatte, daß es recht lustig sein könnte, sie anzuprobieren. Ein hoher Spiegel lehnte an der Wand neben dem Schminkkorb, und ich schlüpfte schnell in die Sachen. Die Mütze war ein bißchen zu groß und rutschte mir über die Augen, darum schob ich sie mir in den Nacken wie ein Straßenhändler; die Hose und der Mantel paßten mir ausgezeichnet, und ich begriff, daß ich darin prächtig herumstolzieren konnte. Aber was für ein Bild ich im Spiegel abgab: Ich war von Kopf bis Fuß zu einem Mann geworden, hätte gut und gerne ein Slangkomiker sein können. Es war einfach perfekt, und von dem Moment an begann ich ernsthaft über eine neue Nummer nachzudenken.

Dan kam ins Zimmer, während ich vor dem Spiegel ein paar Gesten ausprobierte. «Hallo», sagte er, als hätte er einen Fremden vor sich. «Kenne ich Sie vielleicht, wenn Sie hierhergehören?»

«Natürlich.» Ich drehte mich um und lächelte ihn an. Allerdings war ich wohl ein wenig verlegen über das, was ich getan hatte.

Er verstand immer schnell und erkannte mich nun sogleich. «Mein Gott», sagte er. «Das ist ja komisch.» Er starrte mich weiter an. «Was für 'ne komische Geschichte.»

«Ich könnte die Leute zum Schreien bringen, Dan. Ich könnte der ältere Bruder von Little Victors Tochter sein.»

«Ein feiner Pinkel?»

«Nicht ganz so fein.»

Ich sah ihm an, daß er die Möglichkeiten erwog. In den Varietés ist immer Platz für eine gute Männerdarstellerin, und irgendwie schien ich der Rolle gerecht zu werden. «Ich denke», sagte er, «daß man darauf aufbauen könnte. Es wäre vielleicht sehr amüsant.»

Er hatte recht. Zuerst trat ich als älterer Bruder von Little Victors Tochter auf, aber der Name war zu lang für die Plakate, drum gab ich mich mit dem älteren

Bruder zufrieden. Die Bibermütze war immer ein Erfolg, wenn sie mir über die Augen rutschte oder sogar hinunterfiel, aber ich entschied mich für einen Kompromiß mit einem hübschen kleinen Filzhut ohne Krempe; dann suchte ich mir einen Frack und eine weiße Hose heraus, bevor ich das Komödiantenensemble durch einen hohen Kragen und große Stiefel vervollständigte. Ich stolzierte immer auf der Bühne herum wie ein Lion comique und schaffte es dann irgendwie, mir den Hut von einer Beleuchterstange herunterschlagen zu lassen; das brachte sie zum Brüllen, denn ich fing an, vor Wut zu zittern – buchstäblich zu *zittern* –, bevor ich dem Beleuchter ganz vorsichtig die Mütze abnahm und sie dann in die Gosse schleuderte. Es war natürlich alles gemimt, und zu Beginn übte Dan die Schritte und Gesten mit mir ein, als sollte ich ein regelrechter Grimaldi werden. Aber ich war auch gut mit Gags, und nach einer Weile entwickelte ich meinen eigenen maskulinen Ton. «Paß mal Obacht, Bürschchen» und «Halt mal stop» waren zwei beliebte Wendungen. Die letztere rief ich laut, bevor ich von der Bühne rannte und dann mit rückwärts ausgestrecktem Bein mittem im Lauf erstarrte. Der «ältere Bruder» war ein übler Spitzbube und machte einer dicken alten Konditorin den Hof, die angeblich irgendwo ein Vermögen versteckt hatte. «Sie ist 'ne stattliche Frau, mein Junge», sagte ich immer. «Das muß wohl an der Knete liegen.» (Knete war damals ein neuer Slangausdruck für Geld.) «Mit ihrem Haar ist's natürlich was anderes. Manche würden behaupten, daß es ein Nest für alte Spinnen ist. Aber ich nicht.» Noch eine Albernheit kam mir zustatten. Als die neuen Vorschriften eingeführt wurden, machte ich mich darüber lustig, indem ich mit einer Fahne, auf der «Zeitweiliger Vorhang gegen Feuer» stand, über die Bühne marschierte. Das wirkte immer, und wenn die Leute dann richtig aufgeheizt waren, trug ich ihnen mein neuestes Liedchen vor. Ich hatte Erfolg mit «Bin ein verheirateter Mann» und mit «Jeder Vorwand für 'nen Weinbrand», aber ich beendete meinen Auftritt als Mann stets mit einem Lied, das Onkel für mich entdeckt hatte. Es trug den Titel «Sie liebte die Morgenstunde, und ich war das Gold...», und ich mußte häufig Zugaben geben, bevor man mich ins nächste Varieté ziehen ließ. Natürlich war alles ganz genau im voraus geplant, und mein Auftritt dauerte dreißig Minuten, bis ich in den Brougham stieg und zum nächsten Schauplatz fuhr. Im Laufe eines Abendprogramms erschien ich um Viertel nach acht in der Britannia in Hoxton, um neun im Wilton's am Wellclose Square, um zehn im Winchester an der Southwark Bridge Road und schließlich im Raglan an der Theobald's Road. Es war in mancher Hinsicht ein schweres Leben, aber ich verdiente sieben Guineen in der Woche, plus Abendessen. Der «ältere Bruder» war zu einem großen Publikumsmagneten geworden, und binnen kurzer Zeit hatte ich ihm beigebracht, großspurig und doch naiv, wissend und doch unschuldig zu sein. Alle wußten, daß ich auch «Little Victors Tochter» war, aber gerade das machte mir Freude. Ich konnte ohne jegliche Scham Mädchen und Junge, Mann und Frau sein. Irgendwie hatte ich das Gefühl, über ihnen allen zu stehen und mich beliebig verwandeln zu können. Deshalb brachte ich die Kunst zur Vollendung, fünf Minuten vor Schluß von der Bühne zu laufen und als Little Victors Tochter zurückzukommen, so daß alle überrascht glotzten. Onkel diente mir nun als Garderobier und hatte meine Frauenkleider schon in der Hand, wenn ich die Bühne verließ; er gab mir gern einen Klaps auf den Unaussprechlichen, während ich mich umzog, aber ich tat so, als fiele mir das gar nicht auf. Mittlerweile durchschaute ich all seine Tricks und wußte, daß ich ihnen gewachsen war. Jedenfalls bereitete ich mich auf jenes rührselige alte Lied «Wie es wohl ist, arm zu sein» vor. Danach regneten die Kupfermünzen nur so vom Olymp herunter! Wie ich zu sagen pflegte, während ich als einsame Waise dastand, das waren wirklich «Pennies vom Himmel».

Es muß zwei oder drei Monate nach der Geburt des älteren Bruders gewesen sein, daß ich einen plötzlichen Einfall hatte: Vielleicht wäre es lustig, ihn hinaus auf die Straßen von London zu führen, damit er sich die andere Welt ansah. Mittlerweile hatte ich ein eigenes Zimmer in unserer Bleibe, direkt neben Doris. Also kehrte ich nach der Show in meiner eigenen Kleidung zurück, als wolle ich mir noch eine Scheibe Brot toasten und mich danach schlafen legen. Aber dann verkleidete ich mich leise als der ältere Bruder, wartete, bis die Lichter gedämpft worden waren und im Haus Stille einkehrte, und kletterte durch das Hinterfenster neben der Treppe auf die Straße. Natürlich trug der ältere Bruder nie seine Bühnenkleidung, die ein wenig zu kurz und zu schäbig war; drum hatte er sich eine völlig neue Montur gekauft. Wie gesagt, er war ein Spitzbube, und am liebsten spazierte er wie ein regelrechter Schwerenöter durch die Nacht; er überquerte den Fluß in Richtung Southwark und schlenderte dann durch Whitechapel, Shadwell und

Limehouse. Bald kannte er sämtliche Spelunken und Räuberhöhlen, aber er setzte nie einen Fuß hinein. Vielmehr vergnügte er sich damit, den Abschaum der Stadt vorbeiströmen zu sehen. Die Straßenmädchen begrüßten ihn mit Pfiffen, doch er ging an ihnen vorbei, und wenn die schlimmsten versuchten, ihn zu berühren, packte er sie mit seinen großen Pranken am Handgelenk und stieß sie von sich. Die Strichjungen behandelte er weniger grob, denn er wußte, daß sie ihn auf eine reinere Art begehrten: Sie hielten nach ihren Doppelgängern Ausschau, und wer hätte ein besseres Spiegelbild sein können als der ältere Bruder? Niemand erkannte Lambeth Marsh Lizzie oder Little Victors Tochter – sie waren verschwunden, und ich ergötzte mich bei dem Gedanken, daß sie irgendwo friedlich schliefen. Nein. Das stimmt nicht ganz. Ein Mann erkannte sie. Der ältere Bruder schritt einmal durch Old Jerusalem, unweit der Kirche von Limehouse, als ein Hebräer im Gaslicht an ihm vorbeiging – fast wären sie zusammengestoßen, da der Jude die Augen auf das Pflaster gerichtet hatte. Als er aufblickte, sah er Lizzie unter der männlichen Hülle und schrak zurück. Er murmelte etwas wie «Katzmann» oder «Kadmon», und in jenem Moment schlug sie zu, so daß er zu Boden stürzte. Dann spazierte sie, mit ihrem Frack und ihrer eleganten Weste, weiter wie ein Nachtschwärmer; sie achtete sogar darauf, stets den Hut vor den Damen zu lüften.

Eines Nachts, als ich zum New Cut zurückkehrte, überraschte mich Doris. Sie mußte länger als sonst mit Austin Porter getrunken haben, denn sie war ein bißchen angeduselt. «Lizzie, mein Schatz», sagte sie. «Was hast du bloß an?»

Ich mußte rasch reagieren, obwohl ich vermutete, daß sie am Morgen alles vergessen haben würde. «Ich studiere eine Rolle ein, Doris. Ich habe eine neue Nummer, Teuerste, und muß üben.»

«Du bist das Ebenbild eines lieben, alten Freundes.» Sie küßte den Kragen meines Fracks. «Eines lieben, alten Freundes. Längst verblichen. Sing ein Lied für uns, Schatz, bitte.» Sie war recht benommen vom Alkohol, drum brachte ich sie zurück in ihr Zimmer und sang den Refrain von «Meine gute Mutter sorgt immer noch für mich, obwohl ich gern bei ihr im Himmel wär». Wie sehr sie dieses Lied entzückte! Am nächsten Morgen konnte sie sich, wie ich erwartet hatte, an nichts erinnern, aber es war ohnehin gleichgültig, denn drei Wochen später starb das arme Mädchen am Suff. Sie begann zu schwitzen und zu beben, während wir in Austins hübscher kleiner Stube saßen; bis wir sie zur Wohltätigkeitsklinik an der Westminster Bridge Road geschafft hatten, war es schon fast vorbei mit ihr. Alkohol ist ein langsam wirkendes Gift, heißt es, aber es kann rasch zuschlagen, wenn der Körper geschwächt ist. Wir beerdigten sie am Freitag nachmittag, kurz vor unserer Matinee in der Britannia, und Dan hielt eine kurze Rede am Grab. Er nannte sie den «weiblichen Blondin», der in immer größere Höhen gestrebt habe. Sie sei nie abgestürzt, und wir alle hätten zu ihr aufblicken können. Es war eine sehr hübsche Rede, und wir vergossen ein paar Tränen. Dann legten wir ihr Drahtseil in den Sarg und weinten von neuem. Ich werde es nie vergessen. An jenem Abend, nach der Beerdigung, war ich so gut wie noch nie, und die Zuschauer brüllten über den Frohsinn des älteren Bruders. Wir müssen eben Profis bleiben, wie ich damals zu Dan sagte. In derselben Nacht träumte ich, daß ich eine Leiche an einem Seil hinter mir herschleppte, aber was bedeuten schon Träume, wenn wir die Bühne haben?

Genau das hätte ich Kennedy, dem großen Mesmeristen, erklären sollen, der zwei Wochen später im selben Programm wie ich auftrat. «Wie wird's gemacht?» fragte ich ihn, nachdem er mehrere Besucher in Trance versetzt hatte. Ein Fischer war von der Twopenny-Galerie heruntergekommen und hatte wie wild Fandango getanzt, und ein Straßenhändler und sein Frauchen wurden hypnotisch zu einem Holzschuhtanz verleitet, den sie als Londoner zuvor nicht gekannt haben konnten. «Ist es bloß Schwindel?»

«Nein. Es ist ein Kunststück.» Wir aßen eine Portion Fish and Chips in einem Schanklokal, nicht weit vom Varieté in Bishopsgate, und er hielt sein Glas hoch, so daß er mich dadurch mustern konnte. Wir saßen in einem gemütlichen Eckchen, wo uns niemand entdecken konnte, und ich bemerkte ein Feuer in seinen Augen – allerdings glaube ich nun, daß es vielleicht nur ein Widerschein des Feuers im Lokal war.

«Also dann», sagte ich. «Setz mich in Erstaunen, Randolph.» Er holte die protzige goldene Uhr, die er auf der Bühne benutzte, aus der Tasche und las die Zeit ab, bevor er sie zurücksteckte. In jenem Moment sah ich das Feuer innerhalb des Zifferblatts flackern. «Mach das noch mal.»

«Was denn, Süße?»

«Laß mich sehen, wie es brennt.»

Nun zog er die Uhr langsam wieder hervor und hielt sie vor das Feuer. Ich konnte meine Augen nicht abwenden, und ganz plötzlich fiel mir ein, wie meine

Mutter immer eine Kerze hochgehalten hatte, um mir in unserer Wohnung in Lambeth Marsh den Weg ins Bett zu erleuchten. Das war mein letzter Gedanke, bevor ich einschlief. Jedenfalls kam es mir wie Schlaf vor, aber als ich die Augen öffnete, schaute mich der Große Kennedy entsetzt an. «Was um Himmels willen ist denn los?» war die einzige Frage, die mir in den Kopf wollte.

«Das kannst du nicht gewesen sein, Lizzie.»

«Was kann ich nicht gewesen ein?»

«Ich möchte es nicht sagen.»

Eine Sekunde lang fürchtete ich mich vor dem, was ich enthüllt haben könnte. «Mach schon. Spann das Mädchen nicht auf die Folter.»

«All die schrecklichen Dinge.»

Darauf lachte ich laut und hob mein Glas. «Auf dich, Randolph. Begreifst du denn nicht, wenn du auf die Schippe genommen wirst?»

«Du meinst...»

«Ich war überhaupt nicht in Trance.» Er sah mich immer noch zweifelnd an. «Kannst du so schlecht von deiner Lambeth Lizzie denken?»

«Nein. Natürlich nicht. Aber du warst so echt.»

«Genauso soll es sein. Laß sie rätseln.» Dabei beließen wir es, aber danach behandelte er mich nie mehr ganz so wie früher.

SECHSUNDZWANZIG

MR. LISTER Welche Beweise liegen denn schon gegen Mrs. Cree vor? Sie kaufte etwas Rattengift. Das ist schon alles. Wenn das für eine Mordanklage genügte, müßte die halbe weibliche Bevölkerung von England an dieser Stelle stehen. Die klare und unabweisbare Wahrheit ist, daß die Anklage kein überzeugendes Motiv für Mrs. Crees angeblichen Wunsch, ihren Gatten zu töten, hat liefern können. Er war ein sanfter und gelehriger Mann, der an irgendeiner zwanghaften Geistesstörung litt – Grund genug für ihn, sich selbst umzubringen, wie Mrs. Cree angedeutet hat, aber nicht der geringste Grund für eine Ermordung durch seine eigene Frau. War er ein guter Ehemann? Allerdings. Hat er für sie gesorgt? Allerdings, und zu behaupten, daß sie ihn um einer Erbschaft willen tötete, ist der reinste Unsinn, wenn wir in Betracht ziehen, wie angenehm ihr Leben war. War John Cree ein Unmensch, der seine Frau tyrannisierte? Wenn er ein Teufel in Menschengestalt gewesen wäre, hätte es vielleicht ein Motiv für ein solches Verbrechen gegeben. Aber wir haben im Gegenteil gehört, daß er trotz seines geistigen Gebrechens ein gütiger und liebevoller Ehemann war. Es gab keinen Grund auf der Welt, weshalb Mrs. Cree hätte wünschen sollen, ihn zu vernichten. Sehen Sie sich die Angeklagte doch nur an. Erscheint Sie Ihnen als ein fleischgewordenes Ungeheuer, geradezu ein Schreckgespenst, wie Mr. Greatorex durchblicken ließ? Ganz im Gegenteil, ich sehe sämtliche weiblichen Tugenden in ihrem Antlitz. Ich sehe Treue, Keuschheit und Frömmigkeit. Mr. Greatorex hat immer wieder die Tatsache hervorgehoben, daß sie einst in den Music-Halls auftrat, als wäre das notwendigerweise das Zeichen eines schlechten Charakters. Aber wir haben von mehreren Zeugen gehört, daß sie eine beispielhafte Existenz führte, während sie auf der Bühne tätig war. Und was ihr Leben in New Cross betrifft, haben wir viel Lob von ihren Nachbarn für ihr hausfrauliches Verhalten gehört. Mortimer, das Hausmädchen, hat ausgesagt, sie sei – ich möchte exakt zitieren – eine gefühllose Frau, aber ist das nicht häufig die Art, wie Dienstboten über ihre Arbeitgeber sprechen, und besonders, wenn ich unterstreichen darf, Hausmädchen über ihre Herrin? Mrs. Cree hat uns mitgeteilt, daß sie dieser Mortimer bei mehreren Gelegenheiten mit einer möglichen Ablösung von ihren Pflichten und der Verweisung aus dem Haus drohte. Danach sollten wir die Meinung des Hausmädchens mit anderen Augen sehen. Gewiß hätten die Drohungen genügen können, um die junge Frau gegen ihre Arbeitgeberin aufzubringen. Nun stellen Sie sich aber die tatsächliche Atmosphäre im Haushalt der Crees vor, wo dieser krankhaft religiöse Mann von seiner Frau getröstet und unterstützt wurde...

SIEBENUNDZWANZIG

23. September 1880   Meine liebe Frau möchte Dan Leno immer noch nächste Woche im Weihnachtsspiel sehen. Die Saison beginnt immer früher, aber ich vermute, daß die Londoner Bürger irgendeine Ablenkung von den Greueltaten in ihrer Mitte benötigen. Wieviel bezaubernder ist es, Blaubart zwanzig Frauen in seiner Kammer ermorden zu sehen, als daran zu denken, daß sich das gleiche Schauspiel auf den Straßen vollzieht! Mich drängt es weniger, mir Leno noch einmal anzuschauen. Ich schätze das Theater nicht minder als jeder andere, aber der Gedanke daran, daß er sich als Prinzessin oder Fischweib verkleidet, beunruhigt mich so sehr wie eh und je. Es ist gegen die Natur, und für mich ist die Natur das wichtigste. Ich bin ein Teil der Natur wie der Frost auf dem Gras oder der Tiger im Wald. Ich bin keine mythologische Gestalt, wie es dauernd in den Zeitungsartikeln heißt, oder ein exotisches Geschöpf aus einem Schauerroman; ich bin, was ich bin, das heißt Fleisch und Blut.

Wer könnte jemals behaupten, das Leben sei langweilig? Ich kehrte in der Abenddämmerung zum Ratcliffe Highway zurück, nachdem ich meiner Frau erklärt hatte, ich sei zum Dinner mit einem Freund in der City verabredet. In der Kühle des Abends stand ich vor dem Laden des Kleiderverkäufers und beobachtete eine junge Frau, welche die Lampen in den oberen Zimmern anzündete; dann, einen Moment später, sah ich den Schatten eines Kindes, das ans Fenster trat. Einmal mehr begriff ich, daß ich mich auf geheiligtem Boden befand, und sprach ein Dankgebet im Namen des Ladenbesitzers und seiner Familie. Sie würden bald zu Mustern der Ewigkeit werden und durch ihre Wunden die Heimsuchungen der wiederkehrenden Zeit kenntlich machen. An derselben Stelle zu sterben wie die berühmten Marrs – und auf die gleiche Art –, das ist ein großartiges Zeugnis für die Macht der Stadt über die Menschen.

Ich hatte bereits eine Methode ersonnen, ungehört und ungesehen ins Haus zu kommen. Ich stand still auf der gegenüberliegenden Straßenseite und sah zu, wie Gerrard in sein Geschäft hinunterstieg. Er hob ein paar Münzen auf, nahm einige Stoffartikel vom Tresen und kletterte die Treppe empor. Ich eilte in den Laden und hielt nach einem Platz Ausschau, an dem ich mich verbergen konnte. Unter der Treppe war eine weitere Tür, und als ich sie öffnete, verriet mir der Geruch, daß sie in einen Sandkeller führte. Ich liebe den Duft der Unterwelt und beschmierte mir, einer Eingebung folgend, das Gesicht mit dem Schmutz, der die dunklen Wände überzog. Hier wartete ich – die Tür war geschlossen –, bis ich hörte, wie man den Laden zumachte und verriegelte. Ich verharrte noch ein paar Minuten in der Abgeschiedenheit des Kellers, aber sogar dort drang das Gemurmel der Stimmen aus den oberen Räumen an meine Ohren. Natürlich konnte ich es nicht mit allen gleichzeitig aufnehmen, denn es war denkbar, daß ein Kind oder eine Bedienstete in der Verwirrung des unheilvollen Moments entkam. Deshalb erwog ich die Möglichkeiten, einen nach dem anderen auszuschalten. Über mir mußten vier oder fünf Menschen sein. Wie waren die Marrs ins Jenseits befördert worden?

Eine junge Frau sang «In den Vauxhall Gardens»

aus dem stets beliebten Stück *Ein Abend in London* – ich nahm an, daß es ein Dienstmädchen oder vielleicht eine Tochter war, und verließ mein Versteck, um der Melodie zu lauschen. Neben dem Tresen stand eine kleine Holztrittleiter; ich stieß sie um, das plötzliche Geräusch unterbrach ihr Lied, und ein paar Augenblicke später hörte ich ihren Schritt auf der obersten Treppenstufe. In der Stille wurde sie kühner (während ich mich nur mit Mühe daran hindern konnte, in Gelächter auszubrechen) und stieg die Treppe herab. Ich stand im Dunkel direkt neben der Treppe, und als sie in den Laden kam, zog ich den Holzhammer aus meiner Tasche und schlug sie nieder. Sie schrie nicht auf – sie stöhnte nicht einmal –, aber ich nahm mein Rasiermesser, während ich ihren verletzten Körper wiegte, und schnitt ihr die Kehle von einem Ohr zum anderen durch. Es war eine erregende Arbeit, und das Blut quoll mir über die Mantelärmel. Deshalb schleppte ich sie hinunter in den Sandkeller.

«Annie? Bist du unten, Annie?»

Es war Gerrard. Ich war versucht, mit der Stimme des Dienstmädchens zu antworten, aber ich biß mir auf die Zunge und sagte nichts. Langsam kam er die Treppe herunter und rief noch einmal ihren Namen, bis ich die Hand ausstreckte und ihn mit meinem Rasiermesser erledigte. Ich hatte den Kopf schon halb vom Körper abgetrennt, bevor er ein Geräusch von sich gab, und dann war es nur ein leises Ächzen, als hätte er immer gewußt, welches Schicksal ihn erwartete. «Ihre Angestellte war ein schlimmes Mädchen», flüsterte ich ihm zu. «Sie gab sich zu bereitwillig hin.» Er schien mich verwundert anzusehen, und ich tätschelte ihm die Wange. «Sonst haben Sie nichts verpaßt», flüsterte ich von neuem. «Das Spiel hat gerade erst begonnen.»

Ich stieg mit dem offenen Rasiermesser in der Hand die Treppe hinauf – was für einen Anblick ich geboten haben muß, in Blut gebadet und das Gesicht mit Schmutz verschmiert wie ein afrikanischer Stammeskrieger. Das Mädchen sah mich zuerst und starrte mich an. «Hast du einen kleinen Bruder?» fragte ich es sehr freundlich. Dann eilte die Mutter auf mich zu und schrie so laut, wie ich es noch nie gehört hatte. Ich mußte den Lärm sofort beenden, weshalb ich ihr, angemessener Form und Verfahrensweise zum Hohn, mit meinem Holzhammer entgegentrat und sie niederschlug. Danach blickte ich zu den Kindern hinüber, die nunmehr in der Ecke kauerten.

ACHTUNDZWANZIG

Die brutale Ermordung der Familie Gerrard durch den Golem von Limehouse löste in der Öffentlichkeit noch größere Wut und Begeisterung aus. Sobald die Zeitungen die Einzelheiten der «neuesten Greueltat» veröffentlicht hatten, war niemand mehr in der Lage, von etwas anderem zu sprechen. Es war, als wäre in Limehouse eine Urgewalt zum Ausbruch gekommen, und man hegte die irrationale, doch allgemeine Furcht, daß die Taten nicht enden, sondern sich über die Stadt und vielleicht das ganze Land ausbreiten würden. Irgendein finsterer Geist war freigelassen worden, so schien es, und gewisse Religionsführer deuteten an, daß London – diese riesige städtische Schöpfung, die erste ihrer Art auf dem Globus – selbst für das Übel verantwortlich sei. Reverend Trussler von der Holborn Baptist Church verglich die Morde mit dem schmutzigen Rauch der Londoner Schornsteine und prangerte sie als zwangsläufige und unvermeidliche Folge der modernen Lebensweise an. Warum also sollte die Seuche nicht um sich greifen; würde sie bald Manchester, Birmingham und Leeds erreichen? Andere Leitfiguren riefen zur Inhaftierung aller Prostituierten auf – vorgeblich, um sie vor den Aktivitäten des Golems zu retten; aber solche Forderungen waren Teil einer allgemeineren Sehnsucht nach einer Art ritueller Läuterung und Säuberung. Man schlug sogar vor, den gesamten östlichen Bereich der Stadt niederzureißen und dort neue Siedlungen zu errichten. Mr. Gladstones Regierung erwog die Idee, aber sie wurde schließlich als unpraktisch und zu teuer verworfen. Wo insbesondere sollte man die früheren Bewohner des Eastends unterbringen, während man ihre neue Stadt baute? Und falls diese Menschen in irgendeiner Weise für das Erscheinen des Golems verantwortlich waren – so, wie verwesende Materie mutmaßlich Fliegen hervorbrachte –, würden sie die Infektion einfach nur verbreiten, wenn man sie über die Hauptstadt verteilte. Auch die Polizei blieb von fieberhaften Spekulationen nicht verschont; sogar die Beamten, die den Fall untersuchten, schienen zu glauben, daß sie auf der Fährte eines Mordgenies oder Mordgottes waren. Sie hatten die Bezeichnung «Golem» nicht gewählt – dies konnte der *Morning Advertiser* für sich beanspruchen –, doch nun benutzten sie den Begriff sogar in Gesprächen untereinander. Wie sonst hätte sich der Mörder der Entlarvung so lange entziehen können?

Die Schwester von Gerrard, dem Kleiderhändler, hatte während der Morde im Dachgeschoß des Hauses geschlafen; sie hatte Laudanum gegen Zahnschmerzen genommen und deshalb nichts gehört. Es ist nicht schwer, sich ihr Entsetzen vorzustellen, als sie die Ermordeten entdeckte. Aber noch während sie ihren Bruder und seine Familie tot vor sich liegen sah, fiel ihr ein Umstand auf: Nichts im Haus oder im Laden war angerührt, kein Möbelstück oder Haushaltsgegenstand von seinem Platz entfernt worden. (Sie konnte nicht wissen, daß die Trittleiter, die umgestoßen worden war und die Aufmerksamkeit des Dienstmädchens erregt hatte, nun wieder an ihrem ursprünglichen Platz stand.) Es war, als wäre die Familie ohne die Mitwirkung einer fremden Kraft ermordet worden – fast, als hätte sie sich unter dem Einfluß eines beherrschenden Impulses selbst umgebracht. Und so griff die Panik in ganz London um sich.

Sie berührte auch jene, die sich von öffentlichen Sensationen gewöhnlich nicht beeindrucken ließen oder sogar vorgaben, sie zu verachten. Die Morde in Limehouse führten indirekt zu Oscar Wildes etwa acht Jahre später geschriebenem Roman *Das Bildnis des Dorian Gray*, in dem die Opiumhöhlen und billigen Theater jener Gegend eine bedeutende Rolle für die recht melodramatische Handlung spielen. Sie inspirierten auch James McNeill Whistlers berühmte Gemäldeserie «Limehouse-Nokturnen», in der die dumpfe Atmosphäre der Straßen am Fluß durch Chromgrün, Ultramarin, Elfenbein und Schwarz eingefangen wird. Whistler nannte die Bilder auch «Harmonien zu einem Thema», wenngleich sie auf eine höchst unharmonische Art entstanden: Als er eines Abends in der Gegend skizzierte, wurde er wegen seines dunklen Umhangs und seiner «fremdartigen» Erscheinung verdächtigt, der Golem zu sein, und von einer großen Menschenmenge gejagt, bis er sich in die Sicherheit der Bezirkspolizeiwache flüchtete, wo man George Gissing ein paar Tage zuvor verhört hatte. Auftragsschreiber verfaßten mehrere Stücke über die Mordfälle; sie wurden in den verschiedenen «Blutbecken» oder «Mord und Totschlag»-Theatern aufgeführt, in denen «Schocker» die übliche Unterhaltung lieferten. Im Effingham in Whitechapel zum Beispiel wurde *Der Dämon von Limehouse* neben *Chattertons Tod* und *Der Skelettkutscher* zu einem festen Bestandteil des Horrorrepertoires. Man stellte zudem kleine Pappgestalten – einen Penny einfarbig und Twopence koloriert – der Opfer des Golems von Limehouse für den

Gebrauch in Schaubuden und Miniaturtheatern her. Unter diesen Bedingungen wurden sich Somerset Maugham und David Carreras, damals noch Kinder, zum erstenmal ihrer Schauspielbegeisterung bewußt – und in der Tat schrieb Carreras in den zwanziger Jahren ein Drama mit dem Titel *Niemand kennt meinen Namen*, das auf den Morden in Limehouse beruhte.

Aber ein Vertreter der Bühnenwelt der achtziger Jahre war – durch einen jener Zufälle, die so sehr Teil dieser und jeder anderen Geschichte sind – viel direkter mit der Ermordung der Familie Gerrard im Ratcliffe Highway verbunden. Gerrard war einst Dan Lenos «Garderobier» gewesen (Leno hatte dem Mann auch einige seiner alten Frauenkostüme geschenkt, als dieser das Geschäft eröffnete), und nur drei Tage vor ihrem Tod hatte der große Komiker der Familie Gerrard noch einen Besuch abgestattet. Bei dieser Begegnung, die unter einem so ungünstigen Stern stand, hatte er sie mit einer improvisierten Kostprobe seines neuen Liedes «Das knochenlose Wunder» unterhalten, wobei er so tat, als wäre sein ganzer Körper aus Kautschuk.

NEUNUNDZWANZIG

25. September 1880   Elizabeth und ich besuchten die «Pantomime» in der Oxford Music Hall in der Tottenham Court Road. Sie wollte sich unbedingt Dan Leno als Schwester Anne in *Blaubart* ansehen, doch als wir ein paar Minuten lang am Eingang standen, hörte ich zu meinem Entzücken, daß alle über mein eigenes kleines Schauspiel im Ratcliffe Highway sprachen. Die Londoner lieben einen schönen Mord, ob auf der Bühne oder nicht, und zwei der geistreicheren Gentlemen verglichen den Golem von Limehouse mit Blaubart. Ich brannte darauf, zu ihnen hinüberzugehen und mich vorzustellen. «Ich bin es», hätte ich sagen können. «Ich bin der Golem. Hier ist meine Hand. Sie dürfen sie schütteln.» Aber ich gab mich mit einem Lächeln und einer Verbeugung zufrieden; sie glaubten, mich zu kennen, und erwiderten die Verbeugung. Natürlich war das gemeinere Volk ebenfalls dort: Handwerker und kleine Geschäftsleute strömten, zusammen mit ein paar städtischen Angestellten und ihren Mädchen, zum Hauptsaal. Elizabeth bat mich, ein Programm mit den Liedtexten zu kaufen, während wir im Foyer standen. «Alte Gewohnheiten sind nicht leicht abzustreifen», sagte ich zu ihr.

«Aber einige Dinge haben sich geändert, John. Siehst du die Fresken? Und all die Blumen? Im Washington oder im Old Mo kannten wir so etwas nicht.»

«Mit den Schnecken und der Brunnenkresse ist's vorbei, Schatz. Nun sind Koteletts und Ale an der Reihe.»

Der Direktor stand in einer scharlachroten Weste

an der Tür; er wurde nervös und schwenkte die juwelengeschmückten Hände. «Bitte nehmen Sie Ihre Plätze ein. Sixpence für den Hauptsaal, Ninepence für die Galerie, die exklusiver ist.» Wir stiegen zur Galerie hinauf, und sobald Elizabeth die Bühne sah, ergriff sie aufgeregt meinen Arm; bestimmt erinnerte sie sich an ihre Zeit als älterer Bruder oder Little Victors Tochter. Die Gaslichter mochten verschwunden sein, und das Publikum war nun sauberer und gesünder, aber einen Moment lang atmete sie die Atmosphäre ein, die ihr so teuer gewesen war. Sie hatte kaum Zeit, auf den Konzertflügel und das Harmonium zu deuten, als die Pantojungen hereinkamen. Dann erschien Dan Leno und lief hinunter zum Bühnenrand wie in den alten Tagen. Meine Frau fiel in das schrille Gelächter ein, als er verkündete, er sei «Schwester Anne, die Frau, die Bescheid weiß». Ich lachte genauso laut wie alle anderen, denn ich wußte, daß ein Mord in der Luft lag.

DREISSIG

Es war nicht das erste Mal, daß Dan Leno die Rolle der Schwester Anne übernommen hatte, und ohnehin war er es gewohnt, die weibliche Hauptrolle zu spielen. Er war nicht mehr der besorgte, doch hoffnungsvolle junge Komiker, den Lambeth Marsh Lizzie 1864 kennengelernt hatte. Nun, sechzehn Jahre später, war er der etablierte Star der Music-Halls, der als «witzigster Mensch auf Erden» angekündigt wurde. In vielerlei Hinsicht war er zum Eigentum der Öffentlichkeit geworden: Die Zeitungen berichteten über seine Aktivitäten, überall im Land sah man zahllose Photographien von ihm, und weniger erfolgreiche Komiker in hundert billigen Varietés ahmten seine Darstellungen «lustiger Weibsbilder» nach. Er war weithin bekannt als Dame Durden, als Herzkönigin in *Humpty Dumpty*, als Baronin in *Brüderchen und Schwesterchen* und als Witwe Twankey in *Aladin*; aber seine berühmteste – und letztlich tragischste – Rolle war die der Mother Goose. Irgend etwas beeinträchtigte sein Gemüt, und er zog sich für eine Weile in eine private Pflegeanstalt zurück. Danach erholte er sich nie mehr völlig, und manche Theaterhistoriker behaupten, daß Mother Goose ihn schließlich vernichtet habe.

Schwester Anne erschien zu ihrem Hauptauftritt in der Mitte des ersten Aktes; sie fuhr in einem Karren, der von zwei Eseln gezogen wurde, und war wie eine Dame der alten Schule gekleidet, samt hoch aufgetürmter Perücke und dekolletiertem Kostüm. Es leuchtete nicht sofort ein, weshalb sie in einem Eselskarren saß, aber die Erklärung wurde geliefert, als ein klappriger Eisenbahnschaffner am Ende der Prozession auftauchte. Der Zug hatte eine Panne gehabt, und sie war der einzige Fahrgast gewesen.

«Wirklich, gnä' Frau, Sie sind *todschick*.» Der Schaffner mußte sehr laut sprechen, um das Gelächter des Publikums zu übertönen.

«Meinen Sie, ich sehe teuer genug aus?»

«Und ob! Sie sehen aus wie ein wandelnder Tresor.»

«In *meiner* Position muß ich natürlich vermögend aussehen.»

«Das Kleid hat bestimmt eine Menge gekostet.»

«Das ist mir egal, aber es ärgert mich, daß ich so viele teure Dinge darunter habe, die ich nicht zeigen darf.» An dieser Stelle erhob sie sich behutsam von einem Sack Getreide und schaute mit verwunderter Miene hinter sich.

«Was denn, gnä' Frau, haben Sie nichts zum Draufsetzen?»

«Es ist zu dumm. Ich habe sehr viel zum Draufsetzen, aber ich finde keinen schönen Platz dafür.»

Der Eisenbahnschaffner wischte sich die Stirn, bis das Gelächter abgeklungen war. «Steigen Sie also gleich aus?»

«*Au contraire*, ich steige Ihnen gleich aufs Dach.»

Es war derber Humor, wie ihn das Publikum liebte, aber wenn Leno solche Zeilen vortrug, schienen sie zum Inbegriff der Komik zu werden; er war so unscheinbar und doch so hochmütig, mit einem so vornehmen Gebaren und einem so kläglichen Schniefen, überschwenglich in der Niederlage und absurd im Sieg. Die Handlung des Stücks, von einem Journalisten des *Glow-Worm* umgeschrieben, bestand darin, daß Schwester Anne mit allen Mitteln versuchte, Blaubart auf sich aufmerksam zu machen – sie weigerte sich, auch nur ein «unerquickliches» Wort über ihn zur Kenntnis zu nehmen, und war so verzweifelt auf einen Mann aus, daß sie sich durch nichts umstimmen ließ. Sie hatte ein «entgegenkommendes» Wesen, glaubte jedoch an die Worte eines ihrer berühmten Lieder: «Ich dränge mich bestimmt nicht zu sehr auf». Um «Blauchen» anzulocken, hatte sie sogar Harfespielen gelernt, aber ihre Finger, ihre Arme und ihr Kleid verhedderten sich natürlich so sehr in den Saiten, daß sie schließlich auf dem Boden liegend mit dem Instrument rang. Dann vollführte sie einen Holzschuhtanz, um ihren Auserwählten anzulocken, doch der sagte ihr nur, sie sei «so elegant wie eine Dampfwalze». Trotzdem gab sie die Hoffnung nicht auf. Zugleich weihte sie ihre schöne Schwester Fatima immer wieder in die Künste der Verführung ein. Eine der Szenen, die das Publikum besonders amüsierten, spielte im zweiten Akt, als sich Schwester Anne hinter einer niedrigen Schirmwand umzog. Fatima kam auf die Bühne und fragte sie vorsichtig, um ihre Gefühle nicht zu verletzen: «Trägst du dich mit dem Gedanken, heute abend auszugehen, Liebes?»

«Nein», entgegnete Schwester Anne. «Ich trage überhaupt nichts.»

Es war ein «kleiner Scherz», wie Dan bei den Proben gesagt hatte, und das Publikum brüllte. Es gibt vielleicht kein besseres Merkmal für den Geschmack einer Epoche als ihren Humor, der es ermöglicht, das schmerzlichste oder ernsteste Thema so heiter abzuhandeln, daß der Witz selbst eine kathartische Wirkung hat. Deshalb erzählte man sich sogar auf dem

Höhepunkt der Morde von Limehouse viele heitere Geschichten über den «Golem» und seine Opfer. Aber wenn Humor zur Erleichterung oder als Ventil dient, kann er gleichzeitig zu einer uneingestandenen Gemeinschaftssprache werden, die noch die schlimmsten Aspekte einer Gruppe oder Gesellschaft ehrenhaft erscheinen läßt. Vielleicht ist damit eine der Szenen im dritten Akt von *Blaubart* zu erklären, als die von «Blauchen» seit mehreren Tagen an einen Stuhl gefesselte Schwester Anne aus Nahrungsmangel ohnmächtig wird. An dieser Stelle bindet der Schurke sie los, legt sie auf die Bühne und beginnt dann, mit einem Paar Holzschuhen auf ihr herumzutrampeln. Schwester Anne kommt für ein paar Sekunden zu sich, hebt den Kopf und fragt matt: «Was tust du denn bloß, Schatz?»

«Das ist meine Therapie. Mein Arzt hat mir befohlen, jeden Tag auf leeren Magen spazierenzugehen.»

Es war nicht schlecht gemacht, und das Publikum wußte den Witz zu schätzen, aber die Szene gab Aufschluß darüber, wie sehr die Londoner jener Epoche darauf brannten, besonders dreiste oder lüsterne Frauen für ihr Verhalten bestraft zu sehen.

Wahrscheinlich ist sogar die Vermutung nicht unangebracht, daß die rituelle Demütigung der Frauen in der Pantomime auf irgendeine Weise mit der Ermordung der Prostituierten in Limehouse verknüpft war. John Cree lachte jedenfalls laut auf, als Schwester Anne feststellte, daß sie zusammen mit einem Dutzend Kartoffeln bei lebendigem Leibe gekocht wurde. «Blauchen!» rief sie. «Blauchen! Ich schlüpfe gerade mal raus, um noch ein paar Karotten zu kaufen!»

Sie erhob sich ganz vorsichtig aus der Blechwanne,

wobei sie in jeder Hand eine Kartoffel hielt, die sie danach zu essen begann. Genau so erinnerte sich Elizabeth Cree an Dan Leno: die melancholische Miene («die ganze Tragik, die sich im Gesicht eines Affenbabys ausdrückt», wie Max Beerbohm schrieb), der durchdringende Blick, der nervöse, in Heiserkeit übergehende Wortschwall, das Achselzucken und dann die plötzliche komische Bemerkung, die wie ein Blitzstrahl im Sturm aufzüngelte. Er hatte sich das ganze Pathos und die ganze Leidenschaft seiner Jugend bewahrt.

Schwester Anne hatte schließlich begriffen, daß «Blauchen» doch nicht «ganz nach ihrem Geschmack» war, und saß zusammen mit einer alten Freundin und Vertrauten in ihrer behaglichen Stube. Die Rolle der Joanna Schraubenlocker wurde von Herbert Campbell gespielt, einem beleibten und imposanten Komiker, dessen matronenhafte Ausstrahlung den perfekten Hintergrund für Lenos winzige, doch lebhafte Gestalt bildete.

«Es gibt da was, Joanna, das mir ziemlich weh tut.»

«Was denn, Anne, mein Engel?»

«Ich wäre noch für zehn Jahre gut gewesen, wenn Blauchen seine Gewohnheiten geändert hätte.»

«Aber eine Frau in deiner Lage...»

«In was für einer Lage?»

«Darin wollen wir jetzt nicht weiter eindringen, mein Kind.»

Und so ging es weiter. Elizabeth Cree merkte bei mehreren Gelegenheiten, daß sich die beiden Komiker improvisierend die Bälle zuwarfen, aber das erhöhte nur ihr Vergnügen über die Darbietung und weckte Erinnerungen an ihr eigenes früheres Leben auf der Bühne.

EINUNDDREISSIG

In dieser ganzen Zeit hatte ich nie wirklich an meine Mutter gedacht – sie mußte längst verfault sein, Gott sei Dank –, aber manchmal sah ich sie trotzdem noch vor mir. Natürlich nicht leibhaftig, sondern im Geist der lustigen Weibsbilder, die Dan darstellte. Besonders eine ließ mich immer wieder vor Lachen kreischen: Miss Frommergeben, eine blütenweiße Jungfrau, die von einem solchen religiösen Fanatismus erfüllt war, daß sie dauernd in den Armen ihres Pfarrers ohnmächtig wurde. Ich half Dan dabei und gab ihm einige Hinweise – «Richter, Kapitel fünfzehn, Vers zwölf!» rief sie zum Beispiel, bevor sie einen ihrer «Anfälle» hatte. Das war wie in den alten Tagen in Lambeth Marsh. Dan unterstützte mich seinerseits bei der Entwicklung des älteren Bruders, und einmal brachte er mir sogar eine spezielle Gangart bei; es war die eines betrunkenen Kellners, der Nüchternheit vortäuscht, und Dan fand mich durch diesen «Tip», wie er sagte, gut «bedient». Aber ich holte mir auch gern auf eigene Faust Anregungen, und zuweilen zog ich meine Männerkleidung an und lungerte an den Docks oder auf den Märkten herum, um mir neuen Slang anzueignen. Die Straßenhändler spielten untereinander gern mit der Sprache, wie ich eines Abends in Shadwell entdeckte, als man mir einen «Bumpen Hier» statt eines Humpen Biers anbot. Dan lachte, als ich ihm davon erzählte, aber ich vermute, daß er all diese Spielchen bereits kannte. Der Slang der alten Knaben war feiner gesponnen, und ich fand heraus, daß ich, wenn ich ein Glas Rum bestellen wollte, «'nen

Heidenspaß mit viel Gebrumm» verlangen mußte; und eine Pfeife Tabak zu rauchen hieß, «sich den Frack mit Seife abzuschlauchen». Manchmal habe ich den Eindruck, daß die Rasse der Londoner sich ziemlich vom Rest der Welt unterscheidet!

Eines Nachmittags kehrte der ältere Bruder zu meinen alten Schlupfwinkeln in Lambeth zurück. Ich kam an der Unterkunft in der Peter Street vorbei und trat instinktiv in den Eingang, als wohnte ich immer noch dort bei der Toten. Es bereitete mir ein ganz seltsames Vergnügen zu wissen, daß sie mich, wäre sie noch am Leben gewesen, niemals erkannt hätte. Ich war ihr im Leben wie im Tode fremd. Ihr Grab lag auf dem Armenfriedhof am St. George's Circus; ich kniete davor nieder und nahm die Haltung ein, die man auf der Bühne als «Stellung des kalten Grausens» bezeichnet. «Ich habe alles geändert», flüsterte ich ihr zu. «Wenn du mich von deinem Aschenhaufen aus sehen kannst, wirst du es wissen. Entsinnst du dich an das alte Lied, Mutter?» Wahrscheinlich hätte sie gern eine ihrer Hymnen gehört und mich in ihre eigene böse Welt hinuntergezogen, deshalb sang ich großspurig das alte Trinklied aus dem Coal Hole an der Strand:

Dann der Henker wird auch kommen,
Wird auch kommen,
Dann der Henker wird auch kommen,
Hat seine Schergen mitgenommen,
Und sein Wort wird mir nicht frommen,
Verdammnis ihm.

Und nun ich geh nach oben,
Geh nach oben,

Und nun ich geh nach oben,
Aller Sorgen bin enthoben,
Kein Gebet braucht mich zu loben,
Verdammnis euch.

Wir durften es nie auf der Bühne singen, aber Onkel wiederholte es so oft, bis ich es auswendig kannte. Was für ein albernes Ding es war, aber das beste Gegenmittel, das jemals gegen den religiösen Wahnsinn zusammengebraut wurde.

An jenem Abend war ich in Höchstform, und nach meinem Auftritt fragte mich Charles Weston vom Drury Lany, ob ich Lust hätte, in jener Saison eine der männlichen Hauptrollen in *Brüderchen und Schwesterchen* zu übernehmen.

«Ob mir die Lust eine Last wäre?»

«Ob dir die Last eine Lust wäre?»

«Ja, und ob.»

Vermutlich war dies der Beginn einer gewissen Bitterkeit zwischen Dan und mir. Er dürfte nicht überglücklich darüber gewesen sein, daß eines der ständigen Mitglieder seiner Truppe die Halls verließ, um in der Pantomime der Saison mitzuwirken, aber er spielte nie direkt darauf an; er war jenseits der Bühne stets der vollkommene Gentleman, und doch schien er bei seinen Späßen nun etwas reservierter zu sein. Um die anderen nach einer Probe zu unterhalten, vollführten Dan und ich hin und wieder unsere eigene Version der *poses plastiques*, der «plastischen Posen», wie wir sie nannten. Zum Beispiel schlangen wir die Arme affektiert um die Requisiten, um Szenen wie «Die Lieblingsfrau des Sultans kehrt aus dem Bad zurück» oder «Napoleons voreiliges Gelübde» darzustellen. Aber nun schien er nicht mehr mit dem Herzen bei der Sache, und wir lachten nicht mehr aus vollem Hals. Immerhin hatte ich großen Erfolg in der weiblichen Hauptrolle; ich glaube, daß ich als erste mit Flitter besetzte Strumpfhosen auf der Bühne trug, womit ich wieder einmal einen Trend begründete. Walter Arbuthnot war die Baronin, und ein zum Schießen komisches Duo, Lorna und Toots Pound, spielte die Kinder. Ich erinnere mich noch, wie mir die Tränen in die Augen stiegen, als wir uns alle nach der letzten Vorstellung an der Hand faßten und die vertrauten Verse sangen:

In der Panto von Old Drury Lane
Waren wir auch heut zu sehn,
Unsre Rollen wolln bewahren
Noch in vielen Jahren
In der Panto von Old Drury Lane.

Aber es sollte leider nicht sein, und mein letztes Jahr in den Music-Halls war voll von Kummer und Sorgen.

Sie begannen, gleich nachdem ich zu Dan zurückgekehrt war. Wir traten im Standard in Clerkenwell auf. Da wir wußten, daß ein großer Teil des Publikums von der hebräischen Sorte war, benutzten wir ein paar jiddische Späßchen, um die Zuschauer auf Touren zu bringen. Ich hatte gerade meine Darbietung von «Freche Flossie» beendet und eilte unter großem Applaus davon; einige Münzen wurden auf die Bühne geworfen, aber ich war so müde und atemlos, daß ich mich einfach nicht zu einer Zugabe zwingen konnte. «Ich kann nicht mehr», sagte ich zu Aveline Mortimer, einer recht verbitterten Simultantänzerin, die sich auf «heitere Momente» spezialisierte. «Was soll ich bloß tun?»

«Geh einfach raus, Kindchen, und wünsche ihnen *Meesa Meschina*. Sie haben heute einen Feiertag.»

Ich kehrte also auf die Bühne zurück, breitete die Arme aus, lächelte und verkündete mit sehr klarer Stimme: «Ladies und Gentlemen, besonders jene Gentlemen, die nicht völlig unverbunden mit einem historischen erwählten Volk sind...» Das löste Gelächter aus, und ich hielt einen Moment lang inne, um Atem zu schöpfen. «Darf ich Ihnen vom Grunde meines Herzens *Meesa Meschina* wünschen!» Plötzlich wurde es still, und dann ertönte ein so höllisches Pfeifen und Zischen, daß ich mich gezwungen sah, die Bühne zu verlassen.

Onkel rannte auf mich zu, während ich verstört in der Seitenkulisse stand. «Wie konntest du nur so etwas sagen, Schätzchen?» Er wies Jo an, den Vorhang herunterzulassen. «Weißt du denn nicht, was das in ihrer Sprache bedeutet? *Meesa Meschina* bedeutet PLÖTZLICHER TOD!»

Ich war entsetzt, und als ich meine einstige Freundin Aveline Mortimer davonschleichen sah, hätte ich meinerseits gern einen plötzlichen Tod verursacht. Sie hatte mich immer um meinen Erfolg beneidet, aber das war der gehässigste Anschlag, den sie sich hätte ausdenken können. Zum Glück war Dan jeder Theaterkrise gewachsen, und da er immer noch das Kostüm der Schönen Hauswirtin – mit Korkenzieherlöckchen und allem Drum und Dran – trug, ging er sogleich hinaus und sang «Männer – von einer, die sie haßt». Das besänftigte sie ein wenig, und als er danach zu «Ich bin wieder im Schanklokal» überging, hatten sie sich völlig beruhigt.

Wie man sich vorstellen kann, war ich immer noch erschüttert. Normalerweise trank ich keinen Tropfen, aber nach der Show begleitete Onkel mich nach «nebenan» und bestellte mir ein großes Glas Punsch. «Es war Aveline, die blöde Kuh», erklärte ich ihm. «Sie wird nie wieder im selben Programm wie ich tanzen.»

«Mach dir nichts draus, Schätzchen. Alles ist vergessen, wie der Henker zum Gehenkten sagte.» Er tätschelte mir die Hand und hielt sie dann etwas länger fest, als es sich gehörte.

«Hol mir noch ein Glas, Onkel. Mir steht der Sinn danach.»

In diesem Moment schlenderte Dan herein; er trug einen breitkarierten Anzug der neuesten Mode. «Ich wette, du könntest sie umbringen», sagte er.

«Mit Vergnügen.»

«Das ist gut. Bleib in diesem Zustand. Ich glaube, ich habe eine kleine Rolle für dich.»

Ich sollte erläutern, daß wir manchmal «Einlagen» zwischen den Nummern aufführten. Es konnte eine burleske Shakespeare-Auslese sein (Dan gab eine urkomische Desdemona) oder ein «Schocker» wie das Menschenfresserdrama *Sweeney Todd*, das ins Lächerliche gezogen wurde. Ich werde nie vergessen, wie der berühmte «Roller» Rowley eines von Sweeneys Opfern spielte, das mit Hilfe einer Serie kunstvoller Purzelbäume entkam; das Publikum schrie immer wieder: «Roll, Rowley!», und er schlug einen Purzelbaum nach dem anderen, bis er schließlich von der Bühne verschwand. Wie auch immer, Dan hatte einen Plan für eine neue Einlage. Er wußte, daß Gertie Latimer ihr neues Horrorstück *Maria Marten oder der Mord in der roten Scheune* im Bell Theatre in Limehouse aufführen würde, und er hatte beschlossen, sich in einer kleinen Eigenproduktion darüber lustig zu machen. Er würde Maria, die unglückliche Ermordete, spielen, während ich die Rolle des Liebsten übernehmen sollte, der sie erwürgt und ihre Leiche dann in der berüchtigten Scheune versteckt. Hugo Stead, gut bekannt als der «dramatische Fanatiker», würde Marias Mutter spielen, die Visionen vom Tod ihrer Tochter hat. Der entscheidende Punkt war, daß Hugo einen wunderbaren kleinen Trick, genannt «die perfekte Kur», entwickelt hatte: Beim Singen sprang er einfach auf und ab, die Arme an die Seiten und die Beine aneinandergedrückt. Immer wenn Mrs. Marten eine ihrer Visionen hatte, würde sie vor Aufregung zu hüpfen beginnen. Auch «Roller» Rowley sollte irgendwie eingeführt werden – schon deshalb, weil es lustig sein würde, die beiden auf der Bühne herumtollen zu lassen. Das jedenfalls war Dans Plan, und während wir im Lokal saßen, diskutierten wir über die Gags und die Handlung. Ich hatte nie zuvor einen Mörder gespielt, geschweige denn einen spaßigen Mörder, und ich war ein wenig nervös beim Gedanken daran, wie die Sache ablaufen würde.

Wie es der Zufall wollte, saß mein künftiger Ehemann, Mr. John Cree, ganz in unserer Nähe und war in ein Gespräch mit zwei Plapperkomikern vertieft, die sich «Die Abendschatten» nannten. Seit jener gräßlichen Nacht, als Little Victor Farrell «sein Schicksal ereilte», wie es auf den Plakaten heißt, hatte ich ab und zu ein Wort mit John Cree gewechselt, drum fühlte ich mich recht unbefangen, als Onkel ihn aufforderte, sich an unseren Tisch zu setzen. «John», rief er. «Komm her. Dan hat beschlossen, ein echter Dramatiker zu werden.» Es war immer unser Ziel, etwas in den Zeitungen «unterzubringen» und, wenn möglich, unsere Namen gedruckt zu sehen. Daher lächelte ich sehr freundlich, als er einen Stuhl heranzog.

«Mr. Cree», sagte ich, «vielen Dank, daß Sie zu uns gekommen sind. Dan plant etwas sehr Ernstes.»

«Was denn?»

«Einen Schocker. Ich soll ein sehr männlicher Mörder werden.»

«Ich kann mir überhaupt nicht vorstellen, daß Sie sich für eine solche Rolle eignen.»

«Oh, Sie wissen doch, Mr. Cree, Bühnenleute sind zu allem fähig.»

Aber Dan verdarb mir den Spaß, indem er erklärte, daß es sich um ein ulkiges Zwischenspiel handele. Nichtsdestoweniger schrieb John Cree in der folgenden Woche in der *Era*: «Die große Komödiantin Lambeth Marsh Lizzie, ihren zahlreichen Bewunderern besser als der ältere Bruder bekannt, wird das Publikum mit einer völlig neuen und sensationellen Rolle unterhalten, die, wie wir hören, etwas mit einem berüchtigten Verbrechen zu tun hat.» Ich glaube, daß John mir schon damals gewogen war, aber ich kann aufrichtig sagen, daß ich ihm nie Hoffnungen machte. Schließlich war er ein Gentleman und machte sich unsere behaglichen kleinen Plaudereien über die Branche, nachdem er mich in seiner Kolumne erwähnt hatte, nicht zunutze. Er erzählte mir, er habe stets im Schatten seines Vaters gelebt, der irgendein Unternehmen in Lancaster betrieb, und ich brachte mein starkes Mitgefühl zum Ausdruck. «Aber wenigstens kennen Sie Ihre Eltern», fügte ich hinzu. «Ich wünschte, ich könnte das auch sagen.» Er nahm einen Moment lang meine Hand, aber ich zog sie behutsam zurück.

Dann teilte er mir mit, daß er Katholik sei, und ich schüttelte ungläubig den Kopf. «Das ist ein seltsames Zusammentreffen, Mr. Cree. Ich bin auch im Banne der Religion aufgewachsen.» Er vertraute mir an, daß er stets nach Anerkennung als Literat gestrebt habe – die *Era* sei nur der erste Schritt. Ich erwiderte, ich sei in genau der gleichen Lage und hätte nur deshalb den Weg zu den Music-Halls gewählt, um eines Tages eine ernste Schauspielerin werden zu können. Danach wurden wir recht gute Freunde, und nach einer Weile zeigte er mir ein Drama, an dem er seit einiger Zeit gearbeitet hatte. Es trug den Titel *Elendskreuzung*, zu Ehren jener berühmten Stelle an der Ecke der Waterloo Road, wo das York-Hotel lag. Dort versammelten sich die arbeitslosen Künstler und warteten auf die Agenten. Vermutlich war er deshalb so interessiert an mir und all meinen kleinen Sorgen. Ich gebe zu, daß seine Aufmerksamkeit mir schmeichelte, aber ich erwartete nie, daß sich daraus etwas entwickeln würde.

Die Proben für unser ulkiges Zwischenspiel waren teuflisch, da wir uns all die lustigen Elemente aufsparten: «Roller» Rowley rollte nicht oder höchstens halbherzig, und der «dramatische Fanatiker» machte keineswegs fanatische Sprünge. Ich beherrschte natürlich meinen Text, aber ich wurde immer wieder von Dans Ausgelassenheit und seinem Temperament überrascht. «Was für ein Haufen Kühe», sagte er, als er die Bauernhofkulisse zum erstenmal sah. «Wir könnten genausogut auf der Wiese draußen sitzen.»

«Bist du endlich fertig, Dan?» Onkel war der Inspizient und bemühte sich um Ordnung, obwohl er immer als erster über Dans Bemerkungen lachte.

«Nein. Ich bin nicht fertig. Ich muß ja auch nirgendwohin. Außer von der Wiese runter.»

«Hör auf, Dan. Benimm dich. Wir haben keine Zeit für solchen Zauber.»

Dann verbrachten wir, die Textabzüge in der Hand, zwei Nachmittage damit, den Text und all die «Verzierungen» zu lernen, die wir uns beim Lesen einfallen ließen. Onkel hatte ein paar hübsche Verse für den Mörder geschrieben, der allein vor der roten Scheune steht, und ich rief sie genußvoll in den Saal:

Werd sein ein wütend Schlächter,
voll von irrn Ideen,
Doch ward dazu getrieben
von der falschen Mary Jane Marten...

An dieser Stelle sollte sich Dan einschalten und «Pardon?» sagen, aber er starrte nur auf seine Abzüge.

«Mach schon», sagte ich, recht verblüfft über sein Schweigen. «Du bist an der Reihe.»

«Ich warte auf mein Stichwort.»

«Dan, ich habe dir dein Stichwort gegeben.»

«Wie kommst du darauf? Mein Stichwort ist: ‹Lizzie sagt Marten und lacht dann wild.›»

«Ich habe doch gelacht.» Ich bat Onkel um Unterstützung. «Oder?»

«Ja, Dan. Sie hat gelacht.»

«War das ein Lachen? Ich dachte, sie hätte Krupp.» Er blätterte die Bögen um und schaffte es irgendwie, sie durcheinanderzubringen. «Hier ist etwas ganz faul. Ich scheine die Bühne mit einer Gans zu verlassen. Woher kommt die?»

Onkel war stets sehr geduldig und ging hinüber, um ihm zu helfen. «Auf welcher Seite bist du?»

«Neun.»

«Du hast drei Seiten überblättert. Hier ist die Stelle. Weiter jetzt.» Darauf rezitierte Dan Maria Martens letzte Worte: «Ich bereue den Tag, als er um mich warb. Ja, wirklich. Ich umwerbe den Tag, als er mich bereute. Ich saß auf der Stufe und dachte über das Leben nach – oder saß ich auf dem Leben und dachte über die Stufe nach –, alles mit meinem gewohnten Flair und auf folgende Art: Oh, was ist die Frau? Wer ist sie? Ist sie unerläßlich?» Im Laufe dieses Monologs – den Dan, dessen bin ich sicher, ewig hätte fortsetzen können – sollte ich mich von hinten an ihn heranschleichen und ihn, zum großen Entzücken der Galerie, mit bloßen Händen erwürgen. Danach mußte ich ihn in die Scheune schleppen, seine Leiche unter etwas Stroh verbergen und mich mit den Worten «Es war alles ein wenig gedrosselt, nicht wahr?» an das Publikum wenden.

«Wißt ihr», sagte Dan nach der Probe, «ich glaube, daß die Szene wirklich sehr komisch wird. Ich entdecke eine Menge Schwung darin.» Er sollte recht behalten, aber eines Abends entwickelten wir etwas zuviel Schwung. Dan beendete gerade Marias Monolog – er fügte einige Bemerkungen über die neuen Gesetze bezüglich der Verehelichung mit der Schwester einer verstorbenen Ehefrau hinzu (er konnte allem etwas Lustiges abgewinnen) –, als ich mich heranschlich und ihm die Hände um den Hals legte. «Macht euch bloß keine Sorgen», sagte er ins Blaue hinein. «Verschwendet keinen Gedanken daran.» Ein Kind schrie irgendwo in der Galerie, als ich zupackte. Der Lärm muß mich aus der Fassung gebracht haben, denn ich umklammerte seine Kehle viel zu lange. Er war zu professionell, um die Szene abzubrechen, aber während ich ihn zur Scheune schleppte, war er schlaff geworden. Ich konnte erkennen, daß sein Gesicht unter der Schminke eine graue Färbung angenommen hatte, und er schien kaum noch zu atmen. Natürlich bewahrte ich meine Geistesgegenwart, obwohl mich tausend Gesichter beobachteten, und rief: «Kommen Sie her, Mr. Marten. Ihrem Mädchen geht's sehr schlecht.» Onkel spielte Dans Vater, und er trug bereits seine Trauerkleidung für die abschließende Beerdigung. Nun rannte er mit seinem schwarzen Hut in der Hand herbei, und gemeinsam trugen wir Dan von der Bühne. Die Menge hielt das alles für einen Teil der Posse und begann zu lachen. Der Geiger war klug genug, aufzuspringen und ein musikalisches Zwischenspiel einzuleiten, während Onkel und ich versuchten, Dan mit Riechsalzen und Brandy wiederzubeleben. Danach führten «Roller» Rowley und der «dramatische Fanatiker» eine Reihe improvisierter Sprünge und Purzelbäume vor. Endlich kam Dan zu sich und warf mir einen Blick zu, den ich nie vergessen werde. «Das letzte, was ich gespürt habe, waren deine großen Hände. Was hast du dir bloß dabei gedacht?»

«Anscheinend kann ich meine eigene Kraft nicht einschätzen, Dan.»

«Das kann man wohl sagen.» Er merkte, daß ich kurz davor war, in Tränen auszubrechen, und trotz seiner Schwäche brachte er mich mit einer Bemerkung über seinen «Kautschukhals» zum Lachen. Und danach bestand er darauf, die Vorstellung fortzusetzen. Er war eben ein echter Profi.

Aber ich glaube, daß ich ihn fortan nervös machte; jedenfalls zog er mich nie wieder für eines seiner Klamaukstücke heran. Onkel ergriff natürlich für mich Partei und gab meinem Eifer die Schuld; er war nun einer meiner Lieblingskollegen geworden, und manchmal erlaubte ich ihm sogar, meine Hand zu tätscheln oder mein Knie zu streichen. Andere Vertraulichkeiten waren ihm untersagt, aber er nannte mich «seine kleine Lizzie» und nahm sich einmal die Freiheit, mich als sein «liebstes Mädchen» anzusprechen.

«Ich bin nicht deine Liebste, Onkel, und ich bin nicht dein Mädchen.»

«Hab Erbarmen, Lizzie. Bei mir brauchst du nicht die Unschuldige zu spielen.»

«Ich spiele gar nichts. Es ist mein voller Ernst.»

«Wenn du meinst, Lizzie, wenn du meinst.»

Onkel wohnte nicht in unserer Unterkunft, sondern hatte sich eine elegante neue Villa in Brixton gekauft. Dan und ich – sowie ein oder zwei der anderen – fuhren manchmal dorthin zum Tee. Wieviel Spaß wir in jenen Tagen hatten, denn Dan tat so, als sei er von Onkels aufkeimender Vornehmheit überwältigt. Zum Beispiel zeigte er auf eine silberne Teekanne oder ein prächtiges Ebenholzmöbel und fragte uns im Cockney-Slang: «Haut euch das nich um?» Dann setzte unser seit kurzem zur Truppe gehörender Komiker Pat «Auf die Töne kommt es an» Patterson die Spöttelei mit einem laufenden Kommentar über die Plüschvorhänge, die Ormulu-Uhr, die Papierblumen und alles andere fort. Onkel lachte immer, wenn wir uns über seine Besitztümer lustig machten, aber wie ich bald herausfinden sollte, behielt er die erlesensten Stücke für sich.

Eines Tages besuchte ich ihn zufällig ein paar Stunden vor einer Show zum Tee, als ich merkte, daß ich der einzige Gast sein würde. «Meine teuerste Nichte», sagte er. «Herein in die gute Stube.»

«Ist das nicht aus einem Kinderlied, Onkel?»

«Schon möglich, Lizzie, schon möglich. Aber komm trotzdem rein.» Er sprach das letzte Wort mit einer tiefen, sonoren Stimme aus, als wäre er ein Lion comique. «Setz dich und ruh dir die Haxen aus.» Er bewirtete mich reichlich mit Tee und Gurkensandwiches (ich kann einem schönen Stück Gurke nie widerstehen) und fragte mich dann aus heiterem Himmel, ob ich ein Geheimnis erfahren wolle.

«Ich liebe Mysterien, Onkel. Ist es ein Schocker?»

«Tja, mein Kind, ich glaube schon. Komm einen Moment lang mit mir nach oben, und wir werden sehen.» Also folgte ich ihm hinauf ins Dachgeschoß. «Das ist meine Dunkelkammer», flüsterte er und pochte an eine Tür. «Und hier ist die Überraschung!» Er öffnete die Tür, und ich hatte kaum Zeit, seinen erstaunlichen Gesichtsausdruck zur Kenntnis zu nehmen, bevor er mich in den Raum führte, den ich zunächst für ein Arbeitszimmer hielt. In einer Ecke standen ein Schreibtisch und ein Stuhl, aber in der Mitte war – wer hätte es gedacht? – eine Kamera mit ihrem Tuch und ihrem Stativ.

Er war ein so goldiger Mann, daß ich eher erwartet hätte, er würde sich mit Aquarellen oder etwas Ähnlichem beschäftigen. «Was willst du denn damit, Onkel?»

«Das ist das Geheimnis, Lizzie.» Nun, da er ganz in meiner Nähe war, konnte ich Alkohol in seinem Atem riechen, und ich vermutete, daß er eine Kleinigkeit mit seinem Tee zu sich genommen hatte. «Kann ich mich darauf verlasssen, daß du den Mund hältst?» Ich nickte und fuhr mir mit der Hand über den Mund wie die alte Dienerin in *Das große Feuer von London*. «Das sind einige meiner Mädchen. Dort drüben.» Er trat an den Schreibtisch, schloß ihn auf und holte einige Papiere hervor. Wenigstens schienen es Papiere zu sein, aber als er sie mir reichte, sah ich, daß es Photos waren – Photos von halb oder völlig nackten Frauen mit Peitschen und Ruten in der Hand. «Was hältst du von ihnen, Lizzie?» fragte er gespannt. Ich war zu überrascht, um antworten zu können. «Das ist mein kleiner Spaß, Lizzie. Du verstehst mich doch? Ich bin hin und wieder scharf auf eine schöne Tracht Prügel. Wer wär's nicht?»

«Die kenne ich.» Ich hielt eines der Photos hoch. «Das ist das Mädchen, das früher als Assistentin für den großen Bolini arbeitete. Sie wurde immer in der Mitte durchgesägt.»

«Genau, Schatz. Was für eine Künstlerin.» Natürlich war ich entsetzt über Onkels schmutziges kleines Geheimnis, aber ich wollte es mir auf keinen Fall anmerken lassen. Wahrscheinlich lächelte ich sogar. «Und weißt du, Kindchen, ich möchte dich um einen Gefallen bitten.» Ich schüttelte den Kopf, aber er nahm keine Notiz davon und ging hinüber zur Kamera. «Würdest du mich mit einer *pose plastique* beglücken, Lizzie? Nur ein Tableau?»

«Ich würde mich lieber umbringen lassen», sagte ich, wobei ich unbewußt eine Zeile aus *Die Phantomtruppe* wiederholte. «Es ist ekelhaft.»

«Immer mit der Ruhe, mein Kind. Bei mir kannst du auf deine Spielchen verzichten.»

«Worauf willst du hinaus?»

«Oh, Liebling. Onkel weiß alles über die gute Lambeth Marsh Lizzie.» Er mußte mich wohl verblüfft haben, denn ich spürte, daß ich rot wurde. «Ganz bestimmt. Ich bin dir gefolgt, Schätzchen, wenn du deine Männersachen anhattest und nach Limehouse spaziert bist. Wärst du lieber ein Mann, Lizzie, und möchtest du für Frauen attraktiv sein?»

«Was ich tue, geht dich überhaupt nichts an.»

«Oje, fast hätte ich's vergessen. Da war ja noch die Geschichte mit Little Victor.»

«Was für ein Blödsinn ist das nun wieder?»

«Ich habe euch beide damals in der Kantine gesehen. Du hast ihm ganz schön eingeheizt, nicht wahr, Lizzie? Zufällig war es gerade der Abend, an dem er eine Treppe hinunterstürzte und der Erde Mühsal hinter sich ließ. Daran erinnerst du dich doch wohl noch, Lizzie? Schließlich warst du so untröstlich.»

«Ich habe dir nichts zu sagen, Onkel.»

«Du brauchst auch nichts zu *sagen*, Kindchen.» Was konnte ich tun? Einige böswillige Leute hätten sich seine Geschichten über mich anhören können, und ich war nur eine schutzlose Künstlerin. Halb London würde mich bereits als schamlos brandmarken, weil ich in den Music-Halls arbeitete, und die andere Hälfte wäre nur zu gern bereit, das Schlimmste zu glauben. Es war in meinem Interesse, Onkel bei Laune zu halten. Deshalb nahm ich fortan jeden Sonntagnachmittag eine Droschke nach Brixton und verabreichte dem gräßlichen Kerl in seiner Dachkammer eine tüchtige Tracht Prügel. Ich muß zugeben, daß ich sehr grob mit ihm umsprang, aber es schien ihm nie etwas auszumachen. Im Gegenteil, jedesmal wenn ich ihm Blut entlockte, rief er: «Weiter! Weiter!», bis ich völlig erschöpft war. Das ist die Strafe für meinen Charakter, denn ich gehe stets an die Grenze meiner Leistungsfähigkeit. Ich bin ein Profi. Aber ich glaube nicht, daß Onkels Herz der Sache gewachsen war, denn er hatte eine sehr freundschaftliche Beziehung zur Flasche, und bei seinem Gewicht mußte sich die Anstrengung bemerkbar machen.

Ungefähr drei Monate, nachdem er mich überredet hatte, die Peitsche zu schwingen, bekam er Herzbeschwerden. Ich entsinne mich gut an den Vorfall: Er war zu unseren Proben für *Der irre Schlachter oder Was ist in dieser Wurst?* gekommen, als er plötzlich gegen die Kulissen fiel. Er schwitzte und zitterte so sehr, daß ich Dan drängte, einen Arzt rufen zu lassen, aber als dieser eintraf, war es schon zu spät. Onkel hatte seinen gerechten Lohn erhalten, und zu meiner Genugtuung war mein Name das letzte Wort, das er hauchte.

ZWEIUNDDREISSIG

MR. GREATOREX Das also ist Elizabeth Cree. Laut der Darstellung, die Sie sich gerade anhören durften, steht sie hier als eine Frau, die man übel verleumdet und ins Unrecht gesetzt hat. Sie ist eine vorbildliche Ehefrau, die allein aufgrund von Indizien und Klatsch eines abscheulichen Mordes beschuldigt wird. Sie haben gehört, daß ihr unglücklicher Ehemann John Cree sich selbst umgebracht haben könnte, indem er Arsenpulver aß. Und warum lieferte er sich bereitwillig einem so schmerzhaften und langwierigen Tod aus? Es scheint, daß er ein Katholik war, der, wie seine Frau aussagt, so sehr von krankhafter Frömmigkeit heimgesucht wurde, daß er glaubte, Gott habe ihn verurteilt und er werde von Dämonen beobachtet. Der Selbstmord sei seine Erlösung gewesen, wenngleich es Ihnen ein wenig seltsam vorkommen mag, daß er sich dadurch denselben Dämonen für alle Ewigkeit auslieferte.

Aber lassen Sie uns einen Moment lang auf religiöse Mutmaßungen verzichten und die Tatsachen der Angelegenheit ins Auge fassen. Elizabeth Cree suchte einige Tage vor dem Tod ihres Mannes eine Apotheke in der Great Titchfield Street auf. «Wegen der Ratten», sagte sie, doch ihr Dienstmädchen Aveline Mortimer hat zu Protokoll gegeben, daß das neuerbaute Wohnhaus in New Cross keinerlei Schädlinge beherbergte. Dann wird ihr Ehemann infolge einer Arsenvergiftung tot aufgefunden. Der Leichenbeschauer hat bereits ausgesagt, daß das

Opfer für wenigstens eine Woche vor seinem vorzeitigen und unglücklichen Hinscheiden gewisse Mengen jener Substanz zu sich genommen haben muß. Das mag Ihnen im Zusammenhang mit dem Selbstmord eines verzweifelten Mannes ungewöhnlich erscheinen. Weiterhin wurde die Verabreichung einer tödlichen Dosis am Abend des 26. Oktober letzten Jahres festgestellt, als das Hausmädchen laut ihrer Aussage hörte, daß John Cree seine Frau anschrie: «Du Teufel! Du bist es!» Nur kurze Zeit später, während er auf dem türkischen Teppich in seinem Schlafzimmer lag, lief Mrs. Cree auf die Straße hinaus und rief: «John hat sich umgebracht», dazu allerlei ähnliche Worte. Sie wußte also bereits – was Ihnen seltsam erscheinen mag –, daß dies die Absicht und die Handlung ihres Mannes war. Merkwürdiger noch: Ohne ihn untersucht zu haben, hatte sie keinen Zweifel daran, daß er an Arsenvergiftung starb. Trotzdem sah sie sich erst etliche Minuten später in der Lage, Dr. Moore aufzuwecken. Er war es, der John Cree für tot erklärte, woraufhin Mrs. Cree in den Armen ihres Hausmädchens ohnmächtig wurde.

Lassen Sie uns nun Mr. Cree betrachten. Seine Frau hat Ihnen mitgeteilt, er sei ein krankhafter Papist gewesen, doch kein anderer Zeuge hat entsprechende Aussagen gemacht. Wir sollen uns also, mit anderen Worten, einzig und allein auf die Aussage von Mrs. Cree verlassen, um den Selbstmord ihres Mannes erklären zu können. Das Dienstmädchen, das mehrere Jahre lang im selben Haus wohnte, hat jede einzelne von Mrs. Crees Behauptungen bestritten. Im Gegenteil, sie berichtet uns, Mr. Cree sei ein gütiger und großzügiger Arbeitgeber gewesen, der nicht das geringste Zeichen von religiöser Besessenheit erkennen ließ. Einmal pro Woche besuchte er die katholische Kirche St. Mary of Sorrows in New Cross zusammen mit seiner Frau, aber das geschah auf Mrs. Crees Bitten hin; sie legte laut dem Hausmädchen großen Wert darauf, achtbar zu erscheinen. Und da Mr. Crees Charakter und Gemütszustand so wichtig für diesen Fall sind – schließlich ist dies der einzige Ausgangspunkt für die Verteidigung der Angeklagten –, dürfte es angemessen sein, etwas gründlicher auf sein Leben und seine Persönlichkeit einzugehen. Sein Vater war Strumpfwarenhändler in Lancaster, aber Mr. Cree kam Anfang der sechziger Jahre nach London, um sein Glück als Literat zu suchen. Offenbar strebte er danach, Dramatiker zu werden, und deshalb hatte er natürlich eine Neigung zur Welt des Theaters. Er fand eine Stellung als Reporter bei der *Era*, einer Bühnenzeitschrift, und in dieser Eigenschaft lernte er die Frau kennen, die er später heiratete und die nun vor Ihnen in der Anklagebank steht. Einige Zeit nach dieser Eheschließung starb John Crees Vater an Gastritis und hinterließ seinem einzigen Sohn ein stattliches Vermögen. Dies ist bekanntlich das Vermögen, das seine Frau nun geerbt hat. Er gab seinen Posten bei der *Era* auf und widmete sein Leben fortan ernsteren literarischen Arbeiten. Wie Sie gehört haben, besuchte er häufig den Lesesaal des Britischen Museums und schrieb weiter an seinem Drama. Aus den Notizen, die in seinem Besitz gefunden wurden, geht außerdem hervor, daß er eine Geschichte der

Armen von London zusammenstellte. Ist das ein Mann, der sich einem religiösen Wahn hingeben würde, wie seine Frau erklärt hat? Oder war John Cree vielleicht ein böser Haustyrann, ein Blaubart, der ihr ein Leben in unerträglichem Elend verhieß? Das ist nicht der Fall. Allem Anschein nach war er ein ruhiger und höflicher Mann, der keinen Grund hatte, sich selbst zu töten, und gegen den seine Frau nicht die geringsten Beschwerden vorbringen konnte. Er war keineswegs – um eine moderne Analogie zu benutzen – eine Art Golem von Limehouse.

DREIUNDDREISSIG

26. September 1880   Meine teure Frau liebte die Pantomime so sehr, daß sie gestern abend in der Kutsche zurück nach New Cross die Reprise sang, mit der Dan und sie in den alten Tagen die Vorstellung beschlossen hatten. In unserem Haus angelangt, umklammerte sie sogleich die Hand des Dienstmädchens und schilderte ihr die gesamte Darbietung. «Und danach machte Dan einen kleinen Rückmarsch mit Blaubart. ‹Ich gehe raus und komme wieder rein, damit du weißt, daß ich hier bin.› Erinnerst du dich, Aveline?» Meine Frau imitierte sogar die heisere Stimme von Schwester Anne. Ich ging nach oben in mein Arbeitszimmer, um eine Debatte in meinem Innern beizulegen; ich meinte mich eines Essays über die Pantomime von Thomas de Quincey zu entsinnen, aber der Titel wollte mir nicht einfallen. War es etwas wie «Gelächter und Geschrei» oder «Der Trick des Schreiens»? Ich wußte nur, daß es ein sehr eleganter Titel war, aber der genaue Wortlaut war mir nicht gegenwärtig. Deshalb näherte ich mich den Werken des großen Schriftstellers und fand den Aufsatz durch einen erstaunlichen Zufall in demselben Band wie die andere, so sehr von mir geschätzte Arbeit «Der Mord als eine schöne Kunst betrachtet». Der genaue Titel lautete «Lachen, Schreien, Reden», und ich entdeckte, daß ich am Rand sogar eine Passage markiert hatte, in der die Pantomime beschrieben wird als «die Kurzform von Vergnügen, Grillen, Betrügereien und Greueln, das heißt von clownenhaften Greueln oder Verbrechen, die uns entzücken». Welch eine prächtige Wendung – *Verbrechen, die uns entzücken* –, und sie erklärte natürlich das allgemeine Interesse an meinen eigenen kleinen Dramen auf den Straßen von London. Ich konnte mir sogar vorstellen, daß ich mit dem Holzhammer in der Hand vor der nächsten Hure erscheinen und im angemessenen Tonfall kreischender Erregung «Auf ein neues!» ausrufen würde. Vielleicht würde ich gar ein Kostüm anziehen, bevor ich sie aufschlitzte. Ach, was für ein Leben! Und das Publikum liebt natürlich jede Sekunde – war es nicht Edmund Burke, der in seinem sehr gehaltvollen Essay über das Sublime und Schöne erläuterte, wie die höchsten ästhetischen Gefühle durch die Erfahrung von Entsetzen und Gefahr hervorgerufen werden? Horror ist das wahrhaft Sublime. Das gemeine Volk und sogar die Mittelschichten behaupten, meine großartige Karriere widere sie an oder beunruhige sie. Doch insgeheim lieben und bewundern sie jedes ihrer Stadien. Alle Zeitungen des Landes sind ehrfurchtsvoll auf meine bedeutenden Akte eingegangen und haben sie zuweilen sogar übertrieben, um dem Geschmack der Öffentlichkeit gerecht zu werden – in gewissem Sinne sind sie zu meinen Schülern geworden. Ich habe einmal für die *Era* gearbeitet und weiß, wie überaus naiv Zeitungsreporter sein können; zweifellos glaubten sie nun mit der gleichen Inbrunst wie alle anderen an den Golem von Limehouse und akzeptierten bereitwillig, daß irgendein jenseitiges Wesen Jagd auf die Lebenden machte. Eine gewisse Mythengläubigkeit ist nach London zurückgekehrt – wenn sie es überhaupt jemals verlassen hat. Man befrage einen Bewohner Londons gründlich, und man wird auf die Spur eines verängstigten mittelalterlichen Bauern stoßen.

Ich nahm eine Droschke nach Aldgate und machte dann einen Spaziergang in Richtung Ratcliffe Highway. Ein Polizist war vor dem Haus der so wunderschön Ermordeten postiert, und auf der Straße stand eine kleine Menschenmenge, die nichts anderes zu tun hatte, als zu gaffen oder zu tratschen. Ich schloß mich ihr rasch an und freute mich, die Bekundungen ihres großen Respekts und ihres Beifalls zu hören. «Er tat es ohne ein Geräusch», sagte einer. «Er schnitt ihnen die Kehle durch, bevor sie etwas merkten.» Das war strenggenommen nicht ganz richtig, da die Frau und die Kinder mich auf der Treppe erblickt hatten, aber auf die gute Arbeit kommt es an. «Der muß unsichtbar sein», flüsterte eine Frau ihrer Nachbarin zu. «Keiner sah'n kommen oder gehn.» Ich hätte mich gern für ihre schmeichelhafte Darstellung bedankt, aber natürlich war ich gezwungen, wiederum unsichtbar zu bleiben. «Sagen Sie», fragte ich einen seltsam wirkenden Burschen, der sich einen roten Schal um den Kopf geknotet hatte, «ist viel Blut geflossen?»

«Wannen und Wannen voll. Sie haben's den ganzen Tag lang abgewaschen.»

«Und was ist mit den armen Opfern? Was wird mit ihnen geschehen?»

«Der Friedhof am Wellclose Square. Dasselbe Grab für alle.» Er riß die Augen weit auf, während er mir diese interessante Mitteilung machte. «Und ich sage Ihnen, was mit dem Golem geschehen wird, wenn sie *ihn* finden.»

«Falls sie ihn finden.»

«Sie werden ihn unter dem Kreuzweg begraben, mit einem Pfahl durchs Herz.»

Es hörte sich fast wie eine Kreuzigung an, aber ich

wußte, daß es die alte Strafe für zügellose Verbrechen war: immer noch besser, als am Fluß angekettet zu werden, während die Flut über meinen Körper strömte. Das unendliche London wird mir stets in meiner Betrübnis beistehen.

Ich ging zurück nach New Cross und lauschte meiner Frau, die eine neue Melodie von Charles Dibdin auf dem Klavier spielte.

VIERUNDDREISSIG

Als die Kriminalbeamten Dan Leno zu den Morden an der Familie Gerrard im Ratcliffe Highway befragten – nur ein paar Stunden nachdem John Cree Thomas de Quinceys Essay über die Pantomime nachgeschlagen hatte –, entdeckten sie zufällig ein Exemplar von «Der Mord als eine schöne Kunst betrachtet» von demselben Autor. Aber Leno hatte kein Interesse an irgendeiner Form des Todes (im Gegenteil, das Thema machte ihm gründlich angst), und es gab eine viel unwahrscheinlichere Erklärung für das Vorhandensein dieses Bandes in seinem Haus: seine Leidenschaft für Joseph Grimaldi, den berühmtesten Clown des achtzehnten Jahrhunderts.

Leno beschäftigte sich mit der Geschichte der Pantomime, seit er sich einen Namen in der Music-Hall gemacht hatte; es war, als wolle «der witzigste Mann auf Erden» die Umstände durchschauen, die ihn gewissermaßen hervorgebracht hatten. Er sammelte alte Programmhefte und Memorabilien wie das Harlekinskostüm aus *Der Triumph des Frohsinns* und den Zauberstab aus *Der magische Zirkel*. Natürlich wußte er alles über Grimaldis Anfänge – vierzig Jahre nach seinem Tod war dieser immer noch der berühmteste Clown von allen –, und eines der ersten Theatersouvenirs, das er erwarb, war ein Farbdruck von «Mr. Grimaldi als Clown in der beliebten neuen Pantomime Mother Goose». Er war laut einem Zeitgenossen «das wunderbarste Geschöpf seiner Epoche» gewesen, weil «alles, was er tat, soviel *Geist* enthielt». Die Wendung hatte Leno gefallen, als er sie zum erstenmal las, denn sie schien das Wesen seiner eigenen Darbietungen zusammenzufassen; auch für ihn kam es darauf an, die ganze Rolle zu «durchdenken» (wie er sich ausdrückte). Es genügte nicht, sich als Schwester Anne oder Mother Goose zu verkleiden, sondern es war nötig, in sie hineinzuschlüpfen. Er fand auch Gefallen an der berühmten Geschichte über Grimaldis Besuch bei einem Arzt, während er in Manchester auftrat; der Künstler wurde bereits von jener nervösen Erschöpfung heimgesucht, die ihm schließlich zum Verhängnis werden sollte. Der Arzt warf nur einen einzigen Blick auf das Gesicht des armen Mannes und gab seine Diagnose ab: «Ihnen bleibt nur eines übrig. Sie müssen sich Grimaldi, den Clown, anschauen.»

Aber Dan Leno hatte sonst kaum etwas über seinen großen Vorgänger gewußt – bis ein paar Wochen zuvor, als er dem Ratschlag von Statisticon, dem «Gedächtniskünstler», folgte und die Bibliothek des Britischen Museums aufsuchte. Hier, in den Katalogen unter der riesigen Kuppel, entdeckte er *Die Memoiren von Joseph Grimaldi*, erläutert von «Boz». Leno war ein belesener, wenn auch kein gebildeter Mann – er sagte stets, daß ein Reisekoffer seine Schule gewesen sei –, und ihm war durchaus klar, daß es sich bei «Boz» um den verstorbenen Charles Dickens handelte. Dies erhöhte sein Vergnügen, denn er hatte Dickens' Darstellung von Theaterleuten in *Nicholas Nickleby* und *Schwere Zeiten* stets bewundert; einmal, als er im Tivoli in der Wellington Street auftrat, war er dem großen Romancier sogar begegnet, denn Dickens hatte hinterher seine Garderobe aufgesucht, um ihn zu seiner Leistung zu beglückwünschen. Dickens selbst schätzte die

Music-Halls sehr, und in Leno erahnte er ein helleres Abbild seiner eigenen hoffnungslosen Kindheit.

Wie sich versteht, bestellte Leno sofort die Memoiren und verbrachte den Rest des Tages damit, die Schilderung von Grimaldis Abenteuern zu lesen. Er war am 18. Dezember – nur zwei Tage vor Lenos eigenem Geburtstag – nackt und plärrend auf die Welt gekommen. Vorläufig blieb noch ungewiß, ob sie beide unter einem glücklichen oder unglücklichen Stern erschienen waren. Leno fand heraus, daß Grimaldi 1779 in der Stanhope Street am Clare Market geboren wurde und bereits drei Jahre später zum erstenmal auf der Bühne auftrat; der Clare Market war nicht sehr weit von Dans Geburtsort entfernt, und auch er hatte seine Arbeit mit drei Jahren begonnen. Er hatte es also mit einem Gleichgesinnten zu tun. Mit wachsender Begeisterung und Erregung notierte er sich die Einzelheiten von Grimaldis charakteristischem Kostüm aus weißer Seide mit bunten Flicken und Pailletten; Grimaldi, der auf der Bühne gewöhnlich stumm blieb, deutete immer auf die Farbe, die seine Stimmung symbolisierte. Leno schrieb die Details einer ganzen Szene zwischen Säufer, dem Trinkclown, und Fresser, dem Eßclown, nieder; dann kopierte er den Text von Grimaldis berühmtestem und beliebtestem Lied «Heiße Äpfel» und prägte sich sogar etliche Sätze aus der Abschiedsrede des Clowns vor den Londoner Theaterbesuchern ein: «Vier Jahre ist es her, daß ich meinen letzten Sprung getan, meine letzte Eiermilch stibitzt und meine letzte Wurst gegessen habe. Ich kann die Freude nicht beschreiben, die ich empfand, als ich heute abend das Schellenkleid und die Kappe noch einmal überstreifte – das Kostüm, in dem ich mich viele Male über Ihren Applaus freuen durfte. Als ich es wieder ablegte, glaubte ich zu fühlen, daß es an mir haften wollte. Ich bin kein so reicher Mann mehr wie früher, als ich mich in Ihrer Gunst sonnen durfte und in der einen Tasche Huhn und in der anderen Sauce hatte. Noch sind nicht einmal achtundvierzig Jahre über mein Haupt gekommen, und schon droht mein Lebenslicht zu erlöschen. Ich stehe heute schlechter auf den Beinen als früher auf dem Kopf und muß jetzt wohl für das büßen, was ich ein Leben lang an meiner Gesundheit gesündigt habe. In hemmungslosem Ehrgeiz habe ich mich übernommen. Meine Damen und Herren, ich muß mich beeilen, Ihnen Lebewohl zu sagen. Leben Sie wohl, leben Sie wohl!»

An dieser Stelle half man Grimaldi, wie Dickens in einer Fußnote vermerkt, von der Bühne. Dan Leno hielt dies für die großartigste Rede, die er je gehört oder gelesen hatte, und unter der Kuppel des Lesesaals rezitierte er sie immer wieder, bis er sie auswendig kannte. Und während er sie vor sich hin flüsterte, dachte er an all die armen, verlorenen Menschen, die durch die Straßen der Stadt streiften, die Kinder ohne Bett und die Familien ohne Obdach. Aus irgendeinem Grunde schien es ihm, als habe Grimaldi diese Menschen in seinen letzten Tagen vertreten und getröstet. Auch als Dan Leno selbst krank war und im Sterben lag, erinnerte er sich an die Rede; er sprach sie laut, Wort für Wort, vor sich hin, und die an seinem Totenbett Versammelten glaubten, er stammele im Delirium.

Im Laufe jenes Frühlingstages im Jahre 1880 sah er jedoch nur das Licht und den Glanz von Grimaldis Genie. Besondere Aufmerksamkeit widmete er Dickens' Hinweis, daß Grimaldis «Clown eine fleischgewordene Idee seiner selbst war», denn hier schien der Autor auf ein auch Leno eigenes Kennzeichen gestoßen zu sein; und als Dickens im weiteren «den natürlichen Possenreißer, den Grimassen schneidenden, stibitzenden, unwiderstehlichen, zappelnden Clown» beschrieb, erkannte Dan Leno ohne jegliche Arroganz oder Vermessenheit, daß er wahrhaftig Grimaldis Geist geerbt hatte. Vielleicht lag es an der seltsamen Ähnlichkeit der Geburtsdaten oder an der Londoner Atmosphäre, der sie beide entstammten und in der sie beide lebten, jedenfalls gab es keinen Zweifel daran, daß Grimaldi und Leno, was ihre Komik und ihre Bühnenpräsenz anging, einander außerordentlich nahekamen. Zwar spielte Grimaldi häufig einen Harlekin und Leno häufig ein Weibsbild (allerdings kostümierte sich auch Grimaldi manchmal als Frau, vornehmlich als Baronin Pompsini in *Harlekin und Cinderella*), aber ihr Charakter und ihre Stimmungen waren fast identisch. Sie waren aus demselben Boden hervorgegangen, und als Leno das Britische Museum an jenem warmen Londoner Abend verließ, beschloß er, zu Grimaldis Geburtsstätte am Clare Market hinunterzuschlendern.

Es war das gleiche verkommene, leichtfertige, quälende Durcheinander aus Läden, Gassen, Mietshäusern und Kneipen wie immer (zwanzig Jahre später wurde es jedoch von den «Verbesserungen» und dem Bau von Kingsway hinweggefegt); im Jahr von Grimaldis Tod hatte Dickens die Gegend in *Die Pickwickier* als einen jener «schlecht beleuchteten und noch schlechter belüfteten Bezirke» mit Dämpfen «wie in einer Ab-

fallgrube» geschildert. Leno trat in die Stanhope Street und versuchte, sich vorzustellen, in welchem Haus Grimaldi zur Welt gekommen war. Aber sämtliche Unterkünfte waren armselig, und der große Clown hätte aus jeder hervorgegangen sein können.
«Oh, Mr. Leno, Sir, einen guten Abend wünsche ich Ihnen.»

«Guten Abend.» Er drehte sich um und entdeckte einen schäbig aussehenden jungen Mann, der von einer der Veranden spähte.

«Sie erinnern sich wohl nicht an mich, Sir.»

«Nein. Entschuldigen Sie, aber ich kann es wirklich nicht.»

Der Mann, der höchstens zweiundzwanzig oder dreiundzwanzig Jahre alt sein konnte, hatte ein verstörtes, ernstes Gesicht, das Leno beunruhigte. Denn er wußte genau, wie sich schwere Trinkerei auf den Geist auswirkt. «Das habe ich mir gedacht, Sir. Ich gehörte vor drei Jahren im Drury Lane zur Truppe von *Mother Goose*, Sir. Ich war derjenige, der Ihnen immer den Hut und den Muff reichte.»

«Und das taten Sie sehr gut, wie ich mich erinnere.» Leno versuchte, in die Düsterkeit des schmalen Hofes hineinzuschielen.

«Viele von uns Theaterleuten wohnen hier, Mr. Leno. Schließlich sind wir nicht weit vom Lane und von den kleineren Halls entfernt.» Er trat von der Veranda herunter. «Ich habe mich während der ganzen Spielzeit mit dem Muff um keine Sekunde verspätet, wie Sie vielleicht noch wissen, Sir.»

«Das stimmt. Der Muff war immer rechtzeitig da.»

«Aber seitdem habe ich 'ne Menge Probleme gehabt, Sir. Unser Beruf kann sehr schwer sein.»

«Ah ja, allerdings.» Die Jacke und das Hemd des jungen Mannes waren fadenscheinig, und er sah so aus, als habe er seit ein oder zwei Tagen nichts gegessen.

«Ja, Sir, ich war mit *Brüderchen und Schwesterchen* auf Tournee, als ich in Margate schlimm gebissen wurde.»

«Sie müssen auf die Hauswirtinnen aufpassen. Manche gehen sehr unachtsam mit ihren Zähnen um.»

«O nein, Sir. Es war tatsächlich ein Hund. Er hat mich ins Handgelenk und in den Fußknöchel gebissen.»

Plötzlich verspürte Leno ein solches Mitleid und eine solche Sympathie für den jungen Mann, daß er ihn hier – in vielleicht demselben Hof, wo einst Grimaldi zu Hause gewesen war – hätte umarmen können.

«Handgelenk und Knöchel? Was taten Sie denn gerade? Haben Sie sich am Bein gekratzt?»

«Ich habe zwei Hunde getrennt, die miteinander kämpften. Danach lag ich drei Wochen im Krankenhaus, und als ich rauskam, war meine Stelle besetzt. Seitdem bin ich arbeitslos.»

Dan Leno zog einen Sovereign aus der Tasche und gab ihn dem Mann. «Das ist für die Zeit, die Sie bei *Brüderchen* verloren haben. Betrachten Sie es als einen Beitrag Ihrer Kollegen.» Der Mann schien den Tränen nahe zu sein, deshalb fügte er rasch hinzu: «Wußten Sie, daß der große Grimaldi in dieser Gegend geboren wurde?»

«O ja, Sir. Er kam aus genau derselben Wohnung, die jetzt mir gehört. Das wollte ich Ihnen gerade sagen, denn ich hatte mir schon gedacht, daß Sie deswegen hier sind.»

«Dürfte ich Sie stören? Nur für einen Augenblick?»

«Ich würde mich freuen, wenn Sie heraufkommen möchten, Sir. Grimaldi und Leno unter demselben Dach gehabt zu haben...» Er folgte dem jungen Mann zwei enge, schmutzige Treppenfluchten hinauf. «Wir leben nicht im Luxus, bitte entschuldigen Sie unsere Umstände.»

«Oh, keine Sorge. Ich kenne mich mit diesen Dingen aus.» Er wurde in ein kleines Zimmer mit niedriger Decke geführt und erblickte eine schwangere Frau, die still auf einer Matratze lag.

«Es ist fast soweit, Sir. Bitte, sehen Sie es meiner Frau nach, daß sie nicht aufsteht. Das ist Mr. Leno, Mary. Er möchte uns besuchen.» Sie wandte den Kopf und versuchte, sich zu erheben. Dan Leno ging rasch zu ihr hinüber und berührte ihre Stirn; diese war fieberheiß, und Leno blickte erschrocken zu dem Mann hinüber. «Der Arzt hat ihr irgendeine Medizin gegeben», sagte er mit leiserer Stimme. «Das Fieber soll in ihrem Zustand ganz normal sein.» Aber bei diesen Worten schien er wieder in Tränen ausbrechen zu wollen.

Die rasche Auffassungsgabe und der Scharfsinn, die ihn auf der Bühne auszeichneten, veranlaßten Leno nun zum Handeln. «Würde es Sie sehr kränken, wenn ich meinen eigenen Arzt zu Ihnen schickte?» fragte er. «Er wohnt sozusagen nur um die Ecke, und er hat Erfahrung mit Geburten.»

«O ja, Sir. Wenn Sie meinen, daß er ihr helfen könnte.» Erst jetzt nahm Leno den Rest des Zimmers wahr, an dessen Wänden er zu seiner Überraschung einige alte Theaterplakate und Notenblätter entdeckte. «Das sind meine Lieblingsstücke», sagte der junge Mann. «Ich könnte mich nie von ihnen trennen.» Da waren Bilder von Walter Laburnum, Brown dem Tragöden (und wenn schon!) und dem Großen Mackney; während die junge Frau auf der Matratze stöhnte, fielen Leno die Notenblätter für «Der vom Militär Entlassene» und «Schinken und Salat» ins Auge. «Und das hier ist ein kleines Andenken an Grimaldi selbst.» Der Hausherr zeigte Leno ein Plakat in einer Zimmerecke, auf dem mit schwarzen Großbuchstaben verkündet wurde: «Mr. Grimaldis Abschiedsvorstellung wird am Freitag, dem 27. Juni 1828, stattfinden; nach einem *Potpourri* folgen *Das Adoptivkind* und schließlich *Harlekinschwindel*.» Leno trat auf das Plakat zu und berührte es mit den Fingern. Dies mußte die Gelegenheit gewesen sein, bei der Grimaldi erklärt hatte: «Noch sind nicht einmal achtundvierzig Jahre über mein Haupt gekommen, und schon droht mein Lebenslicht zu erlöschen.» Neben dem Plakat klebte ein anderes, das ihn verblüffte. Die Lettern waren grob auf bereits vergilbendem Papier gedruckt: «Immer noch der Champion aller Champions, Dan Leno, Sänger, Komiker und Weltmeister im Holzschuhtanz. Nur eine Woche.»

«Das war im Coventry», sagte Dan. «Schon ziemlich lange her.»

«Ich weiß, Sir. Ich fand es an der Wand eines Ramschladens, wenn Sie mir den Ausdruck verzeihen, an der Old Kent Road. Habe sofort zugegriffen.»

Also zumindest in diesem kleinen Zimmer waren Joseph Grimaldi und Dan Leno offiziell vereint. Er drehte sich wieder zu der jungen Frau um, die auf ihrer schmalen Matratze Schmerzen litt, und sah über ihr das Notenblatt von «Sie beklagte sich nie – außer bei unserer Trauung». «Ich muß jetzt fort», sagte er. «Ich kann gleich bei meinem Arzt vorbeigehen.» Leise und unaufdringlich legte er einen weiteren Sovereign auf einen kleinen Brettertisch, bevor er dem jungen Mann aus dem Zimmer folgte. «Würden Sie mich Ihren Namen und Ihre Adresse wissen lassen», sagte er, als sie den dunklen Hof erreichten. «Er wird sie brauchen.»

«Chaplin, Sir. Harry Chaplin. Hier kennen uns alle.»

«Ein guter alter Bühnenname.» Dan legte die Hand für einen Moment auf die Schulter des jungen Mannes. «Er wird unverzüglich zu Mrs. Chaplin kommen. Und noch einmal auf Wiedersehen.» Leno kehrte vom Clare Market heim nach Clerkenwell, und unterwegs hinterließ er eine dringende Mitteilung über Mrs. Chaplin bei seinem Hausarzt in der Doughty Street. Man könnte mithin sagen, daß er für die Rettung des ungeborenen Kindes verantwortlich war.

Seit jenem Tag im Lesesaal des Britischen Museums war Leno besessen von Grimaldi. Er raffte jedes erdenkliche Material über den Clown an sich und war kurz zuvor auf de Quinceys Essay über die Pantomime gestoßen, in dem Grimaldi als «Inbegriff des Schreiens ohne Worte» beschrieben wird. Er hatte die Arbeit in seinem Sessel im Salon durchgelesen, und erst als er die letzte Seite erreichte, löschte er die Lampe und stieg die Treppe zu seinem Bett hinauf. Deshalb war am folgenden Morgen in de Quinceys Band, der auf dem Lesetisch lag, die Titelseite des nächsten Essays aufgeschlagen. Es war «Der Mord als eine schöne Kunst betrachtet», wie Oberinspektor Kildare bemerkte, als er vorsprach, um den witzigsten Mann auf Erden zu verhören.

Es gab gute Gründe für den Besuch des Polizisten, aber natürlich war er auch neugierig darauf, den großen Dan Leno kennenzulernen. Er wurde in den Salon geführt, den Lenos Frau mit Wachsfrüchten und Wachsblumen, Ormulu-Uhren unter Glas und reichbestickten Kissen ausgiebig verziert hatte. Kildare hatte das Zimmer kaum betreten, als er über den Rand eines dicken Teppichs stolperte. «Das passiert sehr oft.» Es war Lenos charakteristische Stimme, aber als sich der Polizeibeamte umdrehte – fast hätte er erwartet, von irgendeinem exotischen Wesen unter einer Schicht aus Schminke und Make-up begrüßt zu werden –, sah er nur einen eleganten, lebhaften kleinen Mann vor sich, der ihn mit einem Handschlag willkommen hieß. «Mrs. Leno ist ein Teppichteufel.»

Es war eine Woche nach dem Mord an der Familie Gerrard im Ratcliffe Highway, und Dan Leno hatte mit dem Besuch gerechnet. Mr. Gerrard war sein Garderobier im Canterbury und in verschiedenen anderen Music-Halls gewesen, bevor er sich dem Kleiderhandel widmete, und Leno hatte die Freundschaft mit ihm aufrechterhalten. Es gab jedoch noch andere merkwürdige Faktoren, durch die Leno mit den Morden des Golems von Limehouse in Verbindung gebracht wurde. Jane Quig, das erste Opfer, deren Leiche auf den Steinstufen am Limehouse Reach gefunden worden war, hatte einer Freundin mitgeteilt, sie wolle sich «Leno ansehen», und zwar in dessen neuer Pantomime; außerdem hatte sie – fälschlich, wie sich herausstellte – damit geprahlt, «'ne Bekannte von ihm» zu sein. Die nächste Verbindung war noch seltsamer: Alice Stanton, die an der weißen Pyramide von St. Anne's in Limehouse ermordete Prostituierte, wurde in einem Reitkostüm aufgefunden, an dessen innerer Kragenseite ein kleines Stoffetikett mit dem Namen «Mr. Leno» angebracht war. Den Detektiven der Abteilung «H» fiel ein, daß der Golem versucht haben könnte, Dan Leno selbst zu ermorden, und daß er sich dem Künstler mit Hilfe dieser Stellvertreterinnen näherte, aber die Möglichkeit wurde bald als zu phantastisch verworfen. Die wahre Erklärung ergab sich, wie wir gehört haben, durch die Entdeckung, daß Alice Stanton häufig gebrauchte Kleidung von Gerrard gekauft hatte; und der Ladenbesitzer wiederum hatte sie als «ausrangiert» von seinem einstigen Arbeitgeber erhalten. So kam es, daß Alice im Kostüm der Reiterin aus *Humpty Dumpty* ermordet wurde, deren Pferd «Ted, der Klepper, der nicht rennen wollte» geheißen hatte.

«Das ist eine sehr interessante Geschichte, Sir.» Kildare hatte bereits einen Blick auf den Band und die erste Seite von «Der Mord als eine schöne Kunst betrachtet» geworfen.

Leno hob das Buch auf und sah es sich flüchtig an. «So weit bin ich noch nicht gekommen. Interessiert der Essay Sie besonders?» Er musterte Kildare, und einen Moment lang schien es ihm, daß der Beamte etwas recht Eigenartiges an sich hatte.

«Er betrifft die Marr-Morde, Sir. Durch irgendeinen Zufall wurden sie in demselben Haus verübt wie...»

«Die Morde an den Gerrards?» Leno betrachtete die erste Seite des Essays mit aufrichtigem Entsetzen.

«Wie schrecklich!» Er blätterte die Seiten um und las rasch, daß «... das Endziel des Mordes genau das gleiche ist wie das der Tragödie». «Es ist wie aus einem griechischen Stück», sagte er. «Die Furien, oder wie sie hießen.»

«Nicht Griechenland, Sir, sondern London. Wir haben hier ebenfalls Furien.» Kildare konnte kaum glauben, daß dies derselbe Mann war, der ein Theater mit Gelächter zu erfüllen vermochte. «Könnten Sie mir nun etwas über Ihre Beziehung zu der Familie Gerrard erzählen?» Leno schilderte ihm die Einzelheiten des Umgangs mit seinem früheren Garderobier, doch lag ihm mehr daran, ihn nach dem Stand der Ermittlungen zu befragen.

«Also», sagte er, nachdem er seine Geschichte beendet hatte. «In den Zeitungen heißt es, niemand sei mit dem Leben davongekommen, aber ich habe immer noch eine schwache Hoffnung, daß Sie eines der kleinen Kinder gefunden haben könnten...»

«O nein, Sir. Alle wurden umgebracht. Darf ich im Vertrauen mit Ihnen sprechen?»

«Gewiß.» Leno nahm den Arm des Oberinspektors und führte ihn hinüber an ein Fenster mit einem schweren Vorhang.

«Ein Familienmitglied hat tatsächlich überlebt.»

«Wer denn?»

«Mr. Gerrards Schwester, Sir. Sie schlief während der Morde im Dachgeschoß, aber man fand sie erst, nachdem Alarm geschlagen worden war. Sie hatte Laudanum gegen Zahnschmerzen genommen.»

«Und sie hat nichts gesehen?»

«Jedenfalls ist sie sich dessen nicht bewußt, aber es gibt immer noch eine Chance. Sie ist zu Tode erschrocken, und im Moment kann weder ich noch sonst jemand etwas Vernünftiges aus ihr herausholen.» Kildare hatte bei seinem Besuch in Clerkendale keineswegs beabsichtigt, Leno oder dessen Familie ins Kreuzverhör zu nehmen; er wußte bereits, daß der Komiker zum Zeitpunkt des Gemetzels an den Gerrards auf der Bühne des Oxford aufgetreten war und während der anderen Morde ähnliche Verpflichtungen wahrgenommen hatte. Ganz London war doch über die Tatsache unterrichtet, daß Dan Leno an sechs Abenden der Woche in den Music-Halls arbeitete. Kildare war gekommen, um sich mit Leno nicht in dessen Eigenschaft als Schauspieler, sondern als Beobachter zu unterhalten; er war klug genug zu begreifen, daß Leno ein Mann war, der bei seinen Begegnungen mit anderen Menschen jeden Tonfall und jedes Detail zur Kenntnis nahm. Deshalb gab er dem Gespräch nun eine neue Wendung. «Können Sie sich daran erinnern, daß Mr. Gerrard jemals unnatürlich nervös wirkte, Mr. Leno?»

«Nein. Nicht im geringsten. Er war mit ein paar neuen Kleidern beschäftigt, als wir uns zum letztenmal trafen, und wir tauschten nur Höflichkeitsfloskeln aus.» Er erwähnte nicht, daß er der Familie seine neue Gesangs- und Tanznummer vorgeführt hatte – es wäre im Rückblick eine zu bizarre Szene gewesen. «Frank Gerrard hatte ein wunderbares Gespür für Stoffe.»

«Hatte er Feinde?»

«Nicht beim Theater. Music-Hall-Leute haben ihre Eifersüchteleien und Rivalitäten, aber dabei werfen sie sich gewöhnlich nur in Pose. Außerdem trinken die meisten von ihnen zuviel, um sich an alte Rechnungen zu erinnern.» Vielleicht redete er hier von seiner eigenen Erfahrung als ein «alter Schluckspecht», der «alles in sich aufsog». Wenn Leno trank, tat er es wild und kannte keine Grenzen, bis er am nächsten Morgen ohne jeglichen Kummer aufwachte. Er wußte, daß er im Suff in viele seiner vertrauten Bühnenrollen schlüpfte – aber er bauschte diese Rollen dann auf so phantastische und komplizierte Weise auf, daß ihm nicht einmal seine engsten Freunde mehr folgen konnten. Wenn er später in einem fremden Sessel oder auf einem unbekannten Fußboden aufwachte, war er so selig, als hätte er eine Teufelsaustreibung vollführt. «Nein», fuhr er fort. «Wir tun so etwas nicht. Davon abgesehen war Frank ein sehr guter Garderobier.» Er streifte einen Faden von Kildares Mantelschulter, und der Polizist riß einen Moment lang die Augen auf, bevor er sich wieder faßte.

«Es gibt da etwas sehr Seltsames, das ich Ihnen mitteilen wollte, Mr. Leno. Es betrifft den Essay, den Sie gerade lasen.»

«Ich habe ihn noch nicht gelesen. Das habe ich Ihnen doch gesagt.»

«Nein, ich glaube Ihnen. Ich werfe Ihnen nicht das geringste vor. Es ist nur sonderbar, daß der Mörder den Essay studiert haben muß, bevor er Ihren Freund ermordete. Es gibt so viele Ähnlichkeiten, die sich nicht anders erklären lassen.»

«Sie meinen also, daß er ein belesener Mann sein könnte?»

«Ein gebildeter Mann, sicher. Aber vielleicht war er ein Schauspieler, der eine Rolle spielte.»

«Mit diesem schrecklichen Ding als Soufflierbuch?»

Kildare antwortete nicht direkt, sondern sah zu, wie Leno das Buch auf den Teppich schleuderte. «Ich hatte einmal das Vergnügen, Sie in einer Parodie von Maria Marten zu erleben.»

«Ach ja, *Die rote Scheune.* Das war vor Jahren.»

«Aber ich entsinne mich immer noch daran, wie der Mörder Sie an der Kehle packte und Sie fast zu Tode gewürgt hätte. Hat er Sie danach nicht mit einem Rasiermesser aufgeschlitzt?»

«Es war eine Sie. Damals ging alles sehr blutrünstig zu.»

«Genau darauf will ich hinaus. Dieser Mörder, dieser sogenannte Golem von Limehouse, scheint sich zu benehmen, als wäre er in einem Mord-und-Totschlag-Stück an der Old Kent Road. Alles ist sehr schmierig und sehr theatralisch. Eine seltsame Sache.»

Leno dachte ein paar Sekunden lang über diese spezielle Betrachtungsweise der Verbrechen nach. «Vor ein paar Tagen hatte ich fast den gleichen Eindruck», sagte er. «Vieles scheint dabei ganz irreal zu sein.»

«Natürlich waren die Tode durchaus real.»

«Ja, aber Sie haben schon recht, die Atmosphäre, die sie umgibt, die Zeitungsartikel, die Zuschauermengen – es ist wirklich, als wäre man im Schmierentheater oder Varieté. Sie wissen, was ich meine?» Beide Männer blieben stumm. «Kann ich die Frau sehen, die überlebt hat? Kann ich Miss Gerrard besuchen?»

«Ich bin nicht sicher...»

«Lassen Sie mich mit ihr sprechen, Inspektor. Sie kennt mich. Sie hat mich auf der Bühne gesehen, und ich glaube, daß sie mir vertraut. Vielleicht kann ich ihr ein paar Einzelheiten entlocken, die Sie mit Ihren Methoden nicht herausfinden könnten. Die Leute erzählen Dan Leno nämlich alles.»

«Gut, wenn Sie wünschen. Ich brauche jegliche Unterstützung, die ich aufbieten kann.»

Man traf rasch die nötigen Vorbereitungen, und am folgenden Morgen wurde Dan Leno zu einer Pension in Pentonville gefahren, wo Miss Gerrard insgeheim von der Polizei untergebracht worden war. Man dachte, daß sie irgendwann in der Lage sein würde, die Stimme oder den Schritt des Golems von Limehouse zu erkennen, deshalb hielt man es für erforderlich, sie vor der Neugier der Reporter zu schützen.

«Also, meine liebe Peggy», sagte Leno, nachdem man ihn in ihr Zimmer geleitet hatte. «Das ist ja eine sehr schlimme Sache.»

«Wirklich sehr schlimm, Mr. Leno.»

«Dan.»

Er beobachtete sie, während sie bedächtig den Kopf hin und her bewegte, als wolle sie nicht zu lange auf einen Fleck starren. Sie war eine kräftige, gutgebaute Frau, aber im trüben Licht des Pensionsfensters wirkte sie geradezu schemenhaft. «Kein Laut war von ihnen zu hören, Dan. Überhaupt nichts. Sonst wäre ich runtergegangen. Ich hätte ihn aufgehalten.» Leno begriff, daß sie nicht von ihren Erinnerungen abzubringen war. «Die kleinen Kinder hätten verschont werden müssen, Dan. Er hätte mich umbringen können. Aber nicht sie. Sie waren genau wie Brüderchen und Schwesterchen.»

«Verloren im Walde, dunkel und kalt, ich sehe sich nähern eine Gestalt.» Es war eine der ersten Rollen, die er als «Wunderkind» gespielt hatte, und während er die Zeilen deklamierte, konnte er das Entsetzen der Kinder einen Augenblick lang nachempfinden. «Das ist die Schönheit der Pantomime, Peggy. Man glaubt nur an sie, solange sie aufgeführt wird. Das wirkliche Leben ist nämlich ein bißchen härter. Und genau das versuchen wir wahrscheinlich in der Pantomime: die Härte ein wenig zu mildern.»

«Sie bringen die Leute zum Lachen, ich weiß. Aber nichts kann mich nun noch zum Lachen bringen.»

«Da haben Sie wohl recht. In Zeiten wie dieser fehlen mir die Worte, Peggy. Tatsächlich.»

«Das macht nichts, Dan.»

«Aber ich finde, daß es etwas macht. Ich wollte Sie trösten, indem ich ihnen sage, wie ich mich fühle. Alles ist so absurd. So sinnlos.» Nun konnte er nur die schwächsten und schüchternsten Worte des Trostes finden, während er auf der Bühne in der Lage gewesen wäre, einen langen Wortschwall des Kummers loszulassen, bevor er sich über seine eigene Trauer lustig gemacht hätte. «Es wird in Ordnung kommen», sagte er. «Alles wird in Ordnung kommen.»

«Ich glaube nicht, Dan.»

«Nein, ich auch nicht. Aber es wird mit der Zeit weniger schlimm werden.» Er fühlte sich eingeengt und ruhelos in diesem kleinen Zimmer, deshalb schritt er nun um den Rand des verschossenen braunen Teppichs herum. «Und wissen Sie, was ich tun werde? Ich werde ganz weit von hier einen hübschen kleinen Kleiderladen für Sie einrichten. Stammt die Familie nicht aus Leeds?»

«Aus Manchester.»

«Gut, was könnte besser sein als ein Laden in Manchester?»

«Das könnte ich nicht...»

«Sie sind jetzt seine einzige Verwandte, Peggy. Sie schulden es ihm.»

«Wenn Sie es so ausdrücken.»

«Ich drücke es so aus. Aber jetzt möchte ich, daß Sie ein wenig schlafen. Sie sind völlig zermürbt, Peggy. Kommen Sie hierher. Ist das dort drüben Ihr Ruhezimmer?» Leno verstand sich stets darauf, Anweisungen zu geben, und es war, als führe er sie durch eine Probe. Sie erhob sich und ging auf die Tür zu, aber dann drehte sie sich um, als wisse sie überhaupt nicht, was sie tun sollte. «Was glauben Sie, warum ist es geschehen, Dan?»

«Ich kann es nicht sagen. Es geht zu – zu tief.» Das war ein seltsames Adjektiv für ein so brutales Verbrechen, aber in jenem Moment fiel ihm die Ähnlichkeit zwischen den Marr-Morden und den Gerrard-Morden wieder ein. Hier verbarg sich irgendein rituelles Element, das ihn trotz seines aufrichtigen Entsetzens interessierte.

«Es muß doch für alles einen Grund geben, Dan, meinen Sie nicht?» Sie berührte ihren Hals mit den Fingern ihrer linken Hand. «Ich kann das Wort nicht sagen, aber man spricht von diesem... Ding.»

«Dem Golem?» Er verwarf den Begriff, wedelte ihn gleichsam fort wie eine schimmernde Seifenblase. «Das ist bloß die einfache Lösung. Komischerweise haben die Menschen weniger Angst vor einem Golem als vor einer wirklichen Person.»

«Aber die Leute glauben daran. Ich habe nichts anderes gehört.»

«Oh, die Leute glauben eben an alles. Das ist mir klargeworden. Und Sie wissen, was ich immer sage, nicht wahr? Glauben ist sehen.» Er schritt wieder ruhelos durch das Zimmer. «Es ist nicht unvorstellbar, daß Ihr Bruder diesen Mörder kannte. Haben Sie jemanden in der Nachbarschaft bemerkt? Bevor das alles geschah?»

«Ich bin nicht sicher. Ich habe es mir immer wieder durch den Kopf gehen lassen.»

«Nur zu. Lassen Sie es sich noch einmal durch den Kopf gehen.»

«Ich lehnte mich in der Dämmerung aus dem Dachfenster, um etwas Luft zu schnappen, als ich den Eindruck hatte, einen schlanken Schatten zu sehen. Verstehen Sie mich? Ich habe es dem Polizeibeamten erklärt, aber er sagte, man suche einen großen, breitschultrigen Mann.»

«Wie einen Lion comique?»

«So ähnlich. Aber ich sah nur so etwas wie ein kleines verlassenes Kind.»

«Einen Augenblick.» Lenos Verständnis für Bewegungen und Gesten schaltete sich sofort ein, und er schien in die Zimmerecke zu schleichen.

«Es war etwas Ähnliches, Dan. Nur die Schultern zuckten ein bißchen.»

«Vielleicht so?»

«Das kommt der Sache näher.»

«Tja, es ist sehr merkwürdig, Peggy. Aber, ob Sie's glauben oder nicht, mir scheint, Sie haben den Schatten einer Frau auf dem Ratcliffe Highway gesehen.»

FÜNFUNDDREISSIG

Ein langes Schweigen setzte ein, nachdem das Urteil über Elizabeth Cree verkündet worden war. Sie begriff, daß dieses Schweigen sie für den Rest ihres Lebens umgeben würde. Für immer. Sie konnte hineinschreien, aber kein Echo würde ertönen. Sie konnte es anflehen, aber keine Stimmen würden ihr antworten. Wenn so etwas wie Gnade oder Vergebung existierte, war ihm die Zunge herausgeschnitten worden. Es war ein bedrohliches Schweigen, denn eines baldigen Tages würde es sie verschlucken. Aber vielleicht war sogar darin noch eine Art Glück zu finden – indem sie endlich mit dem Sakrament des Schweigens eins wurde.

Man hatte sie des Mordes an ihrem Mann für schuldig befunden und zum Tode durch Erhängen im Hof des Gefängnisses, in dem sie eingekerkert war, verurteilt. Sie hatte von Anfang an gewußt, daß sie bald die schwarze Kappe des Richters betrachten würde, und sie ließ sich nichts anmerken, als er sie aufsetzte. Sie fand, daß er aussah wie der Hanswurst in der Pantomime. Nein, er hatte ein zu rotes Gesicht und war zu dick. Er taugte höchstens für eine Weiberrolle. Sie wurde aus dem Gericht in einen unterirdischen Gang geführt und von dort mit einem Pferdewagen zum Gefängnis Camberwell gebracht. Noch immer verspürte sie kein Bedürfnis, zu jammern oder aufzuschreien oder zu beten. Zu welchem Gott hätte sie auch beten sollen? Zu dem, der die Wahrheit über ihr Leben und das ihres Mannes kannte? In jener Nacht sang sie in der Todeszelle eines ihrer alten Lieblingslieder:

«Ich bin noch zu jung, um Bescheid zu wissen.» Sie hatte es zum letztenmal bei Onkels Beerdigung gesungen.

SECHSUNDDREISSIG

Seit Onkel sich in die große Pantomime im Himmel begeben hatte, war die Beziehung zwischen Dan und mir nicht mehr so wie früher. Zwar sagte er mir nie ein böses Wort ins Gesicht, aber ich wußte, daß er mir aus dem Weg ging; vielleicht war er eifersüchtig, weil Onkel mir fünfhundert Pfund – und seine gesamte photographische Ausrüstung – hinterlassen hatte, aber er erwähnte das Thema mit keinem Wort. Manchmal fiel mir ein, daß er von Onkels schmutzigem Geheimnis erfahren haben und mich verdächtigen könnte, daran teilgehabt zu haben, aber wenn dem so war, konnte ich ohnehin nichts unternehmen. Wir versuchten, so weiterzumachen wie früher, aber ich war nicht mehr mit dem Herzen dabei. Ich hatte großen Erfolg mit dem melodischen Liedchen «Heimwehklage einer irischen Maid oder Wo sind die Kartoffeln hin?», aber im Grunde war ich nie in der richtigen Gemütsverfassung. Onkels Tod mußte mich stärker angegriffen haben, als ich ahnte, und ich wandte mich immer häufiger John Cree zu, wenn ich Gesellschaft und Trost brauchte. Natürlich wußte ich bereits, daß er ein Gentleman war; ich merkte, wie sehr er sich von den anderen Reportern abhob, und Onkel hatte mich längst über seine «Aussichten» unterrichtet.

«O ja», hatte ich damals ganz unschuldig erwidert. «Er hat mir von dem Stück erzählt, das er zu schreiben beabsichtigt.»

«Das meine ich nicht, Kindchen. Zaster. Kröten. Geld. Eines Tages wird er darin schwimmen. Sein Vater ist so reich wie Aladin.» John Cree widmete mir schon seit einiger Zeit besondere Aufmerksamkeit, und ich muß zugeben, daß Onkels Nachricht mich etwas neugierig machte.

Wie es sich traf, saß ich einen Monat nach der Beerdigung zusammen mit Diavolo, dem einbeinigen Akrobaten, im Künstlerzimmer des Wilton, als John Cree hereinkam. «Sieh an», sagte ich, «da ist die *Era*. Haben Sie Diavolo auf dem Drahtseil erlebt, Mr. Cree?»

«Ich hatte noch nicht das Vergnügen.»

«Lassen Sie es sich auf keinen Fall entgehen. Ja, Sie dürfen sich für einen Moment zu uns setzen.» Er zog einen Stuhl heran, und wir schwatzten, wie es Music-Hall-Leute gemeinhin tun, bis Diavolo beschloß, einen Spaziergang in der Abendluft zu machen. Wie ich wußte, hatte er eine Schwäche für Cervelatwurst, und bald würde er eine mit einem Glas Porter hinunterspülen.

«Na, Lizzie», sagte John Cree, nachdem Diavolo verschwunden war. «Sie und ich scheinen dauernd zusammenzukommen.»

«Wann habe ich Ihnen die Erlaubnis gegeben, Lizzie zu mir zu sagen?»

«Mittwoch vor einer Woche im zweiten Séparée des Blair.»

«Was für ein Gedächtnis. Sie sollten zur Bühne gehen, Mr. Cree.»

«John.»

«Dann seien Sie so lieb, John, mich zur Tür zu begleiten. Es scheint heute abend wirklich sehr warm zu sein.»

«Wollen wir Diavolo folgen?»

«Nein. Ich kenne seine Gewohnheiten. Das wäre unfein.»

«Könnten wir statt dessen einen Spaziergang machen? Es ist ein schöner Abend dafür.»

Also verließen wir gemeinsam das Wilton und gingen hinaus auf den Wellclose Square. Er lag unweit von Shadwell, also nicht in der besten Gegend, aber aus irgendeinem Grunde fühlte ich mich in Johns Begleitung völlig sicher. «Wie kommen Sie mit *Elendskreuzung* voran?» fragte ich ihn.

«Oh, es geht so. Ich habe den ersten Akt fast beendet. Aber ich kann nicht so recht entscheiden, was ich mit meiner Heldin anfangen soll.»

«Bringen Sie sie um.»

«Meinen Sie das ernst?»

«Nein, ganz und gar nicht.» Ich versuchte zu lachen. «Sie sollte heiraten. Die Hauptdarstellerin heiratet am Ende immer.»

«Tatsächlich?» Ich antwortete nicht, und wir schritten in Richtung des Flusses weiter. Die Häuser standen nun nicht mehr so dicht nebeneinander, und ich konnte die Masten der im Becken vertäuten Schiffe sehen; einen Moment lang wurde ich an Lambeth Marsh erinnert, wo die Fischer ihre Boote immer am Ufer zurückgelassen hatten. «Ich hatte gehofft», sagte er schließlich, «daß Sie die Rolle spielen könnten, wenn ich das Stück fertiggestellt habe.»

«Wie heißt sie?»

«Katherine. Katherine Dove. Zur Zeit ist sie dem Verhungern und dem Ruin nahe, aber ich überlege mir, ob ich sie in der nächsten Szene retten sollte.»

«Oh, lassen Sie sie ruhig fallen.»

«Wieso?»

«John, manchmal habe ich den Eindruck, daß Sie im Grunde sehr wenig über das Theater wissen. Die

Menschen lieben es, sich auf der Bühne Erniedrigungen anzusehen.» Ich machte eine Pause. «Natürlich kann sie im letzten Akt gerettet werden. Aber nicht, bevor sie schrecklich gelitten hat.»

«So was, Lizzie, ich hatte keine Ahnung, daß Sie eine Dramatikerin sind.»

«Die Bühne ist das Leben. Das ist alles. Sie ist so streng und düster wie das Leben.» Ich nahm seinen Arm, damit er mich über ein paar zerbrochene Kopfsteine führen konnte, und drückte ihn, um ihm klarzumachen, daß ich es nicht ganz so ernst gemeint hatte, wie es geklungen haben mußte.

«Ich glaube, daß Sie jemanden brauchen, der Sie vor diesem Leben schützt», sagte er. «Wenn es wirklich so düster ist, dann brauchen Sie doch einen Souffleur und Manager.»

«Onkel war das alles für mich – und noch mehr.»

«Entschuldigen Sie, daß ich das so sage, Lizzie, aber Onkel ist tot.»

«Dan ist auch noch da.»

«Er ist ein zu großer Künstler, um sich für Sie oder sonst jemanden zu opfern.»

«Ich habe nicht von einem Opfer geredet.»

«Aber genau das brauchen Sie, Lizzie. Sie brauchen jemanden, der sich Ihnen für immer widmet.»

Ich bedachte ihn mit dem Lachen, das ich in Schwänken einsetzte. «Und wo soll ich ein solches Geschöpf finden?» Wir hatten das Flußufer erreicht und konnten die in der Ferne massierten Kuppeln, Türme und Dächer sehen. «Sie müßten in *Elendskreuzung* eine Szene mit einem solchen Kulissenbild haben», sagte ich, um das Schweigen zu brechen. «Das hätte bestimmt einen starken Effekt.»

«London wird immer auf diese Weise dargestellt. Ich würde lieber das Innere eines möblierten Zimmers oder eines Ginpalastes zeigen. Dort findet man das wirkliche Leben.» Er hielt immer noch meinen Arm und legte nun seine Hand über meine. «Darf ich mir das nicht erhoffen? Wirkliches Leben?»
«Oh, was soll das sein? Bitte, erklären Sie's mir?»
«Ich glaube, Sie wissen es schon, Lizzie.»
«Ja? Vielleicht sollte ich Ihnen dann bei Ihrem Stück helfen, John. Wenn mein eigenes Leben darin vorkäme...»
«Das wäre wundervoll.»

Nicht erst seit Onkels Tod hatte ich davon geträumt, die Music-Halls zu verlassen und zur ernsthaften Bühne aufzusteigen. Warum sollte ich mit John Cree als Autor und Gönner nicht eine zweite Mrs. Siddons oder Fanny Kemble werden? Von jenem Abend an knüpften wir eine engere Beziehung und besuchten gemeinsam unsere alten melodramatischen Lieblingsstätten. Mir gefielen das Diorama am Leicester Square und der künstliche Wasserfall in Muswell Hill am besten, während er die ärmeren Bezirke der Stadt vorzog. Er fühlte sich durch sie inspiriert – na ja, wie ich schon immer fand, über Geschmack läßt sich nicht streiten.

Wie nicht anders zu erwarten, tuschelte man im Künstlerzimmer bereits über uns, und eines Nachmittags erklärte ich ihm, daß wir nicht soviel Zeit miteinander verbringen könnten, ohne uns gegenüber der Öffentlichkeit zu erklären. Anscheinend hatte er damit gerechnet – oder es sich erhofft –, und am letzten Tag des Jahres 1867 verlobten wir uns. Ich trat zu seiner Religion über, und im nächsten Frühjahr folgte unsere Hochzeit mit einer einfachen Zeremonie in der Felsenkirche unserer lieben Frau in Covent Garden. Dan Leno führte mich arme Waise zum Altar, und vier Sandtänzerinnen trugen meine Schleppe; meine alten Freunde waren anwesend, und Ridley, der Skelettkomiker, hielt beim Hochzeitsmahl eine sehr schöne Rede. Ich drängte Dan, ebenfalls etwas zu sagen, aber seltsamerweise weigerte er sich. Doch ich wußte, wie ich ihn umstimmen konnte. Nachdem ich ihm ein paar Gläser Feuerwasser verabreicht hatte, trumpfte er mit einem sehr galanten Trinkspruch auf: «Ich kenne Lizzie aus Lambeth Marsh schon so lange, daß ich mich nie an Mrs. Cree gewöhnen werde. Wir begegneten einander im alten Craven vor so vielen Jahren, daß ich das Gefühl habe, sie müßte sich einen Bart wachsen lassen. Was hat sie in den Halls nicht alles vollbracht? Sie hat mit den Akrobaten akrobatisiert, die geschliffensten Schleifer und die simultansten Tänze getanzt. Sie hat mit den Instrumentalisten instrumentalisiert, in Schwänken geschwankt und mit den Illusionisten illusioniert. Aber nun hat sie ihr Kostüm abgelegt, ihre Requisiten eingesammelt und zum letztenmal den Brougham nach Hause genommen...» Er war mittlerweile etwas unsicher auf den Beinen, drum tätschelte ich seine Hand und dankte ihm. Er hob sein Glas, setzte es an die Lippen und sackte dann benommen an dem langen Tisch zusammen. Es war eine prächtige Feier und um so rührender, als ich die meisten Darsteller zum letztenmal sah. Es war das Ende meines zweiten Lebens.

SIEBENUNDDREISSIG

Der MORNING ADVERTISER vom 3. Oktober 1880 brachte folgende Mitteilung auf der Titelseite:

Im Interesse der Öffentlichkeit drucken wir diese Illustration eines Golems nach einem Holzschnitt aus dem Besitz von Mr. Every, dem außergewöhnlichen Holborner Buchhändler. Beachten Sie bitte die Größe des Golems im Verhältnis zu seinem Opfer sowie seine funkelnden Augen, die Blendlaternen gleichen. Aus der gotischen Bildunterschrift geht hervor, das Wesen sei aus rotem Ton hergestellt worden, aber wir erlauben uns, anderer Meinung zu sein. Das Geschöpf, das Jagd auf unsere Mitbürger macht, muß aus einem solideren Stoff als Ton bestehen, denn wie sonst könnte es die Leichen der Erschlagenen so entstellt haben? Wir haben die Angelegenheit mit Dr. Paley vom Britischen Museum erörtert, der auf das folkloristische Erbe Europas spezialisiert ist, und er bestätigt unseren Verdacht. Er sieht keinen Grund dafür, daß es nicht aus Stein oder Metall oder einem anderen haltbaren Material bestehen sollte. Dr. Paley fügt hinzu *(horribile dictu!)*, daß es auch fähig sei, seine Gestalt beliebig zu verändern! Er teilt uns ferner mit, daß der Golem stets innerhalb großer Städte geschaffen werde und infolge eines schrecklichen Instinkts gründlich mit den Straßen und Gassen seines Geburtsorts vertraut sei.

Dies dürfte für Mrs. Jennifer Harding keine Überraschung sein. Die zu Recht hoch angesehene Geflügelhändlerin aus der Middle Street behauptet nämlich, gesehen zu haben, wie das Geschöpf im Schlachthof bei Smithfield Blut aufleckte, bevor es am Krankenhaus St. Bartholomew entlang verschwand. Eine Streichholzverkäuferin ohne festen Wohnsitz, Anne Bentley, ist seit letztem Freitag, als sie offenbar von einer bleichen Kreatur ohne Augen überfallen wurde, in einem hysterischen Zustand. Sie wollte soeben das Armenhaus in Wapping betreten, wo ihre Mutter auf der Krankenstation liegt, als sie von diesem Ungeheuer überrascht und fortgeschleppt wurde. Sie verlor sogleich das Bewußtsein und kam erst auf dem Charterhouse Square wieder zu sich, wo man sie mit zerzauster Kleidung auf der Erde liegend fand. Sie behauptet, der Golem habe sie «gepellt» und «ausgesaugt» wie ein Stück Obst.

Nun glaubt sie, schwanger zu sein, und fürchtet, ein Ungeheuer zur Welt zu bringen. Jegliche Nachricht über ein solches Ereignis wird, wie sich versteht, unverzüglich auf diesen Seiten erscheinen. Vorläufig wurde die unglückliche Frau in der Pflegeanstalt von Shadwell untergebracht.

Von beiden Seiten des Flusses gehen beängstigende Berichte und Beobachtungen ähnlicher Art ein. Ein Mr. Riley aus Southwark schrieb uns, daß zu Beginn der letzten Woche ein mit großen Kräften ausgestattetes Wesen dabei beobachtet wurde, wie es über die Dächer der Borough High Road kletterte – wir ersuchen Sie, uns weitere Informationen zu schicken, wenn Sie können, Mr. Riley. Mrs. Buzzard, die Eigentümerin einer Stuhlmanufaktur in der Curtain Street, wurde am letzten Montagmorgen von einem «Schatten» belästigt, der ihr, wie sie uns mitteilt, überallhin folgte, bis sie kreischend in die Shoreditch High

Street rannte. Sie hat sich mittlerweile recht gut erholt und bietet jedem, der dieses mysteriöse Ereignis zu ihrer Zufriedenheit zu erklären vermag, einen kostenlosen Stuhl als Belohnung an. Wieder einmal – in diesem Fall wie in so vielen anderen – ist das Wort «Golem» in aller Munde. Denen, die nicht bereit sind, diesen Berichten Glauben zu schenken, möchten wir entgegenhalten, daß es mehr Dinge im Himmel und auf Erden gibt, Horatio, et cetera, et cetera. In den letzten Jahren haben wir Wunder in den entferntesten Objekten entdeckt, vom Sonnensystem bis hin zur Schneeflocke. Wer könnte sagen, daß es nicht noch mehr Wunder gebe?

ACHTUNDDREISSIG

Nach unserer Heirat erwarben John Cree und ich ein Häuschen in Bayswater unweit des alten Hippodroms; hier begann ich ein Leben, das sich völlig von meinem alten Dasein in den Music-Halls unterschied. Ich mußte mich manchmal kneifen, um mir zu bestätigen, daß Lizzie noch nicht ganz verschwunden war. Aber das Bühnengeplapper und die Lieder mußte ich vergessen. Für alle Welt war ich nun Mrs. Cree, und ich achtete sorgsam darauf, meine Vergangenheit den Nachbarn oder den Ladeninhabern gegenüber niemals zu erwähnen. Natürlich sprach nichts dagegen, daß ich eines Tages auf einer ernsthaften Bühne erscheinen würde, und jedesmal, wenn meinem lieben Mann die Inspiration auszugehen schien, bewog ich ihn, die Arbeit an *Elendskreuzung* fortzusetzen. Ich hätte ihm niemals gestattet, mit dem Schreiben aufzuhören: Die Heldin gefiel mir sehr, und ich wußte, daß ich der Rolle ein wunderbares Pathos abgewinnen konnte. Einmal, als ich mich meinen Träumereien über diese Möglichkeit hingab, hatte ich eine ganz bezaubernde Idee. Seitdem wir nach Bayswater gezogen waren, verspürte ich das Bedürfnis, mir eine Kammerzofe zuzulegen. Und gab es einen besseren Ort, nach einer tüchtigen Dienerin Ausschau zu halten, als die Elendskreuzung selbst, wo sich die Music-Hall-Leute versammelten? Ich kannte die meisten vom Hörensagen und war überzeugt, daß es mir gelingen würde, eine reinliche und dienstbare junge Frau auszuwählen, die der Arbeitssuche in den Halls müde war. Sie könnte, genau wie ich, in diesem oder jenem Schwank bereits die Rolle eines Hausmädchens gespielt haben und würde deshalb kaum Unterweisungen über ihr allgemeines Benehmen benötigen. Und außerdem, aus welchem Reichtum an Klatsch und Tratsch würden wir in ruhigen Stunden miteinander schöpfen können!

Ich setzte sofort meine Haube auf, verließ das Haus, ohne dem lieben Dramatiker im Obergeschoß ein Wort zu sagen, und winkte mir auf eigene Kosten eine Droschke heran. Es schien eine Ewigkeit zu dauern, bevor wir die Elendskreuzung erreichten, und ich blickte gespannt durch das Fenster auf die Schar der Künstler hinaus. Viele von ihnen kannte ich natürlich; es fiel mir recht schwer, ihnen beim Vorbeifahren nicht zuzuwinken. Ich ließ die Droschke um die Ecke der York Road anhalten, bat den Kutscher, kurze Zeit zu warten, und ging dann rasch auf die traurige Gruppe zu. Darunter war ein Schlangenmensch, an den ich mich aus dem Queen's in Poplar erinnerte; er begrüßte mich mit einer tiefen Verbeugung und nahm unzweifelhaft an, daß ich ebenfalls auf ein Engagement aus sei. Ich kam an einem fürchterlich schlechten Ernst-Komiker aus dem Paragon vorbei, der so tat, als erkenne er mich nicht. Und in diesem Moment fiel mein Blick rein zufällig auf Aveline Mortimer, die matt an einer Hauswand lehnte. Ich gestehe, daß ich mir ein Lächeln nicht verkneifen konnte. Schließlich war es Aveline, die mir geraten hatte, vor dem hebräischen Publikum *Meesa Meschina* auszurufen, was beinahe zu meinem eigenen Ende geführt hätte. Sie versuchte, sich ein wenig aufzurichten, während ich näher kam, aber zu meiner Freude sah sie trotzdem sehr erschöpft und niedergeschlagen aus. «Wenn das nicht Lambeth Marsh Lizzie ist», sagte sie.

«Ist es nicht. Es ist Mrs. John Cree.»
«Glück muß der Mensch haben.»
Ich zögerte keine Sekunde. «Wann bist du vor die Tür gesetzt worden, Kindchen?»
«Erst vor einer Woche oder so.»
Der Zustand ihrer Kleidung verriet mir, daß sie log. «Wäre meine Annahme gerechtfertigt, Aveline, daß du eine nette kleine Rolle suchst?»
«Was geht dich das an, Lizzie?»
«Ich bin bereit, dich zu engagieren.»
Sie schaute mich erstaunt an. «Hast du dir etwa eine Music-Hall zugelegt, Lizzie?»
«Nicht direkt. Nein. Aber ich brauche ein volles Haus.» Sie verstand nicht, worauf ich hinauswollte. «Ich möchte dich einstellen, Kindchen. Als Zofe.»
«Als *Zofe*?»
«Überleg es dir einen Moment lang. Dreißig Shilling pro Woche mit Vollpension. Und jedes zweite Wochenende hast du frei.» Es war ein sehr verlockendes Angebot, und sie zögerte. «Ich werde keine schwierige Arbeitgeberin sein, Aveline, und jede frühere Unstimmigkeit ist längst vergessen.»
«Das ist leicht gesagt...»
Ich merkte, daß sie kein volles Vertrauen zu mir hatte; wahrscheinlich argwöhnte sie, es handele sich um einen ausgeklügelten Racheplan meinerseits. «Denk an all den Spaß, den es uns machen wird, über alte Zeiten zu plauschen.» Sie zögerte immer noch, und ich flüsterte ihr ins Ohr: «Alles wäre doch besser als diese Erniedrigung, oder nicht? Möchtest du auf der Straße enden?»
«Wie wär's mit zwei Guineen?»
«Fünfunddreißig Shilling. Mehr geht nicht.»

«Also gut, Lizzie. Ich arbeite für dich.»
«So ist's recht.» Ich holte einen Shilling aus meinem Täschchen hervor und legte ihn in ihre Hand. «In einer halben Stunde komme ich zurück. Kauf dir eine schöne Portion Schinken mit Gemüse, während du auf mich wartest.» Ich plante, mit der Droschke zu Haste and Spenlow in der Catherine Street zu fahren, wo ich eine adrette kleine Zofentracht mit gestärktem Kragen und Häubchen kaufen konnte, aber dann drehte ich mich um. «Wenn ich's mir genau überlege, Aveline, du solltest mich lieber begleiten. Du wirst ja wohl deine eigene Größe kennen, Kindchen.»

Danach machten wir uns zu der Droschke auf, in der sie ganz keck neben mir Platz nahm.

«Werde ich kochen müssen?» fragte sie, während der Kutscher die Pferde mit der Peitsche antrieb.

«Natürlich, Aveline. Das ist doch bestimmt eine deiner vielen Fertigkeiten.»

«Ja. Man hat's mir im Armenhaus beigebracht.» Meine Miene muß Überraschung widergespiegelt haben, denn sie wurde sehr hitzig. «Das sollst du lieber gleich wissen, damit ich in Ruhe leben kann, bis daß der Tod uns scheidet.» Es war typisch für sie, falsch aus dem Trauungszeremoniell zu zitieren.

«Warst du im Magdalenenstift, Kindchen?»

«Nein, war ich nicht – das könnte dir so passen. Ich war zwar arm, aber keine Hure. Ich bin eine makellose Jungfrau geblieben.»

Zwar glaubte ich ihr nicht eine Sekunde lang, aber ich beschloß, sie nicht zu reizen. Was für einen Zweck hatte es, einen Streit vom Zaun zu brechen, noch bevor ich ihr eine Tracht gekauft hatte? «Kanntest du deine Eltern, Aveline?»

«Ich kannte meine Mutter. Sie wurde so lange von der Gemeinde ernährt, wie ich mich zurückerinnern kann.»

«Das ist sehr traurig.» Ist es nicht verblüffend, daß manche Frauen sich völlig von ihrer Herkunft freimachen können, während andere davon gefesselt bleiben? Der armen Aveline ging es nicht besser als ihrer Mutter, während ich in einem Hansom herumfuhr, als gehöre mir ganz London. «Armut muß etwas Schreckliches sein.»

Sie hätte gewiß eine unflätige Bemerkung gemacht, aber in diesem Moment fuhren wir bei Haste and Spenlow vor. Aveline sprang behende hinaus in die Catherine Street, und ich pochte sogleich an die Scheibe. «Würdest du mir die Hand reichen, Aveline. Wir betreten ein Geschäft.» Es war ihre erste Lektion in allgemeinem Benehmen. Recht mürrisch, wie mir schien, nahm sie meine Hand und half mir hinunter auf das Kopfsteinpflaster. Das Geschäft war fast leer, aber es widerstrebte ihr trotzdem, sich Maß nehmen zu lassen. Schließlich suchte ich ein wundervolles kleines Kostüm mit einem grauen Saum für sie aus und kehrte hochgestimmt zu der Droschke zurück. Sobald sie wieder neben mir saß, zog ich das Zofenhäubchen aus dem Paket hervor und setzte es ihr auf den Kopf. «Na also. Ist das nicht ein Gedicht?»

«Worüber?»

«Über die junge Weiblichkeit, Aveline. Die Weiblichkeit im Dienst des Hauses. Können wir jetzt den Rest anprobieren?»

«Wohin fahren wir? Zum Alhambra?» Sie spielte darauf an, daß wir in den alten Tagen unsere Kostüme häufig im Brougham gewechselt hatten, während wir von Hall zu Hall eilten. Vermutlich folgte sie meinem Vorschlag deshalb ohne Murren, und als sie ihren schwarzen Baumwollkragen umgelegt hatte, sah sie aus wie eine musterhafte Kammerzofe. «So ein Kleiderwechsel wirkt Wunder», sagte ich. «Eine neue Frau ist geboren.»

«Ich muß wie eine Statistin aussehen.»

«Würdest du dem Satz bitte ‹Madam› hinzufügen?»

«Ich muß wie eine Statistin aussehen, Madam.»

«Sehr gut, Aveline. Nein. Du bist keine Statistin, du hast eine Hauptrolle. Nun sag mir nach: ‹Haben Sir noch einen Wunsch?›»

«Darf ich annehmen, daß ‹Sir› der Knabe von der *Era* ist, in den du verknallt warst?»

«Ich würde mich etwas anders ausdrücken, aber du hast recht. Mr. Cree ist mein Mann. Nun sag's schon!» Ich tippte ihr mit dem Handschuh an die Wange.

«Haben Sir noch einen Wunsch?»

«Nein danke, Aveline.» Ich hatte die tiefe Stimme meines Mannes nachgeahmt, doch nun sprach ich wieder mit meiner eigenen. «Was gibt es heute abend zum Dinner?»

Aveline dachte nach. «Hackfleisch und Kartoffeln?»

«O nein. Sei wählerischer.»

«Bratfisch?»

«Erlesener, Aveline. Wir sind in Bayswater, nicht in der Old Kent Road.

«Ochsenschwanzsuppe. Danach Gans mit allen Zutaten.»

«Sehr schön. Eine ausgezeichnete Idee. Erinnerst du dich noch an unseren Knicks in den Komödien?»

«Wie könnte ich den vergessen?»

«Dann zeig ihn mir, Kindchen.» Sie erhob sich von ihrem Platz und brachte trotz der Enge eine knappe Verbeugung zustande. «Prächtig gemacht, Aveline. Ich werde dir ein Notizheft mit ein paar Wendungen geben, die du auswendig lernen mußt. Verstehst du mich?»

«Ich kann einen Text lernen, Lizzie. Das weißt du ganz genau.»

Diesmal gab ich ihr eine richtige Ohrfeige. «Mrs. Cree und Sie!» Aveline machte keinen Versuch, sich zur Wehr zu setzen, und mir war klar, daß ich bereits die Oberhand gewonnen hatte. «Nun verhalte dich lieb und sittsam. Wir sind in Bayswater.»

Tatsächlich wirkte sie wie der Inbegriff von Reinheit und Schicklichkeit, während wir uns dem Haus näherten. Und als sie aus der Droschke stieg und mir den Schlag aufhielt, stellte ich fest, daß sie sich bereits an ihre neue Rolle gewöhnte. Wahrscheinlich hatte sie damals schon Spaß daran. Natürlich konnte ich ihr nicht den wahren Grund dafür nennen, daß ich sie angestellt hatte – ich glaube, er wurde mir selbst erst in jenem Moment klar, als ich sie wie ein Geschöpf der Nacht in der Waterloo Road herumlungern sah.

Dieser Grund betraf meinen Gatten. Ich hatte bald nach unserer Heirat entdeckt, daß er ein Mann mit unbeherrschbaren Begierden war; in der Nacht nach der Trauung versuchte er mich zum Geschlechtsverkehr zu bewegen, und erst nachdem ich ihn lange angefleht hatte, war er bereit, sich mit der Hand Erleichterung zu verschaffen. Ich konnte – und kann – den Gedanken, daß ein Mann in mich eindringt, nicht ertragen und machte ihm klar, daß dergleichen auf keinen Fall in Frage komme. Ich konnte ihm nicht erlauben, mich an jener Stelle zu berühren – nicht, nachdem meine Mutter dort gewesen war. Sie hatte mich brutal gekniffen, mich mit ihrer Nadel gestochen und mir einmal, als ich noch ganz klein war, sogar einen Stock hineingesteckt. Zwar war sie seit langem tot, aber ich konnte ihre Hände immer noch dort fühlen. Niemand würde diese Stelle je wieder berühren.

Nun schlief ich in Mr. Crees Bett und gestattete ihm, mich mit den Händen oder sogar mit der Zunge zu liebkosen, aber jenen Akt konnte ich nicht zulassen. Er schien überrascht und sogar bestürzt über meine Entscheidung zu sein, doch wußte er sehr genau, daß ich zu welterfahren war, um mich den sogenannten ehelichen Rechten zu unterwerfen – in den Halls gehen wir, wie Dan immer sagte, als Ebenbürtige oder überhaupt nicht miteinander um. Dort schenkt man einer Frauenstimme stets Aufmerksamkeit, im Künstlerzimmer nicht weniger als auf der Bühne. Zum Glück war mein lieber Gatte ein solcher Gentleman, daß er mir seinen Willen nicht aufzwang. Ich wußte seine Artigkeit so sehr zu schätzen, daß ich beschloß, mich erkenntlich zu zeigen. Und während ich über die Künstler und Künstlerinnen nachsann, die sich an der Elendskreuzung drängten, hatte ich die Idee gehabt, eine Kammerzofe einzustellen. Wenn ich Mr. Crees Aufmerksamkeit auf eine in der Nähe befindliche und leicht zugängliche Frau lenken konnte, wäre seine Begierde gestillt, und ich bliebe zu meiner Freude unberührt. Es war ein sehr glücklicher Zufall, daß mein Blick auf Aveline Mortimer gefallen war; ich wußte um ihre lockere Moral – sie hatte einst mit einem Neger-Darsteller in Pimlico zusammengelebt und würde sich zweifellos dazu überreden lassen, das Erforderliche zu tun. «Na, Aveline», sagte ich, als wir uns kurz nach unserem Eintreffen im Salon niedergelassen hatten. «Meinst du, daß du mit deiner neuen Stellung zufrieden sein wirst?»

«Das hoffe ich, Lizzie.»

«Mrs. Cree.» Nun, da sie ihre Zofentracht trug, war sie gefügiger und respektvoller geworden; es ist großartig, was ein gutes Kostüm bewirken kann. «Dann mußt du mir etwas versprechen, Aveline. Du mußt versprechen, mir zu gehorchen und in jeder Hinsicht zu tun, was ich will. Bist du einverstanden?»

«Ja, Mrs. Cree.»

Sie argwöhnte, daß etwas im Busch war – ich konnte es an ihrer gezwungen-komischen Miene ablesen –, aber ich hatte nicht die geringste Absicht, sie zu warnen. Ich ließ Mr. Cree und Aveline bei mehreren Gelegenheiten allein und sah heimlich aus den Kulissen zu, wie die Natur ihren Lauf nahm. Trotzdem bemitleidete ich ihn jedesmal, wenn er seinen Ulster anzog und sich ins Britische Museum aufmachte.

NEUNUNDDREISSIG

John Cree besuchte den Lesesaal jetzt so häufig, weil er sich völlig außerstande sah, die Arbeit an seinem Drama fortzusetzen. Er war nervös und verunsichert, doch seine Schreibhemmungen stellten nicht die einzige Ursache seines Kummers dar. Vor allem brachte ihn seine Frau aus der Fassung. Er hatte sie als Darstellerin im Varieté kennengelernt, doch seit ihrer Hochzeit war sie zu einer fremden, besorgniserregenden Gestalt geworden. Er begriff sehr gut, was ihm an ihr zu schaffen machte: Sie spielte den Part der Ehefrau ganz meisterlich, und doch war etwas Seltsames gerade an der Exaktheit und Vollkommenheit ihrer Rolle. Es gab Zeiten, in denen Elizabeth Cree überhaupt nicht anwesend zu sein schien, als habe jemand anders die Rolle übernommen, aber manchmal trat sie mit einer fast professionellen Wildheit und Entschlossenheit als Ehefrau auf. Das war die Ursache seines Unbehagens, und oft hatte er den Eindruck, nur noch zwischen dem Melodram der *Elendskreuzung* und dem uneingestandenen Drama seiner häuslichen Existenz zu pendeln. Deshalb zog er es vor, Bücher über die Leiden der Armen von London zu lesen und seine Zeit unter der großen Kuppel der Bibliothek zu verbringen.

Ein junger Mann hatte die Gewohnheit entwickelt, sich an den Schreibtisch neben ihm – C 3 – zu setzen, und seit einer Woche hatte John Cree ihn dabei beobachtet, wie er großformatige Seiten mit einer schwungvollen Schrift bedeckte. Er hatte langes dunkles Haar und trug einen Astrachan-Pelzmantel, den er sich weigerte, Herbert, dem Garderobenmann, auszuhändigen, und den er gegen alle Schicklichkeit über seinen blauen Lederstuhl drapierte. Auch schien er über alle Maßen von seinen schriftlichen Erzeugnissen eingenommen zu sein, denn zuweilen blickte er im Laufe eines besonders langen Satzes zu John Cree hinüber, um sich zu vergewissern, daß er beobachtet wurde. Häufig verließ er den Lesesaal, um etwas frische Luft zu schöpfen (John Cree hatte ihn einmal bemerkt, als er zwischen den Säulen hin und her ging und eine türkische Zigarette rauchte), aber er achtete stets sorgsam darauf, daß seine Papiere sichtbar waren.

Cree war allerdings nicht sonderlich an den Aktivitäten des jungen Mannes interessiert; er vermutete jedoch zu Recht, daß der Neuankömmling gerade ein Studium an einer der großen Universitäten abgeschlossen hatte und nun versuchte, in der Hauptstadt eine literarische Karriere einzuschlagen. Immerhin waren die Bücher, die er bestellte, von einigem Interesse – eines Morgens hatte Cree gesehen, wie er Longinus' und Turners *Liber Studiorum* las. Diese Bücher deuteten auf eine unverfälschte Sensibilität hin, und Cree wurde neugieriger auf die Arbeit des jungen Mannes, die so demonstrativ auf dem Schreibtisch neben ihm ausgebreitet war. Nachdem der Autor sich zum Rauchen zwischen die Säulen begeben hatte, schreckte John Cree nun nicht einmal mehr davor zurück, eine Seite aufzuheben und den mit einer anmutigen Handschrift zu Papier gebrachten Inhalt zu überfliegen: «Wir dürfen jedoch nicht vergessen, daß der kultivierte junge Mann, der die Zeilen verfaßte und der sich so empfänglich für Wordsworthsche Einflüsse zeigte, darüber hinaus auch, wie ich am Anfang meiner Untersuchung ausgeführt habe, einer der subtilsten und verstohlensten Giftmörder dieser oder jeder anderen Epoche war. Thomas Griffiths Wainewright teilt uns nicht mit, wie er in den Bann dieses eigenartigen Lasters geriet, und das Tagebuch, in dem er die Ergebnisse seiner schrecklichen Experimente und die von ihm benutzten Methoden sorgfältig verzeichnete, ist leider verlorengegangen. Auch in späteren Zeiten scheute er sich stets, über das Thema zu sprechen, und zog es vor, sich über ‹Der Ausflug› und die ‹Gedichte, beruhend auf den Gefühlen› zu äußern. Mord mag sein Beruf gewesen sein, doch Poesie war seine Wonne.»

VIERZIG

Mein Mann machte keine Fortschritte mit seinem Stück. Er verbrachte so viele fruchtlose Stunden Pfeife rauchend und Kaffee trinkend (den ihm natürlich Aveline brachte) in seinem Arbeitszimmer, daß ich sehr wütend auf ihn wurde. Immer wieder empfahl ich ihm die Tugenden der Konzentration und Beharrlichkeit, doch er seufzte nur, stand von seinem Stuhl auf und trat zum Fenster, das auf die Gärten hinausging. Manchmal grollte er mir im stillen wohl sogar, weil ich ihn an seine Pflicht erinnerte. «Ich bemühe mich, sosehr ich kann!» rief er eines Abends in jenem Herbst.

«Beruhige dich, John Cree.»

«Ich bemühe mich wirklich.» Er senkte die Stimme. «Aber ich scheine die Orientierung verloren zu haben. Es ist nicht wie damals, als wir zusammen im Künstlerzimmer saßen...»

«Die Zeiten sind längst vorbei. Wünsch sie dir nicht zurück. Das ist Vergangenheit.»

«Aber damals hatte ich wenigstens ein Gefühl für die Welt, das mich aufrechterhielt. Als ich ins Varieté ging und bei der *Era* arbeitete...»

«Es war nicht achtbar.»

«Jedenfalls hatte ich den Eindruck, irgendwohin zu gehören. Nun bin ich mir da nicht mehr so sicher.»

«Du gehörst zu mir.»

«Natürlich, Lizzie. Aber ich kann aus unserem eigenen Leben kein Theaterstück machen.»

«Ich weiß. Da fehlt die Dramatik. Das Sensationelle.»

Noch während ich ihn musterte und ihn seiner Schwäche wegen bemitleidete, fällte ich meine Entscheidung: *Ich* würde *Elendskreuzung* fertigstellen. Schließlich wußte ich mehr als genug über die Leute aus den Halls, und was Armut und Erniedrigung anging, gab es im Lande denn noch einen anderen Autor, der in Lambeth Marsh Segel geflickt hatte? Hatte ich nicht den Onkel gepeitscht, bis ihm das Blut über den Rücken lief, und war ich nicht in Männerkleidung durch die Straßen von Limehouse gegangen? Ich hatte genug gesehen. Also würde ich das Stück vollenden und dann die Rolle der Heldin auf einer ernsthaften Londoner Bühne übernehmen. Ich wußte, an welcher Stelle mein Mann in dem Drama angekommen war, denn ich hatte es nachts heimlich gelesen und gespannt darauf gewartet, daß Catherine Dove in ihrer Dachstube in Covent Garden vor Hunger ohnmächtig wird. Doch im letzten Moment findet ihr Bühnenagent sie und bringt sie in ein Privatsanatorium bei Windsor. Aber hier war John steckengeblieben. Deshalb erwarb ich einen reichlichen Vorrat an Stiften und Papier bei Stephenson's in der Bow Street und begann, an seiner Stelle weiterzuarbeiten. Ich muß gestehen, daß ich ein gewisses Talent für die dramatische Schriftstellerei habe, und als Frau entdeckte ich eine natürliche Seelenverwandtschaft mit Catherine Dove. Aveline war meine Zuschauerin, während ich im Salon Szenen probte und sie dann zu Papier brachte; aus solchen Improvisationen gingen einige meiner besten Effekte hervor. Ich hatte bereits beschlossen, daß Catherine Dove, das arme Waisenmädchen, ihre Gesundheit wiedererlangen und über ihre Feinde triumphieren würde. Aber sie hatte noch nicht genug gelitten, und ich fügte der Fassung meines Mannes zwei kleine gruselige Szenen hinzu. Zum Beispiel gab es eine, in der sie zutiefst bekümmert Gin in sich hineinkippt und zusammenbricht; sie findet sich im Morgengrauen in einem Hauseingang bei Long Acre liegend wieder, ihr Kleid ist zerrissen, ihre Hände sind blutverkrustet, und sie hat nicht die geringste Ahnung, wie sie in einem solchen Zustand dorthin gelangt ist. Es war eine höchst eindrucksvolle Idee, und ich muß zugeben, daß Aveline Mortimer mich darauf brachte. Ich hatte den Verdacht, daß ihr einmal etwas Ähnliches zugestoßen war, aber ich sagte nichts. Nun improvisierte ich die Szene, deklamierte den Text und ging mit kräftigen Schritten im Salon auf und ab, bis ich ihr gerecht geworden war: «Kann ich es sein, die hier liegt? Nein, ich bin nicht hier, es ist jemand an meiner Statt, den ich nicht kenne. [*Hebt die Hände zum Himmel.*] Oh, allmächtiger Gott, was mag ich getan haben? Meine blutigen Hände legen Zeugnis von einer schrecklichen Tat ab. Ist es möglich, daß ich ein unschuldiges Kind getötet habe und mich nicht mehr an das Verbrechen erinnere? Könnte ich einen Mord begangen haben und nichts mehr davon wissen? [*Versucht aufzustehen, sackt jedoch wieder zusammen.*] Dann wäre ich niedriger als die Tiere auf dem Felde, die zwar keine Reue kennen, sich aber wenigstens ihrer Taten bewußt sind! Ich führe ein finsteres Leben, das mir verborgen bleibt. Ich lebe in der Höhle meines eigenen Entsetzens und bin des Lichtes beraubt! [*Fällt in Ohnmacht.*]» In meiner Erregung hatte ich einen der Stühle umgestoßen und eine kleine Vase auf einer Anrichte zerschmettert. Aber Aveline räumte bereits auf. Es war alles sehr beflügelnd, und wenn das Publikum erfuhr, daß das Blut bei der Rettung eines Kindes vor einem betrunkenen Vater vergossen worden war, würde die Szene auch sehr weihevoll sein.

Innerhalb eines Monats hatte ich *Elendskreuzung* – mit Catherine Doves triumphaler Rückkehr auf die Bühne – zu meiner Befriedigung vollendet. Ich hatte mit meinen großen, gerundeten Buchstaben eine Reinschrift hergestellt und beschlossen, sie sofort per Boten zu Mrs. Latimer vom Bell Theatre in Limehouse zu schikken. Sie war auf starke Melodramen spezialisiert, und ich erklärte ihr in einem Begleitbrief, daß *Elendskreuzung* kühn und «auf der Höhe der Zeit» sei. Ich hatte von ihr ein Angebot mit der nächsten Post erwartet, aber eine ganze Woche lang hörte ich überhaupt nichts – obwohl ich in meinem Schreiben darauf hingewiesen hatte, daß mehrere andere Direktionen höchst interessiert seien. Also beschloß ich, persönlich das Bell aufzusuchen, und mietete mir zu diesem Zweck einen Brougham. Ich wußte, daß es größeren Eindruck machen würde, wenn man ihn auf der Straße auf mich warten sah, drum ließ ich ihn direkt vor dem Theater halten und marschierte dann durch die berühmte Flügeltür mit den Buntglasscheiben. Mrs. Latimer – Gertie, wie ihre Vertrauten sie nannten – war in ihrem kleinen Büro hinter der Bar und zählte die Einnahmen aus der Aufführung vom Vorabend. Zunächst erkannte sie mich nicht in meinem Ehefrauenkostüm, doch dann warf sie den Kopf zurück und lachte. Sie war das, was man eine «stattliche Frau» nennen würde, und das Fett unter ihrem Kinn bebte auf eine höchst unangenehme Art. «Sieh an», sagte sie. «Es ist Lambeth Marsh Lizzie. Wie geht's Ihnen, Schätzchen?»

«Mrs. Cree bitte, wenn's Ihnen nichts ausmacht.»

«Oh, es macht mir nicht das geringste aus, aber es paßt nicht zu Ihnen, auf Förmlichkeiten wert zu legen, Lizzie. Als ich Sie das letzte Mal sah, waren Sie der ältere Bruder.»

«Die Zeiten sind vorbei, Mrs. Latimer, und ein neuer Tag ist angebrochen. Ich bin wegen des Stückes hier.»

«Ich kann Ihnen nicht folgen, Kind.»

«*Elendskreuzung*. Mein Gatte, Mr. Cree, hat es geschrieben, und es ist Ihnen vor über einer Woche geschickt worden. Warum nur bleiben Sie die Antwort schuldig?»

«Seufzte das Mädchen ungeduldig? Sie haben Ihre alten Lieder also noch nicht vergessen, Lizzie.» Mrs. Latimer war keineswegs beschämt. «Warten Sie mal. Da war ein Drama mit diesem Titel oder so ähnlich...» Sie ging hinüber zu einem Schrank in der Ecke, und als sie die Tür öffnete, konnte ich sehen, daß er mit Manuskripten und Papierbündeln gefüllt war. «Wenn es letzte Woche eingetroffen ist, muß es ganz oben sein. Was hab ich gesagt?» *Elendskreuzung* war das erste Stück, das ihr in die Hand geriet; sie blätterte es durch und reichte es mir. «Ich habe es Arthur gegeben, Kindchen, und er hat es abgelehnt. Er meint, daß es keine wirklich gute Handlung hat. Wir brauchen eine Handlung, Lizzie, sonst werden die Leute unruhig. Entsinnen Sie sich, was mit dem *Phantom von Southwark* geschah?»

«Aber das war doch albern. All das Stöhnen und Ächzen.»

«Es hätte fast einen Krawall ausgelöst, Kindchen. Ich war diejenige, die gestöhnt hat, das kann ich Ihnen versichern.»

Ich versuchte, ihr die Story von *Elendskreuzung* zu erklären, und las ihr sogar einige ausgewählte Passagen vor, aber sie ließ sich nicht umstimmen. «Es reicht einfach nicht hin, Lizzie. Zuviel Sauce und zuwenig Fleisch, Kindchen. Wissen Sie, was ich meine? Da gibt's nichts zu beißen.»

Ich hätte *sie* beißen können – trotz ihrer Fettleibigkeit. «Ist das Ihr letztes Wort, Mrs. Latimer?»

«Leider ja.» Nun, da das Geschäftliche abgeschlossen war, machte sie es sich auf ihrem Stuhl bequem und betrachtete mich.

«Sagen Sie, Lizzie, haben Sie Ihre eigenen Bühnenauftritte völlig aufgegeben? Sie waren eine so gute Plappertante. Wir alle vermissen Sie.»

Ich war nicht in der Stimmung, Vertraulichkeiten mit ihr auszutauschen, deshalb schickte ich mich an zu gehen. «Gertie Latimer, was soll ich meinem Mann sagen, der Tag und Nacht an diesem Drama geschuftet hat?»

«Mehr Glück beim nächsten Mal?»

Ich verließ ihr Büro, schritt an der Bar vorbei und wollte mich gerade zu dem Brougham vor dem Theater begeben, als ich einen sehr interessanten und kuriosen Einfall hatte. Danach marschierte ich schnurstracks zurück ins Büro und legte *Elendskreuzung* auf den Tisch. «Was würde es kosten, Ihr Theater zu mieten? Nur für einen Abend?»

Sie schaute zur Seite, und ich merkte, daß sie rasche Berechnungen anstellte. «Sie meinen so etwas wie eine Wohltätigkeitsvorstellung, Kindchen?»

«Ja. Und die Wohltat kommt Ihnen zugute. Ihre Bühne ist das einzige, was ich brauche. Sie werden dadurch nichts verlieren.»

Sie zögerte immer noch. «Ich habe eine Lücke zwischen *Der leere Sarg* und *Des Trunkenbolds letzter Abschied...*»

«Ein Abend genügt mir.»

«Zu dieser Jahreszeit können meine Einnahmen beträchtlich sein, Lizzie.»

«Dreißig Pfund.»

«Und das ganze Getränkegeld?»

«Geht extra.»

Das Geld stammte aus meinen bescheidenen Ersparnissen, die ich in einem Beutel hinter dem Spiegel in meinem Zimmer versteckt hielt. Ich kehrte ein paar Stunden später mit dem Betrag zurück, und wir besiegelten die Sache auf der Stelle mit einem Handschlag. Wir einigten uns auf einen Abend in drei Wochen, und sie versprach mir sämtliche Requisiten und Kulissen, die ich benötigte. «Ich habe einen sehr schönen Covent Garden», sagte sie. «Erinnern Sie sich an *Die Straßenhändler*? Er wurde für die Burleske benutzt, aber er taugt auch sehr gut für eine traurige Szene. Und an der Seite ist ein Laternenpfahl, an den Sie sich lehnen können, Kindchen. Vielleicht gibt es irgendwo sogar noch einen Müllwagen aus *Oliver Twist*, aber ich habe das dunkle Gefühl, daß Arthur ihn gegen einen fliegenden Teppich eingetauscht hat.» Ich dankte ihr für den Laternenpfahl, aber in Wirklichkeit war alles, was ich brauchte, in meinem Innern.

Ich kannte meinen Text bereits auswendig, Aveline spielte die Rolle der bösen Schwester sehr effektvoll, und wir benötigten nur noch drei männliche Statisten, um das Ensemble zu vervollständigen. Sie waren ziemlich leicht zu finden; Aveline kannte einen arbeitslosen Taschenspieler, der glänzend mit der Rolle des betrunkenen Ehemannes zurechtkam, und ich entdeckte zwei Querredner für die Rollen des Theateragenten und des feinen Pinkels. Sie besuchten mich in aller Stille, während mein lieber Gatte seine Zeit im Britischen Museum verschwendete – ich wollte ihn über meine Pläne im dunkeln lassen, bis ich sie ihm am «Premiereabend» enthüllen konnte. Welch eine herrliche Überraschung das sein würde! Meine einzige Schwierigkeit war das Publikum. Natürlich wollte ich vor vollem Haus spielen, aber wie war das ohne Reklameplakate und Zeitungsartikel zu erreichen? Dann fiel Aveline eine Lösung ein: Warum sollten wir nicht alle Bummler und Müßiggänger von Limehouse einladen, dazu jeden anderen, der am Tag der Vorstellung nichts zu tun hatte? Zuerst zauderte ich ein wenig, denn ich hatte vor einer besseren Gesellschaft auftreten wollen, aber mir leuchteten die Vorzüge ihres Plans ein. Es würde kein erlesenes, doch ein gutes Publikum sein. Wir beide kannten uns in der Gegend aus, und am Morgen vor der Aufführung verteilten wir unsere handgeschriebenen Eintrittskarten mit dem Versprechen kostenloser Unterhaltung. Es gab so viele Hausierer, Straßenhändler und Dienstmänner, die sich gern *gratis* amüsieren lassen wollten, daß wir das Theater nach weniger als einer Stunde gefüllt hatten. «Vergessen Sie nicht», sagte ich zu jedem einzelnen, «heute abend um sechs. Aber pünktlich.»

Ich hatte Mr. Cree an jenem Tag gebeten, früher

aus dem Lesesaal zurückzukehren – unter dem Vorwand, daß ich einem unverschämten Klempner gegenüber seinen Beistand benötigte –, und ich erwartete ihn mit so freudiger und liebevoller Miene an der Tür, daß er auf den Stufen innehielt. «Was ist denn nur los, Lizzie?»

«Nichts ist los. Aber wir beide werden eine kleine Reise machen.»

«Wohin?»

«Kein Wort mehr. Sei nur froh darüber, daß du mit einer der Unsterblichen des Theaters unterwegs sein wirst.»

Die Droschke stand bereits an der Straßenecke – der Kutscher war über unser Fahrziel unterrichtet –, und wir setzten uns mit einem tüchtigen Tempo in Bewegung. «Lizzie. Teuerste. Sagst du mir bitte, wohin wir fahren?»

«Du mußt dich daran gewöhnen, mich heute abend Catherine zu nennen. Catherine Dove.» Ich platzte vor wonniger Spannung und konnte ihm das Geheimnis nicht länger vorenthalten. «Heute abend werde ich deine Heldin sein, John. Heute abend fahren wir zur Elendskreuzung.» Er begriff noch immer nicht, worauf ich hinauswollte; bevor er etwas erwidern konnte, hob ich den Zeigefinger an seinen Mund. «Es ist das, was du dir immer gewünscht hast. Heute abend wird dein Stück lebendig werden.»

«Es ist erst halb fertig, Lizzie. Wovon redest du bloß?»

«Es ist vollständig. Abgeschlossen.»

«Ich verstehe kein einziges Wort, seit ich heimgekommen bin. Wie soll es denn vollständig sein?»

Zu einem anderen Zeitpunkt hätte mich sein Ton-

fall vielleicht verärgert, aber nun konnte nichts meinen Enthusiasmus dämpfen. «Ich habe *Elendskreuzung* für dich vollendet, mein Schatz.»
«Wie bitte?»
«Mir war klar, wie sehr du dich gequält hast, John. Ich wußte, daß du dir wie ein Versager vorkamst, weil du es nicht beenden konntest. Deshalb habe ich mich selbst an die Arbeit gemacht. Nun ist es fertig.»
Er sackte kreidebleich auf dem Droschkensitz zurück, schlug die Hände vors Gesicht und ballte sie zu Fäusten. Einen Moment lang glaubte ich, er würde mich schlagen, aber dann rieb er sich heftig die Augen. «Wie konntest du das tun?» flüsterte er.
«Was denn, mein Schatz?»
«Wie konntest du es zugrunde richten?»
«Zugrunde richten? Wieso? Ich habe doch nur das beendet, was du angefangen hattest.»
«Du hast *mich* zugrunde gerichtet, Elizabeth. Du hast mir meine einzige Hoffnung auf Ruhm und Erfolg genommen. Weißt du, was das bedeutet?»
«Aber John, du hattest es doch aufgegeben. Du verbringst deine Tage im Lesesaal des Britischen Museums.»
«Verstehst du mich denn immer noch nicht? Hältst du wirklich so wenig von mir?»
«Dieses Gespräch wird langsam absurd.»
«Kannst du nicht einsehen, daß ich es noch nicht vollenden wollte? Daß ich nicht bereit war? Daß ich es mir als ständigen Lebensmittelpunkt erhalten wollte?»
«Du überraschst mich, John.» Ich war seltsam gefaßt und schaffte es sogar, einen Blick aus dem Fenster zu werfen, als wir am Diorama in Houndsditch vorbeifuhren. «Du hast mir oft genug gesagt, daß du es wahr-

scheinlich niemals beenden würdest. Ich glaubte, dich von einer Last zu befreien.»

«Du willst es einfach nicht begreifen, oder? Solange es unfertig war, konnte ich weiterhin hoffen.» Er war ganz ruhig geworden, und mir schien, daß ich die Situation vielleicht doch noch retten könne. «Verstehst du nicht, daß es mein Leben war? Ich konnte mich mit der Aussicht trösten, eines Tages literarische Anerkennung zu finden. Und was höre ich jetzt von dir? Daß du es selbst beendet hast.»

«Ich bin erstaunt über deinen Egoismus, John.» Wie ich herausgefunden hatte, ist Angriff Männern gegenüber die beste Verteidigung. «Hast du nie über meine Gefühle nachgedacht? Ist es dir nie in den Sinn gekommen, daß ich nicht mehr warten konnte? Ich sollte Catherine Dove sein, und ich hab das Stück viele Male durchlebt. Es gehört mir nicht weniger als dir.»

Er sagte nichts, sondern schaute aus dem Fenster, während wir Limehouse erreichten. «Ich kann es immer noch nicht glauben», murmelte er vor sich hin. Dann wandte er sich mir zu und tätschelte mir die Hand. «Ich werde dir niemals vergeben können, Elizabeth.»

Der Kutscher hatte an der Ecke Ship Street angehalten, damit eine Bäckerbude vorbeigerollt werden konnte. Mein Mann öffnete den Schlag, sprang hinaus und entfernte sich in Richtung des Flusses, bevor ich etwas sagen oder unternehmen konnte. Seit jenem Tag betrachte ich Limehouse als eine abscheuliche und trostlose Gegend. Aber was hätte ich tun können? Man wartete in einer Music-Hall auf mich, und ungeachtet seiner Einwände würde Mr. Cree vielleicht irgendwann begreifen, daß *Elendskreuzung* mir ein neues

Leben auf einer professionellen Bühne eröffnet hatte. Deshalb fuhr ich rasch weiter zur Limehouse Street, begrüßte Gertie Latimer an der Tür mit einem flüchtigen Kuß auf die Wange und begab mich sofort zu der kleinen Garderobe, in der Aveline bereits auf mich wartete.

«Wo ist er?» war ihre erste Frage.

«Wer, Kindchen?»

«Sie wissen schon.»

«Wenn du von meinem Mann reden solltest, er läßt sich entschuldigen. Er kann heute abend nicht kommen. Wegen einer Unpäßlichkeit.»

«O Gott!»

«Es ist unwichtig, Aveline. Wir werden weitermachen wie geplant. Wir werden triumphieren.» Unsere drei männlichen Statisten waren in der anderen Garderobe, und als ich nach nebenan ging, um sie zu inspizieren, glaubte ich, einen starken Alkoholgeruch wahrzunehmen. Aber ich entschied mich, nichts zu sagen, und lugte statt dessen in den Saal hinaus. Er füllte sich zügig, doch konnte ich bereits ein paar rüpelhafte Elemente im Parterre ausmachen. Zwei oder drei leichte Mädchen lungerten in den hinteren Reihen herum, und ein paar Dienstmänner vergnügten sich mit «ungezogenem Gejohle der anzüglichen Art», wie Dan zu sagen pflegte. Aber ich war an die Bräuche der Menge gewöhnt und rechnete nicht mit Schwierigkeiten.

«Wie ist das Publikum?» fragte Aveline, als ich zurückkam. Sie hatte mein erstes Kostüm zurechtgelegt. Ich streifte meine Alltagskleidung ab und zog mich um.

«Sehr gut, glaube ich. Für alles gewappnet.»

«Wissen Sie noch, wie Onkel immer sagte: ‹Alles hat sich köstlich asümiert›?»

«Denk jetzt nicht an Onkel, Aveline. Dies ist eine völlig andere Produktion, und wir müssen im richtigen Geist an sie herangehen.»

«Da wir von Geistigem reden, haben Sie den Atem der Jungs nebenan gerochen?»

«Allerdings. Ich werde sie später bestrafen, aber vorläufig kann ich nichts tun. Nun sei eine brave kleine Zofe und knöpf mich zu.»

Ich wollte eine wunderbare türkisfarbene Kreation tragen, die Catherine Doves große Hoffnungen bei ihrem Eintreffen in London symbolisierte. Natürlich hatte ich darauf bestanden, daß Aveline etwas Tristeres anzog, wie es ihrem Rang als meiner bösen altjüngferlichen Schwester entsprach, die mich in der Stunde meiner Erniedrigung im Stich läßt und mich in ein Armenhaus gibt. Bald hatte ich mein Kostüm angelegt, und während die Minuten vergingen und der Saal sich füllte (aus der Garderobe konnte ich das Geschrei und die Rufe hören), überwältigten mich eine solche Nervosität und Vorfreude, daß ich einer Ohnmacht nahe war. Jeder Gedanke an John Crees Undankbarkeit war wie weggeblasen, und ich genoß ganz allein den bevorstehenden Moment meines Ruhmes. Es war bald soweit. Gertie Latimer erschien mit einem «Stärkungstrunk» und erklärte zwischen mehreren großen Schlucken Porter, wie voll der Saal sei. Mir war mittlerweile alles gleichgültig. Gleich würde sich der Vorhang heben, und ich befahl Aveline, mir auf die Bühne zu folgen. «Vergiß nicht, drei Schritte hinter mir zu bleiben», flüsterte ich. «Und wende dich nicht ans Publikum. Das ist meine Aufgabe.» Der

Vorhang hob sich, und Gerties kleines Orchester fiedelte ein paar letzte Töne. Ich machte einige Schritte nach vorn, schirmte die Augen mit der Hand ab und blickte mich traurig im Saal um. «London ist so groß und fremd und wild. Oh, liebe Sarah, ich weiß nicht, ob ich es ertragen kann.»

«Charlie, was'n das?» rief irgendein Fischhändler oder so jemand von der Galerie herunter. Ich wartete, bis sich der Tumult gelegt hatte.

«Weiß nich. Aber es is'n Wunder, daß es sich bewegen kann.»

Eine dritte Stimme brüllte vom Olymp: «Da sind die beiden bösen Stiefschwestern!»

Allgemeines Gelächter ertönte, und ich hätte ihnen den Kopf abreißen können. Aber ich sprach weiter – lauter als zuvor. «Wird es ein Bett geben, das ich mein eigen nennen kann, liebe Schwester?»

«Meins, wenn du Glück hast!» Es war eine neue Stimme von der Galerie, und der schmutzigen Bemerkung folgten andere gleichen Charakters. Ich begriff schlagartig, daß es ein Fehler gewesen war, ein Publikum von den Straßen einer so erbärmlichen Gegend wie Limehouse einzuladen. Ich war der Ansicht gewesen, daß Londoner wie ich sich schon in eine Tragödie würden hineindenken können, aber ich hatte mich geirrt. Nach ein paar Minuten wurde mir klar, daß sie *Elendskreuzung* für eine Art Schwank hielten; all meine Bemühungen um Pathos und Erhabenheit waren verschwendet, und man begrüßte jede Zeile mit schrillem Gelächter, Gebrüll und Applaus. Es war die demütigendste Episode meines Lebens, und meine Qual wurde noch dadurch verstärkt, daß unsere drei männlichen Statisten für die Galerie spielten; sie paßten sich der Stimmung an und ergingen sich in den üblichen Neckereien und Witzeleien. Sogar Aveline ließ sich, wie ich bedauernd feststellen muß, hin und wieder zu derben Possen hinreißen.

Nach dem letzten Akt konnte ich keinen Gedanken fassen. Ich eilte von der Bühne und sank weinend auf einen Stuhl neben der Donnermaschine. Gertie Latimer brachte mir ein Glas mit «etwas Kräftigem», das ich, wie ich zu meiner Schande gestehe, sofort hinunterkippte. «Alles ist eins», sagte sie, um mich zu beruhigen. «Tragödie und Komödie sind eins. Nimm's dir nicht zu Herzen.»

«Das ist mir völlig klar», erwiderte ich. «Schließlich bin ich vom Fach.» Aber es ist schwer, mein Entsetzen und meinen Abscheu vor dem Pöbel zu beschreiben, der sich im Parterre und auf der Galerie drängte. Diese Menschen hatten mein Herz für immer verhärtet – dessen bin ich nun sicher –, genau wie sie meiner Bühnenlaufbahn mit Spott und Gelächter ein Ende setzten. Aber noch etwas anderes stieß mir in jenem schrecklichen Theater zu, gerade als ich den Höhepunkt des Dramas erreichte und kläglich stöhnend bei Long Acre gefunden wurde. Ich streckte die Arme zu einer vorbeigehenden Unbekannten aus – gespielt von Aveline in einem weißen Kleid, das wir unter den Kostümen gefunden hatten – und rief: «Unter diesen Fetzen bin ich eine Frau wie du. Hab Mitleid mit dir selbst, wenn nicht mit mir.» Das Publikum fand diese Worte ungeheuer lustig, aber ich spürte, wie ich mitten in dem trunkenen Gejohle und Gelächter eine Verwandlung durchmachte. Es war, als wäre ich allein im Theater – wie ein harter unzerstörbarer Solitär, der sogar im Unflat glänzt. Aber dann ging das Gefühl vorbei, und ich wurde so unsicher und verstört in dem Tumult, daß ich kräftig mit den Fäusten auf die Holzbretter schlug, um mein Schmerzempfinden zu wecken. Ich konnte die Gesichter der Dirnen erkennen, grinsend und gähnend und von der Gasbeleuchtung erhellt, und in jenem Moment wurden sie zu Spiegelbildern meiner eigenen Furcht und Verwirrung. Ich hatte mich ihnen ausgeliefert – genau das war geschehen –, und nun würde ich nie wieder zu mir selbst zurückfinden. Etwas hatte mich verlassen. Ich weiß nicht, ob es die Selbstachtung oder der Ehrgeiz war, aber etwas war für immer von mir gewichen.

Ich konnte nicht mehr weinen. Aveline und die Männer musterten mich recht besorgt, als sie von der Bühne abtraten, aber ich wollte mich nicht mit ihnen abgeben. Trotz der lautstarken Forderungen des Publikums ging ich nicht wieder hinaus, um mich zu verbeugen. Wie hätte ich dazu imstande sein können? Während Aveline und die anderen wie in einer Monstrositätenschau zurück auf die Bühne marschierten, zog ich mich rasch um und verschwand durch eine Seitentür. Es kümmerte mich nicht, was mir nun zustoßen mochte, drum schritt ich ruhig, ohne jeglichen Ortssinn, durch die schmutzigsten Gassen und Nebenstraßen von Limehouse.

EINUNDVIERZIG

Gerade als George Gissing seinen Essay über die analytische Maschine für die *Pall Mall Review* beendete, stieß er auf das Zitat von Charles Babbage. Er fand es in einem von Babbages Vorworten oder «Inseraten»: «Die Luft selbst ist eine riesige Bibliothek, auf deren Seiten für immer niedergeschrieben ist, was Männer jemals gesagt oder Frauen geflüstert haben.» Er murmelte den Satz vor sich hin, während er durch die feuchten und dunstigen Londoner Straßen ging; es war spät abends, und er hatte seinen Artikel gerade in den Briefkasten von John Morleys Büro in den Spring Gardens gesteckt. Er wollte nicht durch den Haymarket zu seiner Wohnung zurückkehren, damit er in dessen Nachbarschaft nicht auf seine Frau traf, und bewegte sich statt dessen nach Osten auf die Strand und die Catherine Street zu. Aber er ließ sich zu weit treiben und fand sich im Labyrinth der Straßen am Clare Market wieder. Gissing kannte diese Londoner Gegend nicht, obwohl sie nur etwa eine Meile von seiner Behausung entfernt war, und bald merkte er, daß er sich zwischen den kleinen Höfen und Gassen gründlich verirrt hatte. Einige streunende Hunde fraßen an den verstreuten Überresten von Unrat oder Exkrementen; er kam an einer Hütte oder einem Schuppen vorbei, doch als er einen Blick hineinwarf, merkte er, daß es ein von einem altmodischen Binsenlicht erhellter Trödelladen war. Ein alter Mann, der so grob und verlottert aussah wie die Lumpen um ihn herum, saß auf einer Holzkiste in der Mitte des Ladens. Er rauchte eine Tonpfeife und nahm sie nicht aus dem

Mund, als Gissing auf der Schwelle stehenblieb. «Können Sie mir sagen, wie ich zur Strand komme?» Der alte Mann schwieg, doch dann spürte Gissing eine Hand an seinem Bein. Er wich erschrocken zurück und sah zwei Mädchen, die auf dem Lehmboden zu seinen Füßen saßen. Abgesehen von ein paar verschmutzten Stücken Unterwäsche, waren sie nackt, und Gissing schienen sie halb verhungert zu sein. «Bitte, helfen Sie uns, Sir», sagte eines der Mädchen. «Wir müssen eine große Familie ernähren, und wir haben nur ein bißchen altes Brot.» Der Lumpenhändler sagte nichts, sondern schaute nur zu, während er seine Pfeife rauchte. Gissing wühlte in seiner Tasche und fand einige Münzen, die er dem kleinen Mädchen in die erhobene Hand legte. «Für dich und deine Schwester.» Er schickte sich an, ihr über die Wange zu streicheln, aber sie machte eine Bewegung, als wolle sie ihn beißen, und er verließ rasch den Laden. Nachdem er um eine Ecke gebogen war, sah er zwei Männer in Kordjacken und mit schmutzigen Halstüchern vor sich. Sie schlugen mit Holzknüppeln auf ein Ofenrohr ein – Gissing wußte nicht, warum sie es taten, aber sie schienen seit einer Ewigkeit dabei zu sein. Sie hielten inne, als sie ihn hörten, und musterten ihn stumm, bis er sich umdrehte und davonging. Er mußte aus dieser Gegend fort, aber während er versuchte, sich zu einer der breiteren Straßen vorzuarbeiten, hörte er, wie ihm jemand nachpfiff. Ein junger Mann, der eine Wolljacke und eine Stoffmütze trug, trat aus dem dunklen Eingang eines Austernladens.

«Was machste denn hier?»

«Gar nichts. Ich gehe spazieren.»

«Spazieren, was? Warum denn hier?» Die Stimme

des jungen Mannes hatte etwas Bedrohliches, aber auch etwas Durchtriebenes, Verschlagenes an sich.
«Suchst du 'nen Gockel?»

«Einen Gockel?»

«Du siehst aus wie 'n Mann, der nach 'nem Gockel Ausschau hält.» Er strich über Gissings Hosenstall. «Ein Shilling tut's. Kapierst du, was ich meine?»

Gissing stieß ihn zurück und ging noch schneller weiter als zuvor; dann, als er Schritte hinter sich hörte, begann er zu laufen und floh durch eine andere Gasse. Aber was war da vor ihm? Eine riesige Gestalt spie Licht und Hitze aus; für einen Augenblick wurde er an die analytische Maschine erinnert, als wäre sie wie ein mittelalterliches, in Feuer getauchtes Gespenst in diesem Armenviertel zum Leben erwacht, aber dann merkte er, daß er vor einer Fabrik stand. Hinter ihm schien sich noch immer etwas zu bewegen; er hatte nicht den Wunsch, sich hier noch länger aufzuhalten, und da es keine bessere Fluchtmöglichkeit gab, schritt er auf das Gebäude zu. Ein außergewöhnlicher, fast überwältigender Geruch von Blei oder Säure – oder einer Mischung aus beidem – drang auf ihn ein; er näherte sich einer geöffneten Tür und erblickte eine Reihe von Frauen in dunklen Kitteln. Sie stiegen eine Treppe zum Dachgeschoß hinauf, jede mit einem großen Topf auf der Schulter, und der Rauch aus diesen Gefäßen quoll zum Holzdach empor, wobei er sich um ihre dunklen Kittel kräuselte und sie in Wolken einhüllte. Unten im Erdgeschoß reichte eine zweite Reihe von Frauen weitere Töpfe von Hand zu Hand bis zu einem großen, glühenden Schmelzofen. Gissing hatte keine Ahnung, was hier vor sich ging, aber dann merkte er, daß sie alle trotz des Lärms und des wabernden Rauches sangen. Sie schienen die Treppe für alle Zeiten hinauf- und hinabzusteigen, ohne ihren langsamen, einstimmigen Gesang zu unterbrechen. Nun konnte er sogar den Text verstehen – es war ein altes Lied aus den Music-Halls: «Warum kommt das Meer nicht nach London?»

George Gissing wartete noch ein paar Minuten, bis er glaubte, sich wieder in die Nacht hinauswagen zu können. Er bog in eine andere Gasse ein und fand sich zu seiner großen Erleichterung auf einer Straße wieder, die zur Strand zurückführte. An diesem Abend hatte er wirklich alles gehört, «was Männer jemals gesagt oder Frauen geflüstert haben» – und wenn die Luft tatsächlich eine riesige Bibliothek war, ein mächtiges Behältnis, das sämtliche Geräusche der Stadt in sich barg, dann brauchte nichts verlorenzugehen. Jede Stimme, jedes Lachen, jede Drohung, jedes Lied und jeder Schritt – alle hallten durch die Ewigkeit wider. Er erinnerte sich, im *Gentleman's Magazine* von einem uralten Mythos gelesen zu haben, der besagte, daß alle verlorenen Dinge auf der abgewandten Seite des Mondes zu finden seien. Und vielleicht gab es einen solchen Ort, an dem man eines Tages das immerwährende, unendliche London entdecken würde. Vielleicht hatte er es auch bereits entdeckt – vielleicht lebte es in ihm und in jedem der Menschen, denen er an jenem Abend begegnet war. Er kehrte in die Hanway Street zurück, wo er Nell schlafend auf dem schmalen Bett vorfand, und küßte sie sanft auf die Stirn.

ZWEIUNDVIERZIG

Es war kurz vor Morgengrauen, als ich nach Bayswater zurückkehrte. Ich wollte meinen Mann nicht aus dem Schlaf reißen, aber ich weckte Aveline, indem ich leise an die Tür ihrer Dachkammer klopfte. Sie schien sehr beunruhigt zu sein. «Wo waren Sie? Was ist Ihnen zugestoßen?»

«Wieso? Mir ist nichts zugestoßen. Jetzt sei so gut, dem Hausherrn ein Feuer anzumachen.»

«Aber Sie sehen so blaß aus und so...»

«Interessant? Das liegt an der Morgenluft, Aveline. Höchst anregend.»

Ich ging leise die Treppe zum Schlafzimmer meines Mannes hinunter. Ein paar Sekunden lang blieb ich still stehen und überlegte, ob ich ihn mit einem unschuldigen Kuß wecken sollte, aber statt dessen flüsterte ich durch die Tür: «Nichts ist geschehen. Gar nichts.»

Leider war er den ganzen Tag hindurch mürrisch und abweisend, aber als er sah, wie fröhlich und geduldig ich blieb, besann er sich eines Besseren. Ich sagte nichts über die Ereignisse des Vorabends, und es gelang mir, durch mein Benehmen den Eindruck zu vermitteln, daß die ganze Episode abgeschlossen und vergessen sei. Ohne Bedeutung. Ein paar strenge Blicke verdeutlichten Aveline, daß das Thema nicht angeschnitten werden dürfe, und also geschah es auch nicht. *Elendskreuzung* wurde in meiner Gegenwart nie wieder erwähnt, und ein paar Wochen später schien das Leben in Bayswater wieder seinen normalen, friedlichen Gang zu gehen.

Ich hatte meinen Zorn so tief vergraben, daß selbst ich ihn zuweilen nicht finden konnte. Aber er war stets irgendwo vorhanden; gleichzeitig brauchte ich nur das Gesicht meines Mannes zu betrachten, um die Zeichen seines Versagens und seines Grolls darin zu erkennen. Aber warum sollte ich die Schuld auf mich nehmen? Warum sollte ich die einzige Person im Haus sein, die angeklagt wurde? Die ein schlechtes Gewissen haben sollte? Was hatte ich denn getan, außer ihm bei einem kümmerlichen Theaterstück zu helfen, das ohne meine Ersparnisse nicht aufgeführt werden konnte? Und selbst dann hatte der Pöbel von Limehouse es niedergeschrien. Auch Aveline schaute mich manchmal ganz seltsam an, als wäre ich für den Stimmungswandel im Haus verantwortlich. Nein, es war nicht meine Bürde oder meine Schuld. Es gab andere, die schwächer und dümmer waren als ich. Glaubten die beiden etwa, daß ich mich zu ihrem Sündenbock machen lassen würde?

«Würdest du Mr. Cree ein heißes Getränk bringen?» fragte ich Aveline eines Abends. Mein Mann hatte es sich nun zur Gewohnheit gemacht, sich früh in sein Zimmer zurückzuziehen und zu lesen. Ich beschwerte mich nie, da ich mit meiner eigenen Gesellschaft zufrieden war. «Und ich finde, Aveline, mein Kind, daß du ihm jeden Abend ein Täßchen bringen solltest. Es wird ihm helfen einzuschlafen, nicht wahr?»

«Wenn Sie meinen.»

«Das tue ich. Heißer Kakao kann Wunder wirken. Jeden Abend, denk dran.» Vermutlich durchschaute sie meinen Plan von Anfang an, aber sie erhob nie Einwände. Wie ich wußte, bewunderte sie Mr. Cree seit langem aus der Ferne, und sie war gewiß ihren Trieben ausgeliefert. Was Mr. Cree anging, so habe ich bereits erwähnt, daß er ein Mann mit unbeherrschbaren Begierden war. Sie brauchte ihm nur ein paar Wochen lang Kakao zu bringen, und die Sache würde ihren Lauf nehmen.

DREIUNDVIERZIG

Aveline Mortimer staubte das Wachsobst ab, als sie hörte, wie John Cree den Salon betrat. Deshalb begann sie in ihrer alten Bühnenmanier eine Melodie zu summen, die anzeigen sollte, daß sie fröhlich arbeitete.

«Was ist das für ein Lied, Aveline?»

«Oh, Sir, nichts Besonderes. Einfach eine heitere Melodie.»

«Aber du scheinst nicht sehr glücklich zu sein.»

«Ich bin immer glücklich, Sir. So ist es Mrs. Cree am liebsten.»

«Du brauchst meiner Frau aber nicht in jedem Punkt zu gehorchen.»

«Das sollten Sie ihr sagen.» Diese Worte kamen schroff heraus, und sie summte heftiger weiter als zuvor. Sie tat so, als arrangiere sie zwei der Wachsbirnen neu, blickte dann auf und merkte, daß Cree aus dem Fenster schaute.

«Meine Frau sagt, daß du aus einer armen Familie stammst. Ist das wahr, Aveline?»

«Ich war im Armenhaus, Sir, wenn Mrs. Cree darauf hinauswollte. Ich habe ihr gesagt, daß ich mich deshalb nicht schäme.»

«Dafür gibt es auch keinen Grund. Niemand braucht sich zu schämen, wenn es das schwere Schicksal so vieler Menschen ist.»

«Eines Tages könnte es auch wieder meines werden.»

«Nein, das solltest du nicht sagen, niemals.»

«Ihre Frau tut es.» Aveline genoß den Moment.

«Manchmal macht sie ein richtiges Drama daraus. ‹Zurück ins Armenhaus mit dir›, ruft sie. ‹Geh zurück, wohin du gehörst.›» Wiederum machte sie eine Pause. «Erstaunt es Sie da noch, daß ich hier nicht immer glücklich bin?»

John Cree kam vom Fenster herüber und legte die Hand leicht auf ihre Schulter, während sie noch immer über das Wachsobst gebeugt war. «Mrs. Cree hat sich nicht immer in der Gewalt, Aveline. Sie meint solche Dinge nicht ernst.»

«Sie ist hart, Sir, sehr hart. Genau wie früher auf der Bühne.»

«Ich weiß.» Cree zog die Hand zurück. Er hatte nicht zuviel eingestehen wollen, nicht einmal sich selbst gegenüber, aber es war ihm angenehm, an ihrem Zorn und Groll teilzuhaben. «Ich kann ihr Widerstand leisten und dich beschützen. Ich kann dein Hüter sein, nicht nur dein Arbeitgeber, Aveline.»

«Wirklich?» Sie wollte sich umdrehen und ihn zärtlich ansehen, doch da betrat Elizabeth Cree das Zimmer. «Gut, Sir, wenn Sie möchten, gibt es heute abend Huhn.»

«Mr. Cree möchte also Huhn? Na, Aveline, du wirst wohl wissen, wie man es zubereitet.» Sie konnte nichts gehört haben, aber ihre kalte Förmlichkeit ihrem Mann und dem Hausmädchen gegenüber war nicht zu verkennen. «Ich bin erstaunt über dich, John. Du weißt doch, daß helles Fleisch deine Verdauungsorgane angreift. Du wirst die halbe Nacht wach sein.»

«Es war nur ein Einfall, Elizabeth. Wenn du etwas anderes möchtest...»

«Nein. Durchaus nicht. Ich bezweifle, daß meine Wünsche in diesem Haus irgend etwas zu bedeuten haben. Und, Aveline, achte auf die Füllung. Nichts zu Schweres oder zu Salziges. Wie ich höre, bringt Salz das Blut in Wallung. Stimmt das nicht?»

Sie verließ das Zimmer so abrupt, wie sie es betreten hatte, während John Cree und Aveline Mortimer einander unsicher musterten. Er setzte sich zitternd hin und legte die Hand an den Kopf. «Weißt du, Aveline, was ich mir am meisten auf dieser Welt wünsche?»

«Huhn?»

«Nein. Ich wünsche mir, daß wir beide...»

«Sprechen Sie weiter, Sir. Bitte.»

«Einander helfen könnten. Sonst wäre unser Leben hier...»

«Unerträglich?»

«Ja. Das ist das richtige Wort. Unerträglich.» Er blickte zur Tür hinüber, die seine Frau ein paar Sekunden vorher zugeschlagen hatte. «Kannst du etwas für mich tun, Aveline?»

«Oh, sehr gern, Sir.»

«Zeigst du mir die Armenhäuser?»

«Was?» Sie hatte etwas ganz anderes erwartet und konnte ihre Enttäuschung kaum verbergen. «Wie meinen Sie das?»

«Mein Stück ist gescheitert. Das weiß ich. Meine Frau hat es mir sehr deutlich gemacht. Aber in den letzten Wochen und Monaten habe ich ein großartiges Thema gefunden, Aveline. Ich möchte das Leben der Armen erforschen.» Er war sehr lebhaft geworden, und sie musterte ihn entsetzt. «Dem Sieger gehört die Beute. Das ist die Lektion unseres Jahrhunderts. Aber weißt du, Aveline, daß ich nun lieber zu den Besiegten gehören würde?»

«Sagen Sie bloß nicht, daß Sie ins Armenhaus ziehen wollen. Ein solches Ungeheuer ist Mrs. Cree nun doch nicht.»

«Ich möchte sie sehen. Ich möchte mit den Menschen dort sprechen.»

Aveline hielt das für die Bitte eines Mannes, der nicht mehr ganz bei Sinnen war, aber sie wußte, daß sie in einem Bündnis mit ihm ihre eigenen Ziele verfolgen und einigen Nutzen aus der Sache ziehen konnte. Also erklärte sie sich bereit, ihn ohne Elizabeth Crees Wissen zu begleiten; sie kannte diese Einrichtungen gut genug und war mit vielen ihrer Bewohner vertraut. Also besuchten die beiden diverse Armenhäuser von Clerkenwell bis hin nach Borough, und John Cree frohlockte. Noch nie hatte er ein solches Elend gesehen, und er hätte diese Fetzen der Armut und des Lasters am liebsten aufgehoben und dem Himmel entgegengestreckt. Am liebsten hätte er die Masse stinkender Existenzen aufgenommen und sie hoch über seinen Kopf gehalten wie eine Monstranz des Kummers, vor der alle niederknien mußten. Und er begriff, daß er in Aveline Mortimer eine arme Frau gefunden hatte, die ihn vielleicht erlösen würde.

VIERUNDVIERZIG

Ich nahm die üblichen Anzeichen wahr: das plötzliche Schweigen, das Geflüster, das häufige Erröten und, vor allem, die Tatsache, daß er sie während des Frühstücks nie ansah. Ich ließ einen Monat vergehen, und dann, Anfang Dezember, betrat ich kühn sein Zimmer, ohne an die Tür zu klopfen: Da lagen die beiden auf dem Bett, wie ich erwartet hatte, und waren vereint. «Schande über euer Haupt!» rief ich. Er war recht verwirrt und sprang vom Bett, während sie mich nur anschaute und lächelte. «So weit ist es also gekommen!» In meiner Aufregung wiederholte ich einen der Sätze aus der *Northolt-Tragödie*: «Das ist die Frucht meiner Ehe!» Ich lief aus dem Zimmer, knallte die Tür hinter mir zu und weinte so laut, wie ich konnte. Nun hatte ich ihn, gebunden mit Fesseln, die kräftiger als Stricke waren. Ich würde nicht mehr die Schuldige sein. Er würde mich anflehen, mich um Vergebung bitten, und ich würde endlich als Gebieterin in meinem eigenen Haus walten.

Und so geschah es. Er bettelte mich an, den Vorfall zu vergessen und eine «häusliche Tragödie» zu vermeiden. Er hatte nur eine zweitklassige Phantasie. Ich stimmte widerwillig, doch würdevoll zu, und von jenem Tag an hatte ich nie wieder Schwierigkeiten mit ihm. Vermutlich verkehrte er mit Huren, denn er rührte Aveline nie mehr an, aber das schien mir belanglos. Er war, wie Dan gesagt hätte, völlig geknickt.

Das triste Gefummel mit Aveline hatte jedoch eine Folge, durch die meine Stellung im Haushalt noch stärker gefestigt wurde. Ungefähr drei Monate später ließ sich nicht mehr verhehlen, daß sie schwanger war. «Aveline, meine Teuerste», fragte ich liebenswürdig, als wir einmal gemeinsam in der Speisekammer standen, «gehe ich recht in der Annahme, daß in deinem Bauch etwas zappelt?»

Sie konnte es nicht leugnen und starrte mich so herausfordernd an wie immer. «Und wer ist wohl dafür verantwortlich?»

«Darüber möchte ich mich nicht äußern. Es könnte praktisch jeder sein.» Ich wußte, daß sie mir etwas Obszönes entgegenschleudern wollte, drum packte ich ihre Handgelenke und hielt sie mit aller Kraft fest. «Nach dem, was du getan hast, könnte ich dich für immer auf die Straße setzen, Aveline Mortimer. Niemand würde dir helfen oder dir einen Gefallen erweisen. Was würde dann aus dir werden? Eine schwangere Frau wird von allen gemieden. Du würdest wieder im Armenhaus landen, wohin du gehörst.»

«Was befehlen Sie mir zu tun?»

«Was du tun mußt, meine Gute. Du kannst nicht das Kind meines Mannes austragen. Das ist undenkbar. Unvorstellbar. Das Ding muß vernichtet werden.» In diesem Moment hörte ich, wie Mr. Cree das Haus betrat, und ich hatte einen meisterlichen Einfall. Ich eilte in den Flur hinaus, führte Mr. Cree zu Aveline und erklärte ihm, was er angerichtet hatte. Er war so verstört und erschrocken, daß er sich weinend an die Wand lehnte und die Hände vors Gesicht schlug. «Dies ist nicht der richtige Zeitpunkt für Tränen oder Wehklagen, John Cree», sagte ich. «Es ist Zeit zu handeln.»

«Handeln?»

«Das Kind darf nicht geboren werden. Es ist das Erzeugnis einer schändlichen Vereinigung und wird diesen Fluch überallhin mit sich tragen.»

Ich glaube, daß meine Mutter einst etwas Ähnliches über meine eigene unglückliche Herkunft sagte, aber ich wiederholte ihre Worte ganz ungehemmt. «Es ist etwas Scheußliches und muß getötet werden.» Ich bin sicher, daß Aveline schon einmal an einem solchen Vorgang beteiligt gewesen war, denn sie leistete keinen Widerstand. Er dagegen schien etwas einwenden zu wollen, aber ich brachte ihn mit einer Handbewegung zum Schweigen. «Du hast uns jetzt keine Befehle zu erteilen, John Cree. Du mußt die Sünde und die Schande auf dich nehmen.»

«Was soll denn unternommen werden?»

«Du brauchst dich nicht um weibliche Angelegenheiten zu kümmern. Ich habe dein Einverständnis, das genügt.» Ich hatte die Absicht, beide an der Kandare zu halten; wenn es irgendein Zeichen von Aufsässigkeit gab, konnte ich sie mit Enthüllungen über das traurige Schicksal ihres Kindes bedrohen. Wer würde jemals glauben, daß ich an der Angelegenheit beteiligt gewesen war, denn hätten Aveline und er nicht alles mühelos gemeinsam erledigen können? Ich war keine Kindsmörderin, sondern die unschuldige, betrogene Ehefrau. Im Lauf der nächsten Tage verabreichte ich Aveline eine meiner eigenen Mixturen, die Krämpfe und Zuckungen hervorrief und, wie ich wußte, den Samen aus ihrem Schoß austreiben würde. Aveline sah todkrank aus, aber eine Woche später wurde das Ding ausgestoßen. Ich legte es in eine Blechdose und schleuderte es noch in derselben Winternacht bei Limehouse in den Fluß. Viele ähnliche Gegenstände wurden von der Flut angeschwemmt, und niemand würde Avelines verschmähte Kreatur zur Kenntnis nehmen.

Es war vollbracht. Endlich war ich die Hausherrin und brauchte von niemandem mehr Einmischungen zu dulden. Durch einen glücklichen Zufall starb Mr. Crees Vater ein paar Monate danach, gerade als wir ihn in Lancashire besuchten, und da sich unser Vermögen dadurch erheblich vergrößert hatte, beschloß ich, in eine moderne Villa in New Cross zu ziehen. Von jenem Zeitpunkt an verbrachte mein lieber Gatte fast all seine Tage zwischen den Büchern des Britischen Museums. Er sagte, daß er dabei sei, eine Abhandlung über das Leben der Armen zu verfassen. Es war ein höchst unangenehmes Thema, aber ich hielt es für sehr unwahrscheinlich, daß er die Arbeit je abschließen werde.

FÜNFUNDVIERZIG

Inspektor Kildare teilte sein Haus in Kensal Rise mit einem anderen Junggesellen: George Flood, einem Tiefbauingenieur der London Underground Railway Company. Dieser besaß einen hervorragenden, forschenden Geist, der sich in der Vergangenheit schon des öfteren als unschätzbar wertvoll für seinen Freund erwiesen hatte. Kildare gab ihm einen raschen Kuß auf die Wange, als er nach seinem Gespräch mit Dan Leno heimkehrte. «Tja, George, mein Lieber», sagte er, «es ist eine komische Geschichte.»

«Immer noch der Golem?»

«Genau. Es gibt keine Lösung. Überhaupt keine.»

Sie machten es sich in den Sesseln an gegenüberliegenden Seiten ihres Steinkohlenfeuers bequem. Die Standuhr in der Ecke tickte laut. «Möchtest du einen schönen Gin mit Wasser, Eric?»

«Nein, vielen Dank. Ich werd eine Pfeife rauchen, wenn's dir nichts ausmacht. Das hilft mir beim Nachdenken.» Er holte die Pfeife hervor, zündete sie an und betrachtete seinen Freund. «Du weißt doch, George, daß ich nicht sehr viel von altmodischen Denkmethoden halte.»

«Warum solltest du auch?»

«Aber ich habe meine Zweifel, was diesen Golem betrifft. Glaubst du, daß so etwas existieren könnte?»

George schaute ins Feuer, während die Standuhr zur halben Stunde schlug. «In meiner Branche benutzen wir Eisen, Nieten und Gußeisen, Eric. Wir haben es mit materiellen Dingen zu tun.»

«Das weiß ich, George.»

«Aber manchmal stellen wir fest, daß ein Stück Schiene oder ein Metallteil einfach *nicht* an Ort und Stelle bleiben will. Es krümmt oder verbiegt sich oder winkelt sich ab. Kannst du mir folgen?»

«Ja.»

«Weißt du, was wir dann sagen?»

«Das würde ich sehr gerne hören, George.»

«Wir sagen, das Material hat ein Eigenleben. Wir sagen, daß es ‹verseucht› ist. Aber laß mich dir jetzt den Gin mit Wasser holen. Du siehst so müde aus.» Er ging hinüber zur Anrichte, kam mit dem Getränk zurück und reichte es Inspektor Kildare, nachdem er ihn sanft auf den Scheitel geküßt hatte. Dann ließ er sich wieder in seinen Sessel sinken. «Wir lernen natürlich dauernd hinzu, was die Materialien angeht, aber ist dir jemals in den Sinn gekommen, daß wir dabei auch auf neue Lebensformen stoßen?»

«Wie die Elektrizität, meinst du?»

«Du triffst den Nagel mal wieder auf den Kopf, Eric. Den Äther. Den Elektromagnetismus. Und so weiter.»

«Das ist aber nicht das gleiche wie der Golem, George.»

«Dessen bin ich mir nicht so sicher. Wir haben in den letzten Jahren so viele wunderbare Erfindungen geschaffen. Wir haben so viele Wandlungen erlebt. Meinst du nicht, daß der Golem eine von ihnen sein könnte?»

Inspektor Kildare stand aus seinem Sessel auf und schritt zu seinem Freund hinüber. «Du sagst manchmal sehr merkwürdige Dinge, wenn du dich mit einem Problem beschäftigst.» Er streckte die Hand nach unten aus und strich seinem Freund über die Koletten.

«Ich sage nur, Eric, daß du nach einer materiellen Ursache Ausschau halten mußt.»

SECHSUNDVIERZIG

30. September 1880   Ich bin mit einer Magenschwäche ans Bett gefesselt, während meine liebe Frau mich mit ihrer üblichen Sorgfalt pflegt. Ich hatte eine meiner kleinen Angelegenheiten in Limehouse erledigen wollen, aber in solchen Fällen muß die Kunst auf das Leben warten.

2. Oktober 1880   Meine Frau überraschte mich bei der Lektüre eines Berichtes im *Graphic* über die Beerdigung: Die Familie Gerrard ist auf einem kleinen Friedhof am Wellclose Square bestattet worden. Ich freue mich für sie, daß man sie in ihre Heimaterde gelegt hatte. Natürlich hätte ich der Feier am liebsten beigewohnt, doch meine Unpäßlichkeit hinderte mich daran. Ich trauerte aufrichtig über ihr Hinscheiden, denn sie hatten die Welt verlassen, ohne meine künstlerische Leistung bejubeln zu können – das Schnappen des Messers, der Druck auf die Arterie, die geflüsterte Vertraulichkeit sind alle, um Lord Tennyson zu zitieren, dem «Ruhm und Namen unbekannt». Deshalb verabscheue ich den Titel – der «Golem von Limehouse» – mittlerweile; er ist nicht angemessen für einen Künstler.

4. Oktober 1880   Mrs. Cree kam heute morgen mit einem Kleidungsstück in mein Zimmer, und ich muß gestehen, daß ich einen Augenblick lang die Fassung verlor. Es war der blutbefleckte Schal, den ich nach der Tötung der Gerrards behalten hatte; er war mit dem tiefsten Rot der Halsschlagader gefärbt. Ich hatte ihn als Memento aufbewahren wollen und ihn in dem Gipskopf von William Shakespeare versteckt, der auf einem Sockel im Vestibül ruht. Nie wäre ich auf den Gedanken gekommen, daß jemand ihn finden würde.

«Was ist das?» fragte sie.

«Mir hat die Nase geblutet. Ich hatte nichts anderes, um das Blut zu stillen.»

Sie betrachtete mich mißtrauisch. «Aber warum hast du den Schal in die Büste gelegt?»

«Es ist ein Kopf, keine Büste. Ich kam herein, als du Klavier spieltest, und ich wollte dich nicht beunruhigen. Deshalb habe ich den Schal dort hineingesteckt. Wie bist du auf ihn gestoßen?»

«Aveline hat den Kopf zerbrochen. Beim Staubwischen.»

«Shakespeare ist also zerschmettert?»

«Leider ja.»

Wir gingen nicht weiter auf das Thema ein. Meine Frau ließ den Schal auf meinem Schreibtisch liegen, und ich tat so, als setzte ich meine Lektüre fort.

5. Oktober 1880 Ich möchte die Abfolge der heutigen Ereignisse rekonstruieren. Da ich mich recht gut von meiner Unpäßlichkeit erholt hatte, ging ich zum Frühstück nach unten. Aveline teilte mir mit, daß Mrs. Cree noch schlafe, und ich konnte mein Ei in Ruhe verzehren. Ich überflog gerade die Titelseite des *Chronicle*, die einen interessanten Artikel über die polizeilichen Ermittlungen enthielt, als ich glaubte, einen Schritt in meinem Arbeitszimmer zu hören. Es ist direkt über dem Frühstückszimmer, und als ich in Richtung des Geräusches hinaufblickte, vernahm ich das unverkennbare Knarren einer Diele. Ich verließ den Tisch und stieg so leise wie möglich die Treppe hinauf; dann marschierte ich geradewegs zu meinem Arbeitszimmer und öffnete die Tür mit einer schwungvollen Geste, doch niemand war im Innern. Danach ging ich durch den Flur und klopfte an die Tür meiner Frau. «Wer ist da?» Es klang tatsächlich so, als wäre sie aus dem Schlaf gerissen worden.

«Kann ich dir etwas bringen, meine Teuerste?»

«Nein. Gar nichts.»

Ich kehrte in mein Arbeitszimmer zurück. Ich bin von Natur aus penibel, und all meine Bücher und Papiere sind systematisch angeordnet. Deshalb brauchte ich nur ein paar Momente, um festzustellen, daß meine schwarze Tasche ein wenig zur Linken meines Stuhles verschoben worden war. Sie war selbstverständlich verschlossen – es ist die Tasche, in der ich mein ganzes Handwerkszeug aufbewahre –, aber ich hatte keinen Zweifel, daß jemand Neugier an ihrem Inhalt bekundet hatte.

6. Oktober 1880 Ich glaube nun wirklich, daß meine Frau etwas ahnt. Sie fragte mich ganz beiläufig nach dem Abend, an dem ich «einen Freund in der City» besucht hatte – es war der Abend der Zeremonie im Ratcliffe Highway –, und ich antwortete genauso beiläufig. Nichtsdestoweniger betrachtete sie mich sehr aufmerksam und mit einer seltsamen Miene. Ich tröstete mich mit der Überlegung, daß sie ihren sanften und geduldigen Ehemann auf keinen Fall für den Mörder von Frauen und Kindern halten wird – für den

Golem von Limehouse persönlich. Das wäre ein zu unfaßbares Rätsel.

7. Oktober 1880   Heute fragte sie mich, wo ich den Schal gekauft hätte, den ich ihr vor ein paar Wochen schenkte. «Irgendwo in Holborn», erwiderte ich unbekümmert. Dann fiel mir ein, daß der Schal, da ich ihn in Gerrards Laden gekauft hatte, mit seinem Namen oder seiner Adresse versehen sein könnte. Ich wartete, bis sie das Haus verlassen hatte – um etwas «Frisches» zum Dinner zu besorgen, wie sie sich ausdrückte –, und eilte hinauf in ihr Zimmer. Der Schal war über einen kleinen vergoldeten Stuhl in der Ecke gelegt: Ja, er hatte ein Etikett gehabt. Es war abgerissen worden.

8. Oktober 1880   Aber was vermutet sie? Ist es wahrscheinlich, daß sie mit den Polizeibehörden Verbindung aufnimmt? Nein, ihre gesellschaftliche Stellung ist ihr zu teuer, um sie aufs Spiel zu setzen. Und wenn ihr Verdacht sich als falsch erweisen sollte, wie könnte sie ihre Handlungen mir gegenüber dann jemals rechtfertigen? Und ohnehin, wer würde ihr Glauben schenken? Ein geachteter und wohlhabender Mann wie ich – ein Gelehrter, ein Gentleman und Hauseigentümer – könnte schwerlich zu so gräßlichen Bluttaten fähig sein. Der Golem von Limehouse soll in einer Villa in New Cross wohnen? Man würde ihr mit Hohn begegnen, und ihr Stolz würde ihr, wie ich wußte, niemals gestatten, sich freiwillig einer solchen Prüfung auszusetzen. Nein. Ich bin in Sicherheit.

9. Oktober 1880   Noch etwas ist geschehen. Ich hatte sie auf einen kleinen Artikel im *South Observer* aufmerksam gemacht: über einen Taschendieb, der in der Nachbarschaft gefaßt worden war. Da warf sie mir einen wilden Blick zu und murmelte etwas von Strafe. Ich glaube, daß sie einen Plan schmiedet.

SIEBENUNDVIERZIG

Man hatte den für das Gefängnis Camberwell zuständigen katholischen Geistlichen aufgefordert, Elizabeth Cree in der Todeszelle zu besuchen.

PATER LANE   Jede Sünde kann vergeben werden, Elizabeth. Unser Heiland starb für unsere Sünden.
ELIZABETH CREE   Sie reden wie meine Mutter. Sie war eine sehr religiöse Frau.
PATER LANE   War sie katholisch wie Sie?
ELIZABETH CREE   Nein, durchaus nicht. Sie ging zum Gottesdienst in einer albernen kleinen Kapelle nahe der Lambeth High Road. Sie war eine Tochter der Bethesda oder so etwas.
PATER LANE   Aber wer hat Sie denn zur Kirche geleitet?
ELIZABETH CREE   Es war der Wunsch meines Mannes. Ich ließ mich vor unserer Trauung unterweisen und wurde dann in die Kirche aufgenommen.
PATER LANE   Hatte Ihre Mutter Einwände?
ELIZABETH CREE   Meine Güte, nein! Sie war seit langem tot. Aber, wissen Sie, schon bevor ich meinen Mann kennenlernte, wußte ich eine Menge über die katholischen Zeremonien. Viele der Music-Hall-Leute waren Katholiken – mein alter Freund Dan Leno sagte immer, es liege ihnen im Blut. Er sah eine Verbindung zwischen Rom und der Pantomime – genau wie ich nach einiger Zeit. Manchmal nahm er mich mit zur Messe in Unserer Lieben Frau des Leidens beim Newcut. Das war vergnüglich.

PATER LANE Haben Sie den Sinn des Gottesdienstes begriffen?

ELIZABETH CREE Ich begriff alles. Es kam mir so natürlich vor. Die Kostüme. Die Bühne. Die Glocken. Die Weihrauchwolken. Ich hatte alles schon in *Ali Baba* gesehen. Aber in der Kirche sind die Künstler selbstverständlich frömmer.

PATER LANE Elizabeth, Sie wissen, daß ich gekommen bin, um Ihnen die Beichte abzunehmen und die Absolution zu erteilen?

ELIZABETH CREE Damit ich rein bin, bevor ich gehängt werde?

PATER LANE Ich kann Ihnen das Abendmahl nicht gewähren, wenn Sie keine freimütige Beichte ablegen.

ELIZABETH CREE Würden Sie mir dann soufflieren, Pater? Ich fürchte, daß ich zum erstenmal im Leben meinen Text vergessen habe.

PATER LANE Segne mich, Vater, denn ich habe gesündigt. Es ist...

ELIZABETH CREE Viele Jahre her seit meiner letzten Beichte? Diesen Text habe ich nicht gemeint, Pater. Ich meinte meine Rede in *Ali Baba*, wenn ich auf die vierzig Räuber losgehe und sie mit meinem Zauberstab niederstrecke.

PATER LANE Vielleicht sind Sie immer noch verwirrt?

ELIZABETH CREE Ich bin überhaupt nicht verwirrt. Aufgeregt höchstens. Schließlich soll ich in zwei Tagen gehängt werden.

PATER LANE Das ist ein Grund mehr, die Beichte abzulegen. Wenn Sie im Zustand der Todsünde sterben, kann es keine Hoffnung geben.

ELIZABETH CREE Und ich werde in alle Ewigkeit braten?

Ich bin überrascht, daß sie so kindliche Ideen haben. Ich kann mir die Hölle nicht als eine Art Imbißstube vorstellen. Die Bestrafung für irdische Dinge erfolgt auf Erden.

PATER LANE Führen Sie nicht solche Reden, Mrs. Cree. Ich flehe Sie an, an Ihre unsterbliche Seele zu denken.

ELIZABETH CREE Mit Sälen kenne ich mich aus. Aber jetzt reicht es mir. Sie sprechen genau wie meine Mutter. Und wenn es eine Hölle gibt, ist sie bestimmt dort.

PATER LANE Also haben Sie mir nichts zu beichten?

ELIZABETH CREE Soll ich Ihnen sagen, daß ich meinen Mann vergiftet habe? Aber könnte es nicht größere und schlimmere Verbrechen geben? Vielleicht kenne ich Sünden, blutige und schreckliche Sünden, die alles übertreffen, was an meinem Mann verübt wurde. Und wenn andere Tode zum Himmel schreien? Aber eines kann ich Ihnen sagen, Pater Lane: Ich brauche Sie nicht um Vergebung oder Absolution zu bitten. Ich bin die Geißel Gottes.

ACHTUNDVIERZIG

Seit der Ermordung der Familie Gerrard am Ratcliffe Highway waren drei Wochen vergangen, und man hatte die Identität des Golems von Limehouse noch immer nicht aufgedeckt. Dan Leno war bereits als höchst unwahrscheinliche Verdachtsperson eingestuft worden, und die Ermittlungen der Kriminalbeamten verwandelten sich in eine Reihe unergiebiger und planloser Spekulationen. Man verhaftete einen Matrosen, weil er Blut an seiner Kleidung hatte, und ein herumziehender Korbmacher fand sich nur deshalb in den Zellen der Limehouse Division wieder, weil er in der Umgebung des letzten Tatortes gesehen worden war.

Es war jedoch auch zu unheilvolleren Ereignissen gekommen. Nach der Bestattung der Familie Gerrard auf dem Friedhof am Wellclose Square plünderte ein Mob das Haus eines jüdischen Teehändlers in Shadwell, da dessen misanthropische Gewohnheiten die leichtgläubigen Bewohner des Eastends zu dem Schluß geführt hatten, daß er ebenfalls ein Golem sei; in Limehouse selbst schlug eine Gruppe von Prostituierten einen Deutschen brutal zusammen, weil er so aussah, «als könnte er etwas Böses im Schilde führen». Zudem gab es Fußpatrouillen «besorgter Bürger», die sich abends in den verschiedenen Gaststätten an ihrer Route betranken und dann auf der Suche nach einem beliebigen Juden oder Ausländer durch die Straßen stürmten.

Andere Aktivitäten waren mildtätigeren Charakters. Im Unterhaus wurden wieder einmal Fragen nach den Lebensverhältnissen der Armen im Eastend gestellt, und man sah Gruppen achtbarer Damen, die nach Hilfsbedürftigen Ausschau hielten, durch die weniger erfreulichen Gegenden von Limehouse und Whitechapel wandern. Charles Dickens und gewisse «Problemautoren» hatten die Schrecken der städtischen Armut seit langem beschrieben, aber diese Darstellungen wurden in der Regel sentimental oder sensationell aufgemacht, um die Vorliebe der Öffentlichkeit für Schauereffekte zu befriedigen. Zeitungsberichte waren natürlich nicht unbedingt zutreffender, denn auch sie folgten zumeist demselben Vorbild melodramatischer Schilderungen. Aber der Druck der parlamentarischen Anfragen und die ausführlichen Abhandlungen, die in den intellektuellen Vierteljahresschriften erschienen, hatten eine nüchternere Analyse der städtischen Bedingungen im späten neunzehnten Jahrhundert zur Folge. Zum Beispiel war es kein Zufall, daß ein Programm zur Sanierung von Slums in Shadwell begann – nur ein Jahr nachdem die Verbrechen des Golems von Limehouse enthüllt worden waren.

Aber der Golem selbst war verschwunden. Nach den Morden am Ratcliffe Highway ereigneten sich keine weiteren Todesfälle. Einige Zeitungen mutmaßten, daß sich der Mörder das Leben genommen habe, und die Themse wurde wochenlang von eifrigen Schiffern beobachtet. Andere Zeitungen behaupteten, er habe seine Aufmerksamkeit nur anderen Städten zugewandt und halte sich nun vielleicht sogar in den Industriegebieten der Midlands oder des Nordens auf. Oberinspektor Kildares private Theorie – er erläuterte sie George Flood eines Abends vor dem Essen – besagte, daß der Golem auf einem Dampfer das Land verlassen habe und nun wahrscheinlich irgendwo in Amerika weile. Nur das *Echo* äußerte die Vermutung, daß der Mörder selbst umgebracht worden sei – möglicherweise von seiner Frau oder einer Geliebten, die Hinweise auf seine Verbrechen gefunden habe.

Doch die absonderlichsten Spekulationen gingen von jenen aus, die wirklich an die Legende des Golems glaubten: Sie waren davon überzeugt, daß dieses künstliche Geschöpf, dieser Automat, einfach am Ende seiner todbringenden Karriere untergetaucht sei. Die Tatsache, daß die letzten Morde in demselben Haus stattgefunden hatten, wo auch die Morde an den Marrs fast siebzig Jahre zuvor verübt worden waren, bestärkte sie nur in ihrem Glauben, daß ein geheimes Ritual vollzogen worden sei und daß der Kleiderladen am Ratcliffe Highway einst als Tempel für einen unbekannten Gott gedient habe. Der Golem von Limehouse habe sich im Blut und in den Gliedern seiner Opfer aufgelöst und werde unzweifelhaft nach einer Reihe von Jahren am selben Ort wiedererscheinen.

Es gab einige Diskussionen über diese Angelegenheiten bei den monatlichen Zusammenkünften der Okkulten Gesellschaft in der Coptic Street, nur ein paar Meter vom Lesesaal des Britischen Museums entfernt. Damit nicht genug, der Sekretär der Gesellschaft verbrachte den größten Teil seiner Zeit mit den Büchern der Bibliothek, und er hatte zur Unterrichtung der anderen Mitglieder bereits gewisse alte Texte zum Thema des Golems und seiner mythischen Geschichte abgeschrieben. Für ihn – wie für viele andere – war der

Lesesaal das wahre spirituelle Zentrum Londons, wo am Ende noch etliche Geheimnisse aufgedeckt werden würden. Tatsächlich wäre er, hätte er es nur geahnt, in der Lage gewesen, das Rätsel des Golems von Limehouse unter der großen Kuppel zu lösen – wenn auch nicht auf genau die Art, wie er es vielleicht erwartet hatte. Alle an dem Mysterium Beteiligten, ob freiwillig oder unfreiwillig, hatten diesen Ort besucht: Karl Marx, George Gissing, Dan Leno und natürlich John Cree selbst.

Noch eine weitere bedeutsame Besucherin war hier erschienen: Elizabeth Cree hatte zwei Empfehlungsschreiben gefälscht und war, zumal ihr Mann die Bibliothek seit langem benutzt hatte, im Frühjahr 1880 als Leserin zugelassen worden. Sie hatte in der für ihr Geschlecht reservierten Sitzreihe Platz genommen und die gesammelten Werke von Thomas de Quincey sowie Daniel Defoes *Geschichte des Teufels* bestellt. Während sie darauf wartete, daß ihr diese Bücher überbracht wurden, faßte sie die schäbige Kleidung und das linkische Benehmen derjenigen ins Auge, die, um mit George Gissing zu sprechen, «im Schattental der Bücher» lebten. Sie bemitleidete diese Menschen, und sie verachtete ihren Mann, weil er so tief gesunken war. Sie wußte nicht, daß Dan Leno hier auf Joseph Grimaldi gestoßen war und dadurch sein Vermächtnis gefunden hatte; daß Karl Marx hier viele Jahre lang gearbeitet und mit Hilfe seiner Bücher ein gigantisches System geschaffen hatte; daß George Gissing hier in die Geheimnisse von Charles Babbages analytischer Maschine eingeweiht worden war; daß ihr Mann hier von künftigem Ruhm geträumt hatte. Elizabeth Cree beendete de Quinceys

Essay über die Morde am Ratcliffe Highway, bevor sie weitere Bücher bestellte, die Auswirkungen auf das Leben der Personen in dieser Geschichte haben würden: Sie erbat gewisse Bände über moderne chirurgische Techniken.

NEUNUNDVIERZIG

Diese und alle Sünden meines Lebens tun mir aufrichtig leid, und ich bitte Sie demütig um Gottes Vergebung und Absolution.»

«Aber Sie haben mir nichts gesagt, Elizabeth.»

«Tja, Pater, so bin ich eben. Ich muß meinen Text beenden, wenn ich ihn einmal einstudiert habe.» Es war der Abend vor ihrer Hinrichtung, doch nun tat Elizabeth Cree etwas ganz Seltsames. Sie nahm die purpurne Stola, die Pater Lane über sein Hemd und seine Soutane gelegt hatte, um ihre Beichte zu hören, und begann, damit in der Todeszelle zu tanzen. «Haben Sie jemals *Das Londoner Phantom*, ein wunderbares Drama, gesehen? Es ist ein klassischer Schocker.»

«Nein. Ich glaube nicht.»

«Das will ich meinen, Pater, denn ich bin gerade dabei, es zu verfassen.» Sie tanzte immer noch mit der Stola in der Hand um ihn herum. «Es hat eine so interessante Handlung. Darin geht es um eine Frau, die ihren Mann vergiftet. Was halten Sie bisher davon?»

«Ich kann Sie nicht richten, Elizabeth.»

«Na ja, Sie sind eben kein Theaterkritiker. Aber würden Sie sich ein solches Stück gern ansehen?»

«Ich möchte nur Ihre Beichte hören und Ihnen die Absolution erteilen.»

«Nein.» Sie blieb vor ihm stehen und legte sich langsam die Stola um den Hals. «Ich bin hier, um *Ihnen* die Absolution zu erteilen. Ich habe vergessen, Ihnen den Rest der Geschichte zu erzählen. Der Titel des Stückes stammt von mir selbst. *Ich* bin das Londoner Phantom.» Pater Lane kniete noch immer auf dem Steinboden der Zelle und spürte, wie die Kälte in seinem Körper aufstieg. Sie beugte sich nieder und flüsterte ihm ins Ohr: «Der Ehemann wird erst im dritten Akt vergiftet, als er droht, der Welt mein kleines Geheimnis zu verraten. Keiner der Zuschauer hatte nämlich eine Ahnung, drum sind sie ziemlich überrascht. Möchten Sie wissen, was es ist?» Der Priester schwitzte trotz der Kälte, und sie trocknete seine Stirn mit dem Ende der Stola. «Leider kann ich es Ihnen nicht sagen. Es würde das ganze Drama ruinieren.» Am liebsten hätte er die Wärter hinter der Tür gerufen und wäre aus der Zelle geflohen. Aber er zwang sich, still zu bleiben und ihr zuzuhören; dies würde ihr letztes Gespräch auf Erden sein. «Es gibt ein kleines Spiel *en travesti*. Verstehen Sie mich? Wenn nämlich die Ernst-Komikerin ihre Männerkleidung anzieht und alle zum Narren hält. Dann haben einige Halbweltmädchen schreckliches Pech. Sie wollen wissen, was in meiner kleinen schwarzen Tasche ist, und ich zeige es ihnen. Mit diesem Part hätte ich keine Schwierigkeiten, Pater. Als meine Mutter mich machte, machte sie mich stark. Ich bin für das Horrortheater geschaffen, das war schon immer so.»

«Ich kann Ihnen nicht folgen, Mrs. Cree.»

«Zuerst war da meine liebe Mutter. Dann kam Doris, die mich sah. Und Onkel, der mich beschmutzte. Oh, ich habe Little Victor vergessen, der mich berührte. Der Jude war ein Christusmörder, wie meine Mutter zu sagen pflegte. Und die Huren von Limehouse waren die schmutzigsten ihrer Art. Wissen Sie, daß sie mich verspotteten, als ich versuchte, sie auf der Bühne zu erlösen?»

«*In nomine patris et filii et spiritus sancti...*»

Sie legte den Zeigefinger auf seinen Kopf; er brach sein Gebet ab und schaute entsetzt zu ihr auf. «Mein verstorbener Mann war nämlich Dramatiker. Aber leider hatte er nie Erfolg. Deshalb versuchte er, mir die Schau zu stehlen, Pater. Er wollte die Lösung ändern und der Welt meine kleinen Abenteuer enthüllen. Dann gelang mir etwas sehr Lustiges. Erinnern Sie sich daran, wie Harlekin immer dem dummen August die Schuld gibt? Also, ich verfaßte ein Tagebuch und machte darin ihn dafür verantwortlich. Da ich einmal ein Stück für ihn vollendet hatte, kannte ich seine Ausdrucksweise. Ich führte ein Tagebuch in seinem Namen, und irgendwann wird ihn die Welt dafür verdammen. Warum sollte ich irgendeine Schuld auf mich nehmen, wo ich doch weiß, daß ich noch rein bin? Der Herr hat's gegeben, der Herr hat's genommen – stimmt das, Pater?»

«Es stimmt.»

«Gut, ich habe ihm die halbe Arbeit erspart, denn ich habe genommen. Und war das nicht sehr elegant? Wenn man sein Tagebuch findet, werde ich sogar von dem Mord an ihm freigesprochen werden. Die Welt wird glauben, ich hätte ein Ungeheuer vernichtet.»

«Was beichten Sie da, Mrs. Cree?»

«Er bedrohte mich. Er wollte mir Einhalt gebieten.»

«Aber die anderen, die Sie erwähnt haben. Wer sind sie?»

«Er verdächtigte mich. Er beobachtete mich. Er folgte mir.» Nun nahm sie die Stola von ihrem Hals und legte sie dem Priester um die Schultern. «Sie haben doch wohl von dem berühmten Golem von Limehouse gehört?»

FÜNFZIG

Nachdem Elizabeth Crees Leiche aus dem Hof des Gefängnisses fortgeschafft worden war, wurde sie zur Leichenhalle der Polizei in Limehouse gebracht, wo man ihr zum Zweck einer chirurgischen Analyse das Gehirn entnahm. Charles Babbage hatte als erster die Vermutung geäußert, daß dieses Organ wie eine analytische Maschine funktioniere und daß bei anomalen Persönlichkeitstypen gewisse wahrnehmbare und abtrennbare Gehirnteile den Schlüssel zu unsozialem Verhalten liefern könnten. Da Elizabeth Cree eine bösartig veranlagte Mörderin war, glaubte man natürlich, daß ihr Cerebellum weiterer Studien wert sei; aber keine Abnormität wurde entdeckt. Zweifellos wäre eine längere Untersuchung vorgenommen worden, wenn die Behörden gewußt hätten, daß sie Frauen und Kinder abgeschlachtet hatte. Man trennte ihren Kopf vom Körper, und der letztere wurde in den Hof der Leichenhalle gebracht und mit Löschkalk bedeckt, um eine rasche Verwesung herbeizuführen. Ihre letzte Heimstätte war kaum zwanzig Meter von der Stelle entfernt, wo man John Williams, den ersten der Ratcliffe-Highway-Mörder, im Jahre 1813 beerdigt hatte. Dies sind die Worte, mit denen Thomas de Quincey seinen Essay über jenen grausamen Bluttäter abschloß: «Den Gepflogenheiten jener Tage entsprechend, durchbohrte man sein Herz mit einem Pfahl und begrub ihn am Knotenpunkt eines Kreuzweges (in diesem Fall dem Treffpunkt von vier Londoner Straßen).» Und so geschah es, daß Elizabeth Cree nun in ihrem eigenen Haus des Todes ruhte.

EINUNDFÜNFZIG

Endlich sollte die maßgebliche Fassung von *Elendskreuzung* aufgeführt werden; die Ermordung von John Cree durch seine offenkundig geistesgestörte Frau bot den Schauspielhäusern eine Chance, die sie sich nicht entgehen lassen konnten. Gertrude Latimer vom Bell Theatre besaß noch immer das Manuskript, das Elizabeth Cree ihr nach Limehouse geschickt hatte. Sie las die Prozeßberichte mit wachsender Erregung, und als sich herausstellte, daß Lizzie gehängt werden würde (und folglich nach der Hinrichtung keine Eigentumsrechte mehr geltend machen konnte), holte sie das Stück hervor und bat Arthur, ihren Mann, die Handlung durch einige aktuelle Anspielungen aufzufrischen. Der Name der Schauspielerin Catherine Dove wurde zu Elizabeth Cree – und ihr stand *keine* Rettung bevor. Sie wollte ihren Mann mit Hilfe von Gift umbringen und dann für ihr Verbrechen zum Tode verurteilt werden. Eine Woche vor Elizabeth Crees Hinrichtung kündigte die Direktorin des Bell Theatre ihren neuesten und überaus zeitnahen Schocker an: *Die Crees von der Elendskreuzung.* Er wurde auf den Plakaten als die wahre Lebensgeschichte der beiden bezeichnet, und die Premiere sollte am Abend nach der Vollstreckung des Urteils stattfinden. Man gab bekannt, daß Stück sei weitgehend von den Crees persönlich geschrieben worden, und Gertie Latimer beschloß sogar, einige Passagen hinzuzufügen, die Lizzie angeblich in der Todeszelle verfaßt hatte.

«Elizabeth Cree: Ich sehe ein, daß ich eine große Sünde begangen habe, die nach Rache zum

Himmel schreit. Aber habe ich denn nicht mehr gelitten als jede andere Frau? Er schlug mich gnadenlos, selbst wenn ich um Gnade flehte, und wenn ich zu schwach zum Weinen war, lachte er über mein Elend. Ich war eine zarte und schutzlose Frau, und als ich nur noch Leid und ein frühes Grab vor mir sah, wurde ich zu einer Verzweiflungstat getrieben, zu der nur eine grausam mißhandelte Frau fähig ist.»

Gertie und Arthur Latimer hatten allerlei in diesem Tonfall verfaßt, um die angeblich wahre Geschichte der Crees wiederzugeben. Ein zusätzlicher Hauch von Glaubwürdigkeit war den Schauspielern zu verdanken: Aveline Mortimer, die auf den Plakaten als «die Frau, die dabei war», herausgestellt wurde, übernahm die Rolle der Elizabeth Cree. Aveline fand besonderen Gefallen an dieser Rolle; es verschaffte ihr große Befriedigung, ihre unnachgiebige Gebieterin zu spielen, und sie stieß Eleanor Marx, die das Hausmädchen verkörperte, geradezu leidenschaftlich herum.

Natürlich hatte die Ankündigung des Stückes für viele öffentliche Kommentare und Auseinandersetzungen gesorgt. Die *Times* ging mit dem Hinweis voran, daß eine «Tragödie» nicht zu einer «Sensation» gemacht werden sollte. Jedenfalls war das Premierenpublikum vornehmer und mannigfaltiger als bei den meisten «Mord und Totschlag»-Spektakeln in Limehouse. Karl Marx saß trotz seiner angegriffenen Gesundheit im Parkett; seine Tochter hatte nach dem Scheitern von Oscar Wildes *Vera* beschlossen, eine Karriere auf der populären Bühne einzuschlagen. Wie hätte er ihren ersten professionellen Auftritt als Hausmädchen von Elizabeth Cree verpassen können? Marx hatte zu seiner Begleitung Richard Garnett mitgebracht, den Vorsteher des Lesesaals im Britischen Museum. Zwei Reihen hinter ihnen saß George Gissing, der an einem weiteren Essay – mit dem Titel «Wahres Drama und wahres Leben» – für die *Pall Mall Review* arbeitete. Nell hatte darauf bestanden, ihm Gesellschaft zu leisten, da sie von Elizabeth Crees Fall seltsam fasziniert war, aber nun saß sie mit einer verblüfften, geistesabwesenden Miene, die Gissing nie zuvor an ihr bemerkt hatte, auf dem Platz neben ihm. Sie war auf Oberinspektor Kildare aufmerksam geworden, den sie zuletzt gesehen hatte, als er ihre Wohnung in der Hanway Street verließ und ihren Mann abführte. Die Erinnerung an jene ungewöhnliche und beängstigende Episode hatte Nell trotz ihrer Sauferei nie losgelassen, und aus einem unerklärlichen Grund verknüpfte sie das Ereignis mit der Greueltat, die nun auf der Bühne gezeigt werden sollte. Kildare hatte sie nicht bemerkt; er war zusammen mit George Flood ins Theater gekommen, und sie sahen genauso aus wie zwei mittelständische Gentlemen, die ihre Frauen zu Hause gelassen hatten. Der Beamte war aus beruflicher Neugier hier, denn Inspektor Curry, ein Kollege von der Abteilung «C», hatte die Ermittlungen gegen Elizabeth Cree geführt. Aber natürlich wünschte er auch, sich im Anschluß an die erfolglose Fahndung nach dem Golem von Limehouse ein wenig zu entspannen. Andere – professionellere – Kritiker waren ebenfalls zugegen; die Rezensenten der *Post* und des *Morning Advertiser* hatten das Bell zum erstenmal in ihrer Karriere betreten, und sie kritzelten bereits Sätze, die amüsierten Hohn und herablassende Mißbilligung zum Ausdruck bringen sollten. Aber es gab einen unter ihnen, der ein tieferes Verständnis für das Melodram hatte: Oscar Wilde war vom Herausgeber des *Chronicle* gebeten worden, einen Essay über die Merkmale von Premierenbesuchern zu liefern, und er hatte beschlossen, mit der gegenwärtigen Theatersensation zu beginnen.

Doch die wirkliche Sensation war zu sehen, als sich der Vorhang schließlich vor dem lärmenden, aufgeregten Publikum hob. Gertie Latimer war ein regietechnisches Glanzstück eingefallen: Sie hatte sich entschieden, mit der Hinrichtung von Elizabeth Cree im Hof des Gefängnisses Camberwell zu beginnen und dann, nach einer höchst realistischen Erhängungsszene, die seltsame Geschichte der Mörderin zu zeigen. Dem Publikum stockte beim Anblick des Schafotts und der Schlinge der Atem, wie Gertie erwartet hatte, und sie schickte die Prozession sofort auf die Bühne. Der Gefängnisdirektor, der Richter und der Geistliche wurden alle von bewährten Profis der «Gruselschule» gespielt, und Aveline Mortimer in ihrer Rolle als Elizabeth Cree marschierte am Ende des Zuges. Ihre Hände waren mit Lederriemen (zuletzt von Gertie in dem «Negerdrama» *Die Revolte der karibischen Sklaven* benutzt) auf dem Rücken gefesselt, und sie trug ein einfaches Häftlingskleid; ihr Gesicht spiegelte unendliches Leid wider, aber als sie kummervoll zum Publikum hinüberschaute, war sie auch fähig, traurige Geduld und Resignation erkennen zu lassen. Sie schritt auf das Schafott zu, und das Murmeln der Zuschauer verstummte; dann stieg sie die erste Stufe hinauf, und der Geistliche schluchzte leise. Sie trat auf die zweite Stufe, und der Richter wandte für einen Moment den Kopf ab. Sie trat auf die dritte Stufe und wurde ganz still. Im Bell Theatre herrschte Schweigen.

An dieser Stelle führte Gertie Latimer eine besonders kühne Neuerung ein. Sie hatte die Artikel über die Hinrichtung in den Abendzeitungen gelesen und in letzter Sekunde beschlossen, die Vollstreckung selbst genau nachzustellen. Also wies Aveline Mortimer die ihr angebotene Kapuze mit einer stolzen Geste zurück und hob ihren bleichen Hals der Schlinge entgegen. Nun blickte sie hinunter ins Publikum und sprach die unsterblichen Worte: «Auf ein neues!» Das war das Stichwort für Gertie Latimers zweites Glanzstück. Sie war stets voller Bewunderung für die Hebebühne und die Falltür gewesen, deren effektvollen Einsatz sie in *Der Letzte Wille* im Drury Lane gesehen hatte. Unter großem Kostenaufwand hatte sie eine dieser Apparaturen für *Die Crees von der Elendskreuzung* installieren lassen, und nun überwachte sie die Ausführung der Szene, in welcher die Leiche der Verurteilten auf der Falltür landen und danach rasch mit Hilfe der sich senkenden Plattform verschwinden würde. Es würde tatsächlich so aussehen, als wäre sie bis zum Eintritt des Todes am Hals aufgehängt worden.

Unterdessen hatte Dan Leno aus der Seitenkulisse zugeschaut. Er hatte mit Gertie Latimer vereinbart, daß er nach dem letzten Akt der *Crees von der Elendskreuzung* ein parodistisches Nachspiel geben würde. Dan sollte Madame Gruyère, die berühmte französische Mörderin, verkörpern und ein Liedchen über die Vorzüge des gallischen Giftes singen. Er hatte bereits sein Kostüm angelegt (manchmal konnte er es kaum erwarten, seine konventionelle Kleidung abzustreifen) und begann nun, auf die anerkannte französische

Weise dahinzutrippeln und die Hüften zu schwenken. Das alles diene der Vorbereitung, wie er behauptete, aber einigen, die den witzigsten Mann auf Erden verstohlen beobachteten, fiel auf, daß er etwas vor sich hin murmelte, als spreche er mit jemand anderem. «Du dummes altes Luder», sagte er. «Was fällt dir ein, dich über Lizzie lustig zu machen? Du schmutziges altes Luder.»

Aveline Mortimer wartete geduldig, während der Henker die Schlinge um ihren Hals straffte, und in diesem Moment wandte Karl Marx den Kopf und flüsterte wütend auf Richard Garnett ein. Das Stück sei eine Schande, denn es habe Angelegenheiten von sozialer Bedeutung in ein billiges Melodram verwandelt! Das Theater sei wahrhaftig Opium für das Volk! Und doch konnte er die Augen nicht länger von der Bühne abwenden, als Elizabeth Cree zu stürzen begann. Er erinnerte sich, daß er einem Freund viele Jahre zuvor über seinen eigenen Tod geschrieben hatte: «Wenn alles vorbei ist, werden wir uns an den Händen halten und wieder von vorn anfangen.» Die Kritiker der *Post* und des *Morning Advertiser* waren ebenfalls wie gebannt, aber noch während sie die Szene bestaunten, wußten sie bereits, daß sie sie letztlich als «pantomimisch» und «wirklichkeitsfremd» verwerfen würden. George Gissing schaute zu dem Gesicht des Mannes von der *Post* hinüber, den er oberflächlich kannte, und sollte später in «Wahres Drama und wahres Leben» schreiben: «Es ist nicht so, daß Menschen zuviel Realität nicht ertragen könnten, es ist vielmehr so, daß Menschen zuviel Künstliches nicht ertragen können.» Aber dann, während er Aveline Mortimers blassen Hals betrachtete, fiel ihm sein Gefühl der Verwunderung und des Entsetzens ein, als er die tote Alice Stanton im Leichenschauhaus des Polizeireviers Limehouse gemustert hatte. «Das Schicksal ist immer zu stark für uns», hatte er seiner Frau am nächsten Tag erklärt. Inspektor Kildare nahm mit einigem Mißvergnügen zur Kenntnis, daß die Details der Hinrichtung nicht ganz exakt wiedergegeben wurden, aber auch er konnte die Empfindung des Schreckens und Entzükkens, die das ganze Theater erfüllte, nicht abschütteln. An diese Szene dachte Oscar Wilde, als er in «Die Wahrheit der Masken» schrieb: «Die Wahrheit ist immer unabhängig von Fakten, denn sie kann diese nach Belieben erfinden oder auswählen. Der wahre Dramatiker zeigt uns das Leben unter den Bedingungen der Kunst, nicht die Kunst in der Gestalt des Lebens.»

Aber was war das? Die Verurteilte stürzte wirklich durch die Falltür, und Dan Leno mit seinem instinktiven Gefühl für Bühnentechniken wußte, daß sich ein schrecklicher Unfall ereignet hatte. Er begriff sofort, daß sich der Strick nicht gelockert hatte, daß die erhöhte Plattform beim Fallen nicht gebremst worden war und daß sich Aveline Mortimer, die unterhalb der Bühne baumelte, den Hals gebrochen haben mußte. Einige Zuschauer hatten nach Luft geschnappt, und andere hatten aufgeschrien – nicht, weil sie etwas von der Katastrophe ahnten, die sich vor ihnen abspielte, sondern weil die gesamte Szene so eindrucksvoll und realistisch inszeniert worden war. Dan Leno eilte unter die Bühne, wo der Inspizientengehilfe und der Souffleur Aveline Mortimer bereits von dem Strick abschnitten, um sie wiederzubeleben. Gertie Latimer, optimistisch bis zum Letzten, hatte eine Flasche Brandy herbeigebracht und wollte Aveline ein paar

Schlucke einflößen, aber Dan Leno schob sie zur Seite und kniete sich über die tote Frau. Doch er konnte nichts mehr für sie tun, und in diesem Augenblick kletterte der Bühnengeistliche an dem Strick herunter, der vom Schafott herabhing; er war bereits vom Alkohol übermannt, aber er versuchte noch, der toten Schauspielerin die Absolution zu erteilen, während die anderen in schlichter Andachtshaltung um sie herumstanden.

Leno gestattete ihnen, eine Minute lang so zu bleiben, aber dann nahm er Gerties Arm und umklammerte ihn ganz fest: «Der Priester soll sich als feiner Pinkel verkleiden», befahl er, «und hilf mir hinauf auf die Bühne.» Sie war zu benommen, um ihm nicht zu gehorchen, und innerhalb weniger Sekunden hatte sie Dan Leno im Kostüm von Madame Gruyère durch die Falltür ins Rampenlicht gehievt. Er hielt den Todesstrick fest, während er hinaufkletterte, und zog – in einer spöttischen Reverenz an das große Melodram *Der Glöckner von Notre Dame* – dreimal an dem Strick, als er im Blickfeld des Publikums war. Die Zuschauer verstanden die Anspielung sofort und lachten nach der vorangegangenen Schreckensszene erleichtert auf – die Gehängte war wieder am Leben und bereit, den Spaß zu beginnen. Es war Elizabeth Cree in einer neuen Verkleidung – genau wie damals, als sie den älteren Bruder oder Little Victors Tochter gespielt hatte –, und sie betrachteten es als Quelle der Freude und Erheiterung, daß der große Dan Leno sie darstellte.

Nach der Darbietung marschierten die Zuschauer in den dunklen Abend hinaus. Die Reichen und die Armen, die Berühmten und die Berüchtigten, die

Großzügigen und die Geizigen – sie alle kehrten in den kalten Nebel und Rauch der von Menschen wimmelnden Straßen zurück. Sie verließen das Theater in Limehouse und gingen ihrer getrennten Wege nach Lambeth oder Brixton, nach Bayswater oder Whitechapel, nach Hoxton oder Clerkenwell – zurück zum Tumult der ewigen Stadt. Und auf dem Heimweg erinnerten sich viele an jenen wunderbaren Moment, als Dan Leno durch die Falltür hinaufgestiegen und vor ihnen erschienen war. «Ladies und Gentlemen», hatte er in seiner besten Komödiantenmanier verkündet, «auf ein *neues!*»